호텔 프린스

▤ 바통 01

호텔 프린스

1판 1쇄 발행 2017년 1월 25일
1판 9쇄 발행 2023년 4월 21일

지은이 · 안보윤 서 진 전석순 김경희 김혜나 이은선 황현진 정지향

펴낸이 · 주연선
책임편집 · 양석한
편집 · 이진희 심하은 백다흠 강건모 이경란 최민유 윤이든
디자인 · 이승욱 김서영 권예진
마케팅 · 장병수 김한밀 최수현 김다은
관리 · 김두만 유효정 신민영

(주)은행나무
04035 서울특별시 마포구 양화로11길 54
전화 · 02)3143-0651~3 | 팩스 · 02)3143-0654
신고번호 · 제1997-000168호(1997. 12. 12)
www.ehbook.co.kr
ehbook@ehbook.co.kr

ISBN 978-89-5660-418-3 03810

호텔 프린스

안보윤 · 서 진 · 전석순 · 김경희
김혜나 · 이은선 · 황현진 · 정지향 소설

은행나무

✳ 차례

《호텔 프린스》 기획의 말

작가들에게 방이란 떼려야 뗄 수 없는 특별한 공간일지 모릅니다. 서재는 물론 카페와 도서관, 동료들이 모두 퇴근한 사무실과 병실 보호자용 간이침대까지 어떤 의미에서는 모두 "방"이라 부를 수 있지 않을까요. 가족들이 모두 잠든 밤에 홀로 부엌에 앉아 쓴 소설이라는 뜻의 '키친 테이블 노블'이라는 말은 조금 눈물겹기까지 합니다. 책을 읽고 소설을 쓰는 모든 행위가 어쩌면 "방"으로 가기 위한 여정이 아닐까 문득 생각해봅니다.

이 테마소설집은 한 작가가 격주간지에 기고했던 짧은 칼럼에서 비롯되었습니다. 그 글에는 어떤 예비 소설가가 신춘문예를 준비하기 위해 호텔에 묵었던 하룻밤의 추억이 담겨 있었지요. 글을 읽은 호텔 측 관계자들은 신속하고도 멋진 결정을 내렸습니다. 그렇게 '소설가의 방'이 만들어졌고, 이후 여러 작가들이 레지던스

프로그램에 참여하여 호텔에서 각자의 작업을 하기 시작한 지 올해로 벌써 삼 년째가 되어갑니다.

"그럼 여기 머무는 동안 호텔에 관한 단편소설을 한 편씩 쓰고 그것을 웹진에 발표한 뒤 로비에서 소설 낭독회를 해보는 것은 어떨까요?"

때로 어떤 대화는 발화자와 그 주변에 모인 사람들을 의도치 않게 아주 먼 곳으로 데려가기도 한다는 것을 저는 이 말을 통해 배웠습니다. 취기였는지 치기였는지 모를 말들이 '문장 웹진' 연재와 로비 북콘서트로 이어졌고 마침내 이 소설집을 탄생시켰습니다. 언령(言靈)이 실제로 존재한다면, 그것이 어디론가 데려다준다면 가장 먼저 도착할 곳은 여덟 명의 작가들이 묵었던 그 방일 것입니다.

이 책은,
여덟 명의 작가들이 머물던 방입니다.
여덟 곳의 방들이 기다리는 한 묶음의 시간입니다.
여덟 개의 이야기가 다양한 눈짓으로 당신에게 다가갈 수 있기를
여덟 번의 밤과 낮이 기꺼이 당신에게 깃들기를
여덟 명의 작가들을 대신하여 말해봅니다.

'소설가의 방'이라는 이름을 붙일 수 있게 해준 윤고은 소설가와 그 인연을 이어 작가들이 호텔에 머물 수 있게 화려한 결단을

해준 호텔 프린스 식구들, 이 모든 것을 해낼 수 있게 도움을 준 한국문화예술위원회의 정대훈 선생님, 여덟 편의 이야기를 한 권의 책으로 엮어준 은행나무출판사의 모든 분들에게도 감사의 마음을 전합니다.

여덟 번의 콘서트는 지나갔지만 이 책을 펼치면 그 어느 때라도 호텔의 로비로 순간이동을 할 수 있으니, 원하신다면 언제라도 그 순간을 함께하실 수 있습니다. 앞으로 이 책이 놓일 모든 장소와 순간들에 여덟 빛깔의 다소곳한 온기를 담아 보내둡니다.

호텔의 현관문을 여는 것처럼 수줍고도 떨리게 책장을 펼쳐주세요. 로비에는 저희가 조금 먼저 가 있겠습니다.

2017년 1월
호텔 프린스 '소설가의 방'을 추억하며
이은선

우산도 빌려주나요 · 황현진

황현진

2011년 《죽을 만큼 아프진 않아》로 제16회 문학동네작가상 수상. 장편소설 《두 번 사
는 사람들》, 중편소설 《달의 의지》가 있다.

1

　그녀는 엄마를 마중 나가고 싶지 않았다. 날씨가 나쁘다는 게 첫 번째 이유였다. 태풍이 올라오고 있다는 소식이 하루에 서너 번씩 꼬박꼬박 전해졌다. 기상 캐스터의 말대로라면 주말 안에 기필코 상륙할 예정이었다. 거리는 혹시 모를 수해를 대비하느라 소란했다. 가게들은 차양을 펼쳤고, 천변에는 통행금지 표지판이 세워졌으며, 행인들은 우산을 지팡이 삼아 걸었다.

　그녀는 집으로 가는 버스를 기다리다 말고 '세일 중'이라는 문구에 홀려 커다란 의류 매장에서 사지도 않을 옷을 고르는 중이었다. 무더기로 쌓여 있는 옷들을 헤집으면서 가격표에 슬쩍 눈길을 주었다. 여름옷치고는 너무 비싸다 싶은 것들 뿐이었다. 그녀는 옷 무더기 속으로 한 손을 깊게 찔러 넣었다. 그녀의 손길이 점점 바빠졌다. 그녀가 찾는 것은 아주 값싼 물건이었다. 갑자기 휴대폰이 울렸다. 벨소리에 놀란 그녀가 얼른 손을 빼냈다.

엄마였다. 수화기 너머에서 엄마는 왜 이리 전화를 늦게 받았냐며 타박부터 해댔다. 아마도 도착 시간을 알려주느라 전화했을 것이다. 그녀가 뭐라 뭐라 대꾸하자 잘 들리지 않는다고 소리를 빽빽 질렀다. 그녀는 가판대에서 고르던 옷을 팔뚝에 대충 걸치고, 휴대폰을 오른손에서 왼손으로 바꾸어 들었다. 매장 안의 음악 소리가 너무 컸다. 가판대에 모여 있던 사람들이 그녀가 집어든 옷을 힐끔거렸다. 그녀는 엉겁결에 뒤돌아섰다. 또 밖이야? 엄마가 물어왔다. 단박에 그녀의 기분이 나빠졌다. 그녀는 천장에 매달린 스피커를 피해 느릿느릿 걸음을 옮겼다.

피팅룸으로 향했다. 커튼으로 가려진 피팅룸은 매장 크기에 비해 얼마 되지 않았다. 때마침 구석에 비어 있는 방이 하나 있었다. 또 밖이네. 엄마는 매번 그녀의 위치를 확인하려고 전화를 건 사람처럼 물었다. 어디야? 집이야? 밖이야? 그녀는 단 한 번도 제대로 대답한 적이 없었다. 그녀는 커튼을 다시 여미고, 바닥에 옷을 내던진 후, 그 위에 털썩 주저앉았다. 음악 소리는 피팅룸 안에서도 만만치 않게 컸다. 그녀는 한 손으로 귀를 막고 엄마를 불렀다.

엄마.

여름이 지나간 뒤에 오는 게 어떻겠냐고, 그녀는 여러 번 물었다. 엄마의 대답은 간단했다. 이번 주 금요일. 그 이후로는 딸을 보러 갈 시간이 전혀 없다고, 자고로 엄마라면 딸이 어떻게 사는지

일 년에 두어 번은 봐줘야 하지 않겠느냐고 훈계조로 말했다.

시간이 없어. 바빠질 거야.

그녀는 엄마의 말을 믿지 않았다. 어떻게든 엄마의 방문을 늦추고 싶을 뿐이었다. 게다가 엄마는 마땅히 직업이라고 할 만한 일을 가지고 있지 않았다. 바빠질 일이라는 게 전혀 없었다.

이번 주는 내가 바빠. 같이 있어주기 힘들지도 몰라.

말끝을 얼버무리며, 그녀는 엄마의 마음을 돌리려고 거짓말을 늘어놓았다. 그 와중에도 다정하게 말하려 애썼다.

차표는 끊은 거야?

벌써 끊었어. 이제는 바꾸지도 못해.

피팅룸 밖에서 누군가 벽을 두드렸다. 그녀는 거울에 기대어 앉은 몸을 애써 일으켰다. 구겨진 옷을 한 손으로 그러안고 고개를 푹 숙인 채 커튼을 젖혔다. 검은 샌들이 비켜섰다. 발톱에 여러 색깔의 페디큐어를 칠한 맨발이 보였다. 새끼발톱에는 페디큐어가 칠해져 있지 않았다. 확실하진 않지만 새끼발톱이 아예 없는 것도 같았다.

태풍이 온대잖아.

결국 또 날씨 핑계를 댔다.

아직 안 왔어.

엄마 역시 뉴스를 보았고, 서울의 날씨를 누구보다 잘 알았다. 음악 소리가 조금 전보다 더 커진 듯했다. 그녀는 잔뜩 인상을 찌푸리며 스피커에서 먼 자리를 찾아 두리번거리다 출입구 쪽으로 발을 옮겼다. 엄마의 말은 계속 이어졌다. 알아듣기가 힘들었다. 그녀는 아무 말이나 뱉었다.

바꿔. 바꿀 수 있잖아.

출입구 쪽은 매장 안보다 훨씬 시끄러웠다. 대형 스피커 두 대가 나란히 서 있는 입구에 서서 그녀는 하늘을 올려다보았다. 태풍은 아직 당도하지 않았지만 바람이 거세게 불었고, 어두운 구름은 빠르게 움직였다. 엄마가 뭐라고 소리를 질렀다. 하는 수 없이 그녀는 스피커를 지나 바로 앞 정류장까지 내처 걸어갔다. 노랫소리가 서서히 사그라지자 엄마의 목소리가 또렷하게 들려왔다.

말이 되니?

그녀는 자신이 못 들은 말이 무엇인지 알 수가 없었다. 그렇지만 말이 되지 않는 말이 뭐냐고, 묻기 싫었다. 자신이 놓쳐버린 말이 뭐건 간에 그것이 그녀에게는 쉽고 엄마에게는 어려운 일인 것만은 확실했다. 그런 경우는 흔해빠져서 궁금하지도 않았다. 엄마의 화를 풀어주는 일이 급선무였다. 더 이상 엄마의 서울행을 만류해봤자, 괜한 의심을 사거나 마음만 상할 게 빤했다. 그녀는 마지못해 내일 역에서 기다리겠다는 말을 꺼냈다.

한 시 반이야.

엄마가 서둘러 도착 시간을 말했다.

나는 최선을 다하고 있어.

엄마의 말에 그녀는 나지막이 한숨을 내쉬었다.

나는 지나가는 아줌마가 아니란다.

그녀에겐 엄마의 말이 모두 협박처럼 들릴 뿐이었다. 악의가 있다기보다는 그저 심심해서 그러는 것 같았다.

예정대로라면 내일은 애인을 만나기로 한 날이었다. 그녀의 애인은 군인이었다. 느닷없이 휴가를 나온다고 했다. 짧은 휴가였다. 이박 삼 일 동안 애인은 그녀의 집에서만 머무르겠다고 알려왔다. 일방적인 통보였지만 굳이 거절할 필요가 없었다. 그녀 역시 오랫동안 애인을 기다려왔기 때문이다. 그런데 느닷없이 엄마마저 막무가내로 딸의 집에 오겠다고 알려온 것이다. 엄마는 딸에게 애인이 있는지조차 몰랐다.

같이 가시죠.

남자 세 명이 그녀의 뒤를 가로막았다. 어리둥절해진 그녀는 우두커니 서 있기만 했다. 남자 둘이 그녀의 양옆에 섰다. 마주 보고 서 있는 남자가 손가락으로 그녀의 손에 들려 있는 옷들을 가리켰다. 그제야 상황을 파악한 그녀가 웃으며 손사래를 쳤다. 거리낄 게 전혀 없었는데, 입은 잘 떨어지지 않았다. 남자가 그녀에게서 옷을 빼앗았다.

따라오세요.

남자의 표정이 험악했다. 그녀는 순순히 남자의 뒤를 따라갔다. 옆을 지키고 있던 두 남자가 그녀에게 바짝 몸을 붙여왔다. 조금 귀찮은 일이 생겼을 뿐이라고, 그녀는 스스로를 다독였다. 별일 아니야. 오해는 늘 일어나는 일에 불과해. 무엇보다 그녀는 자신이 그런 짓을 저지를 만한 사람으로 보이지 않는다는 사실을 매우 잘 알았다. 어떤 누명이라도 벗어날 방법은 있을 거라고 믿었기 때문에 너무 열심히 자신을 변호하고 싶지도 않았다. 자칫 자기연민이나 자기과시에 빠져 있는 사람처럼 보이기 십상일 테니까.

　예상과 달리 그들은 그녀의 말을 믿지 않았다.
　전화를 받느라고 그랬어요. 엄마 때문이에요.
　그들은 그녀의 말을 귀 기울여 듣지도 않았다.
　보실래요?
　그녀는 휴대폰의 최근 통화 목록을 그들에게 보였다. 목록에는 김두이라는 이름뿐이었다. 그녀는 휴대폰을 흔들며 김두이가 우리 엄마예요, 우리 엄마 맞아요, 다급하게 말했다. 그러거나 말거나 그들은 그녀를 좁은 사무실로 데려가 CCTV 영상만을 반복 재생해서 보여주었다. 흑백 화면 속 그녀는 영락없는 도둑이었다. 주위를 살피며 북적이는 쇼핑객들 사이를 유유자적 헤집고 나갔다. 흑백 영상 때문인지 엄마와 통화 중인 그녀의 모습은 주변 사람들의 눈치를 불안하게 살피는 것처럼 보였다. 그녀는 그런 자신의 모습이 생경해서 화면에 더욱 가까이 다가가 들여다보았다. '훔치다 적발시 20배 보상'. 그들은 출입구 옆쪽과 계산대 뒤쪽에 붙어 있는 종이를 그녀의 눈앞에 들이밀었다. CCTV 영상을 한 번 더 보겠다는 그녀의 시야를 얇은 종이 한 장으로 아주 가려버렸다.

제가 그런 사람으로 보이세요?

그녀가 물었지만 아무도 대답하지 않았다.

말이 되는 소리를 하세요.

그녀의 목소리가 커졌지만 남자 직원은 능숙한 손놀림으로 계산기를 두드리며 그녀가 훔친 옷들의 값을 더했다. 그녀는 찬찬히 남자 직원을 살펴보았다. 그녀보다 서너 살 어려 보였다.

다 해서 이십삼만 팔천 원이고.

그는 입 밖으로 소리 내어 계산했다.

곱하기 이십을 하면.

그녀는 계산대 위에 쌓인 옷들을 쳐다보았다. 전부 헌 옷 같았다.

몇 살이에요?

그녀의 목소리에 날이 섰다.

총 사백칠십육만 원. 사백칠십육만 원 내고 가시면 돼요.

그녀는 어이가 없어서 코웃음을 치며 물었다.

제가 그만한 돈이 있는 사람으로 보여요?

그러니 훔쳤겠죠.

남자 직원이 당연한 걸 왜 묻느냐는 듯이 심드렁하게 대꾸했다.

돈 없어요.

그녀가 어깨를 으쓱거리며 두 눈을 치켜떴다.

카드 됩니다.

제 카드 한도가 얼만지 아세요?

말꼬리가 저절로 올라갔다.

그럼 지금 경찰 부를까요?

경찰 오면 어떻게 되는데요?

일단 연행이죠.

그녀는 잠시 입을 다물고 어찌하면 좋을지 고민했다. 엄마를 생각했고, 뒤이어 애인을 떠올렸다. 월요일이 되면 어떻게든 이 상황에 대해 제대로 된 해명을 할 수 있을 것 같았다. 그녀는 지갑을 열었다. 신용카드를 건넸다.

일단 백오십만 원이요. 나머지는 월요일에 해결할게요.

직원이 카드를 긁었다. 그녀가 사인을 하자마자 직원이 덧붙였다.

월요일은 안 돼요. 내일 오세요.

그녀는 더 이상 실랑이를 하고 싶지 않았다. 묵묵히 카드와 영수증을 받았지만, 동의한다는 뜻은 아니었다. 직원이 종이 한 장을 내밀었다. 그녀는 직원의 손가락이 가리키는 곳에 사인을 했다. 속으로는 남자 직원 또한 이 모든 일들이 그저 어떤 수순에 불과하다는 것을 알고 있고, 그녀의 결백 또한 인정하기 때문에 더더욱 그녀를 몰아붙이는 거라고 이해했다. 게다가 각서는 법적 효력이 없다는 말을 어디선가 들은 듯도 했다. 그녀는 사인한 종이를 되돌려주면서 잘생기기까지 한 남자 직원에게 조곤조곤 물었다.

나한테 이러면 보너스라도 받아요?

그녀는 곧장 은행으로 달려갔다. 통장에 남아 있던 현금을 모두 찾았다. 육십만 원이 조금 안 되는 돈이었다. 갑자기 지갑이 두둑해졌다. 가방 깊숙한 곳에 지갑을 숨겼다. 백팩을 앞으로 메고 임신부처럼 가방을 감싸 안고 걸었다. 집에 도착하자마자 청소를 했다. 엄마도 애인도 이 집에는 한 번도 온 적 없다는 사실이 그제야 떠올랐다. 해가 질 때까지 그녀는 애인의 전화를 기다렸다.

전화는 걸려오지 않았다. 함께 있을 수 없는 사정을 대충 이야기하고 열쇠를 숨길 만한 마땅한 곳을 알려주기라도 해야 하는데 큰일이었다. 주소만 가지고 혼자서 잘 찾아올지도 의문이었다. 그러니 훔쳤겠죠. 남자 직원의 말이 머릿속에서 지워지지 않았다. 그를 설득시킬 방법을 강구해야만 했다. 그러자니 자신이 얼마나 멍청한 사람인지부터 낱낱이 설명하는 수밖에 없었다. 이게 다 엄마 때문이고, 애인 때문이었다. 그 두 사람 때문에 자신이 자꾸만 멍청해지는 것 같았다. 금요일도, 월요일도, 엄마도, 애인도, 아무도 오지 않았으면 하는 게 그녀의 솔직한 마음이었다. 그녀는 휴대폰을 만지작거리다 김두이로 저장된 번호의 이름을 엄마로 바꿨다. 그러고 나서도 한참 동안 그녀는 눅눅한 이불 위에서 버둥거리다 이불깃을 입에 물고서야 겨우 잠에 들었다.

2

딸이 금방이라도 자신을 부를 것 같아서 그녀는 누구보다 먼저 개찰구를 빠져나왔다. 일부러 주위를 둘러보지 않으려 애썼다. 바지의 먼지를 털어내는 시늉을 했다. 대학을 졸업한 뒤부터 딸은 고향에 자주 내려오지 않았다. 그즈음부터 딸에게 용돈을 보내지 않았다. 딸이 그러기를 원했다. 그녀는 머지않아 딸이 용돈을 보내올 거라고 지레짐작했다. 이제 딸의 차례라고 여겼다. 하지만 딸은 그러지 않았다. 아직 그럴 만한 형편이 안 되는 것인지 아예 그럴 마음이 없는 것인지 가늠하기 힘들었다. 섭섭했지만 내색하지 않았다.

인기척이 느껴져 옆을 바라보았다. 딸이 코앞에 서 있었다. 엄마, 라는 소리를 듣고 싶었는데 딸은 잠자코 가방을 빼앗아들었다. 원래부터 무뚝뚝한 딸이었는지 돌이켜보았으나 잘 기억나지 않았다. 갓난아이였을 때도 딸은 또래보다 울지 않는 편이었다. 키우기 편하겠다고 남들이 부러워했지만 솔직히 말하자면 걱정이 더 컸다.

어디 가고 싶은 데 있어?
역 앞 광장에서 딸이 물었다.
일단 집에 가자.
그녀는 지하철역 쪽으로 방향을 틀었다.
그러지 말고.
딸이 그녀의 팔꿈치를 잡았다. 그녀는 걸음을 멈추고 다음 말을 기다렸다.

오랜만에 서울 왔는데 구경 가자.

그녀는 딸을 의아하게 바라보았다. 진심인지 아닌지 확인하고 싶었다. 딸이 엄마의 팔을 흔들며 재촉했다. 그녀는 딸이 이끄는 대로 움직였다. 딸은 지하철역을 지나쳐 택시 승강장으로 엄마를 잡아끌었다. 택시에 타자마자 호텔 이름을 댔다. 그녀는 마치 어딘가로 끌려가는 기분에 사로잡혀서 허벅지 위에 올려둔 가방을 세게 끌어안았다.

목적지는 멀지 않았다. 택시 요금이 기본요금을 넘지 않았다. 운전 기사의 표정이 내내 마뜩잖아 보이던 이유가 뒤늦게 짐작되었다. 택시에서 내리자마자 그녀의 입에서 저절로 잔소리가 튀어나왔다.

지하철을 타지, 뭣하러 택시를 탔어?

딸은 지갑에 잔돈을 넣으며 구시렁거렸다.

그 돈이나 이 돈이나 별 차이 없어.

그녀는 딸의 계산법이 마음에 들지 않았다.

이건 돈 문제가 아니라 태도의 문제라고!

한마디 더 하려는데 딸이 방긋 웃으며 팔짱을 꼈다.

우리 오늘 호텔에서 자자. 여행 온 것처럼 말이야.

그녀는 가방 끈을 목에 걸면서 딸의 팔을 풀어냈다.

집에 가자고 했잖아.

엄마, 호텔에서 자본 적 없잖아.

왜 없어? 네 아빠랑 신혼여행 가서 잔 적 있어.

그게 언젯적 이야기야. 요즘 모텔도 그보단 나아.

그녀는 딸의 말본새가 영 버르장머리 없게 느껴졌다. 집에 남자라도 숨겨두었냐고 호되게 쏘아붙이고 싶었으나 간신히 참았다. 딸은 아랑곳하지 않고 호텔 쪽으로 빠르게 걸어갔다. 입구를 지키던 호텔 직원이 허리를 숙이며 문을 열었다. 딸은 고개를 까닥이며 프런트로 향했다. 그녀는 딸의 뒷모습을 보면서 혀를 끌끌 찼다. 남편이 아직 살아 있었다면 딸의 머리채를 붙잡고 온종일 매질을 했을 터였다. 십 년이 넘는 결혼 생활동안 그녀가 남편에게 가진 불만은 그것뿐이었다. 당신은 지나치게 보수적인 아버지야. 우리 아버지랑 뭐가 달라? 남편이 죽고 난 뒤에도 보수적인 부모가 되고 싶지 않다는, 보다 세련된 엄마이고 싶다는 그녀의 결의는 더욱 단단해졌다. 과부라는 소리가 무서워 근본을 운운하는 홀어미가 되고 싶지는 않았다. 그러려면 일단 이해하는 척이라도 해야 했고, 여태껏 그래왔다.

프런트 직원이 더블 침대가 있는 방을 추천했다. 십삼만 원이라고 했다. 딸은 지체 없이 트윈 룸을 달라고 했다. 십오만 원이라고 했다. 참다못한 그녀가 둘의 대화에 불쑥 끼어들었다.

더블로 주세요.

딸이 지갑에서 지폐를 꺼내면서 엄마의 말을 정정했다.

아니에요. 트윈으로 주세요.

그러곤 곧장 직원에게 십오만 원을 들이밀었다. 그녀가 딸의 손목을 잡아챘다.

너 왜 이러니?

편하게 자면 좋잖아.

말문이 막혔다. 좀 더 편하게 자고 싶어서 자신을 호텔로 데려온 건가 싶어 화가 머리끝까지 솟구쳤다. 딸의 지갑을 보아하니 사는 형편도 그리 나쁘지 않은 모양이었다. 만 원짜리 지폐가 수십 장이었다. 한창 때인 남편도 지갑에 그만큼의 지폐를 넣어 다닌 적이 없었다. 그렇다면 딸의 무덤덤하고 무관심한 태도가 오로지 마음의 문제였다고 생각하니 억울하고 분한 마음이 걷잡을 수 없이 커졌다.

엄마, 이건 태도의 문제가 아니라 아이큐의 문제야.

그녀의 속을 읽기라도 한 것처럼 딸이 으쓱거리며 말했다. 자신의 관자놀이를 톡톡 두드리면서.

3

엄마에게 창가 침대를 내어주고 그녀는 벽에 붙은 침대 끝에 걸터앉았다. 이불에서 바스락거리는 소리가 났다. 두 손으로 이불을 쓰다듬었다. 푹신하고 부드러웠다. 한 번도 덮어본 적 없는 값비싼 이불이었다. 그녀는 곁눈질로 엄마를 살펴보았다. 엄마 역시 이런 이불을 처음 보았을 텐데, 엄마는 방 구경에는 도통 관심이 없고 고개를 돌린 채 창밖만 내다보는 중이었다.

방은 십오 층에 있었다. 커다란 유리창에 거무튀튀한 하늘이 가득 비쳤다. 그녀는 황급히 몸을 일으켰다. 문득 현기증이 일었다. 이마를 짚으려다 엄마가 보고 있을지도 모른다는 생각에 얼른 두 손을 허리춤으로 옮겼다. 머리가 깨질 듯 아팠다. 아픈 게 아니라 나빠지고 있는 거야. 그러니 각서에 서명을 하고 순순히 신용카드를 내어준 거지.

또 전화벨이 울렸다. 모르는 번호였다. 그녀는 방을 나가서 전화를 받고 싶었으나 그러지 않았다. 대신 화장실에 들어갔다. 엄마의 시선이 따라왔다. 손목시계를 보니 얼추 애인이 집에 도착했을 시간이었다. 당연히 발신자가 애인인 줄로만 알았다. 변기에 앉아 목소리를 한껏 낮춰 받았다. 여보세요? 상대가 그녀의 이름을 물으며 본인이 맞는지 거듭 물었다. 그녀는 아차 싶었다. 분명 애인이 아니었다. 어제 의류 매장에서 그녀를 협박하고 추궁하던 직원이었다. 여전히 성난 말투였다.

분명히 오늘 중으로 해결해야 한다고 말했을 텐데요.

엄마가 화장실 문 앞에 서 있는 것 같아서 그녀는 더욱 나지막하게 대답했다.

알아요.

그녀는 또다시 그에게 해명해야 할 필요를 느꼈다. 많은 말들이 머릿속을 스쳐 지나갔지만 문 밖에서 귀를 세우고 있을 엄마 때문에 아무 말도 할 수 없었다. 점점 일이 꼬여간다는 생각을 하니 더욱 억울하고 분에 찼다. 수화기 너머 직원은 그녀를 나무라고 비난하는 내용의 말을 줄줄 이어갔다.

삼백이십육만 원이에요. 오늘 중으로.

그녀는 더 듣지 않고 전화를 끊었다. 변기의 레버를 눌러 물을 내렸다. 쭈뼛거리며 화장실 밖으로 나왔다.

봐라, 비 온다.

엄마가 고갯짓으로 창밖을 가리켰다. 굵은 빗줄기가 유리창 위로 흘러내렸다. 엄마의 곁에 앉으려는데 휴대폰에서 수신음이 울렸다. 문자였다. 저도 직원에 불과한 사람입니다. 아무리 저를 괴롭혀봤자 소용없습니다. 휴대폰에서 눈을 떼자마자 엄마와 눈이 마주쳤다. 보너스를 받는다는 얘기군. 그녀의 얼굴이 심술궂게 일그러졌다.

우산부터 사야겠네.

엄마의 목소리엔 힘이라곤 전혀 실려 있지 않았다.

프런트에서 빌리면 돼.

다시 전화벨이 울렸지만 그녀는 받지 않았다. 엄마가 그녀의 아래위를 훑어보았다. 벨소리가 멈출 때까지 아주 느긋하게 올려다보고 다시 내려다보길 반복했다.

엘리베이터를 타자마자 엄마가 물었다.

너 애인 생겼어?

단번에 아니라는 대답이 튀어나왔다.

근데 왜 전화를 몰래 받아?

그녀는 화가 났다. '몰래'라는 말 때문이었다.

몰래 받은 거 아니야.

아니긴 뭐가 아니야.

엄마는 벽거울에 얼굴을 가까이 대고 눈 밑을 스윽 닦아냈다. 엄마는 다 이해해, 그런 표정이었다.

애인은 그녀보다 나이가 어렸다. 아직 상병이었다. 이박 삼 일의 휴가는 일종의 유예 기간 같은 거였다. 애인은 야외훈련 중에 병장을 구타했다. 야전텐트를 설치하는 데 꾸물거리는 모습이 짜증나서였다. 애인은 병장을 텐트 안으로 끌고 들어가 발길질을 했다. 다른 소대원들이 그를 뜯어말렸지만 그는 멈추지 않았다. 코피가 날 때까지 주먹을 내갈겼다. 주먹을 휘두르면서 병장의 코뼈가 부러진 것을 확인하고 또 확인했다. 더 크게 혼을 내줘야 했다고, 놀라 말을 잇지 못하는 그녀에게 애인은 대수롭지 않게 말했다.

훈련이 끝나자마자 징계 위원회가 소집되었다. 징계 위원회는 적합한 처분을 내릴 때까지 일단 부대 내 안전을 위해 병사 간 격리 조치로서 그에게 짧은 휴가를 내주었다. 말이야 부대 내 안전을 위해서라고 했지만 사실은 병장의 심신을 안정시키고 자존심을 세워주기 위한 처사였고, 애인은 그게 못마땅해서 병장이야말로 근무 태만이라고, 당장 영창에 보내야 한다고 목소리를 높였다. 정말로 휴가가 끝나면 둘 다 영창에 가야 할지도 몰랐다. 애인은 큰소리를 치다가도 집에서 알면 큰일이라고 벌벌 떨었다. 별수 없어. 너희 집에 틀어박혀 있는 수밖에. 이틀 전에 애인은 그렇게 말하고 여태 깜깜무소식이었다.

엘리베이터가 칠 층에서 멈췄다. 우비를 입은 중국인 관광객들이 우르르 탔다. 아버지와 아들, 어머니와 딸로 보이는 네 명이 문 앞에 나란히 섰다. 그녀와 엄마는 옆으로 물러섰다. 엘리베이터 문이 닫히자마자 어머니로 보이는 여자가 딸로 보이는 여자의 풀어헤친 머리카락을 손가락으로 빗어 내리기 시작했다. 딸이 무릎을 살짝 구부리며 키를 낮췄다. 어머니가 손을 재게 놀리며 기다란 머리카락을 촘촘히 땋아 내렸다. 딸이 까만 고무줄을 어깨 너머로 내밀었다. 어머니가 고무줄을 입에 물고 있다가 꽁꽁 땋은 머리카락 끝을 묶었다. 그녀는 중국인 모녀가 하는 짓이 어쩐지 궁상맞아 보여서 얼른 고개를 돌렸다.

근데 호텔에서 우산도 주니?

엄마가 한결 밝아진 목소리로 물었다. 엄마의 시선도 중국인 모녀에게 향해 있었다.

주긴 뭘 줘. 빌려주는 거지.

그녀는 여전히 퉁명스러웠다. 어린 애인 때문이었다. 그가 언제 올지 몰라서 현관문을 잠그지 않고 나온 게 영 꺼림칙했다.

너는 어쩜 그렇게 사는 게 밋밋하니?

느닷없이 엄마가 물어왔고 그녀는 엄마를 빤히 쳐다보았다. 그것은 그녀가 엄마한테 수년 동안 던진 질문이었다. 그때마다 엄마는 밋밋한 게 아니라 자연스러운 거라고 확신에 차 대답을 해대곤 했다. 엄마가 다시 거울을 들여다보았다. 고개를 이리저리 돌리며 자신의 얼굴을 매만졌다. 거울에 비친 엄마는 예전보다 퍽 마르고 피부도 꽤 거칠어 보였다. 입가가 움푹 팬 엄마의 얼굴 뒤로, 흘러내린 머리카락을 귀 뒤로 넘기는 중국인의 딸이 비쳤다. 그녀의 입에서 생각지도 못했던 말이 툭 튀어나왔다.

지랄하네.

4

그녀는 딸이 프런트 직원과 대화하는 모습을 보고 있기가 싫었다. 로비에 있는 기다란 소파에 허리를 꼿꼿이 세우고 앉았다. 프런트에 몸을 기대어 선 딸의 뒷모습이 한눈에 보였다. 로비의 한쪽 벽면은 유리였다. 유리 너머로 보이는 바깥 풍경 때문인지 로비는 어두웠다. 바닥에는 로비를 드나드는 사람들의 검은 발자국이 고스란히 남아 있었다. 갑자기 서쪽 하늘이 번쩍거렸다. 번개가 날카롭게 성당의 첨탑 위로 여러 번 내리쳤다. 기상예보는 틀리지 않았다. 그러면 네가 내려오는 게 어떠냐고, 그녀는 딸에게 여러 번 말했지만, 딸은 들은 체도 하지 않았다. 잠시라도 내려올 생각이 전혀 없는 게 분명했다. 딸에게 꾸준히 용돈을 보냈더라면, 그랬더라면 결코 참지 않았을 순간들 중 하나였다.

로비의 한쪽 구석에서 한 여자가 대걸레로 발자국을 지우며 다가왔다. 그녀의 또래처럼 보였다. 그녀는 문득 여자에게도 딸이 있는지 궁금했다. 서울에서 자식을 키우는 일과 다 자란 자식을 서울에 보내는 일이 얼마나 다른지 물어보고, 재보고, 확인하고 싶었다. 그녀는 두 손으로 소파를 짚으며 일어섰다. 여자에게 말이라도 걸어볼 참이었다. 대걸레를 든 여자가 그녀의 기척을 눈치채고 빤히 쳐다보았다.

또 딸의 벨소리가 들려왔다. 지나치다 싶을 만큼 자주 딸의 휴대폰이 울렸다. 도대체 누가 자꾸 딸에게 전화를 걸어오는 것인지 궁금해 미칠 지경이었다. 불안한 마음이 들기도 했다. 그녀는 여자를 뒤로하고 프런트 쪽으로 빠르게 걸었다. 대걸레를 들고 있던 여자가 그녀의 발자국을 남김없이 지워가며 따라왔다. 그녀는 뛰다시피 다가가 휴대폰을 들여다보는 딸의 옆에 섰다. 딸이 황급하게 휴대폰을 등 뒤로 숨겼다. 벨소리가 계속 울렸다. 그녀는 한쪽 귀를 긁으며 거슬리는 기색을 드러냈다.

때마침 프런트 직원이 활짝 웃으며 우산을 건넸다. 두 개였다. 그녀는 민망해서 손사래를 쳤다.

하나면 돼요. 뭘 두 개 씩이나 주고 그래요.

그녀는 기다란 우산을 슬쩍 밀쳐냈다. 벨소리가 뚝 끊겨졌다. 딸이 재빨리 휴대폰의 벨소리를 진동으로 바꾸었다.

두 개 다 주세요.

딸은 휴대폰을 쥔 한 손을 바지 뒷주머니에 쑤셔 넣고, 남은 한 손만 프런트 위로 길게 내밀었다. 프런트 직원이 우산의 방향을 딸 쪽으로 틀었다. 그녀는 딸의 옷자락을 잡아끌면서 프런트 직원에게 애원하듯 말했다.

하나, 하나면 돼요.

그녀의 한 손은 여전히 딸의 티셔츠 자락을 꽉 붙잡고 있었다. 그 바람에 딸의 가슴이 두드러졌다. 딸이 허리를 깊숙이 숙이며 그녀의 손길을 뿌리쳤다. 그녀는 딸에게서 두어 걸음 뒤로 물러섰다. 딸의 얼굴이 시뻘겠다. 그녀는 딸의 처지를 이해하려고 노력했다. 어쩌면 딸은 사는 게 밋밋한 정도가 아니라 불행하다고 느끼고 있을지도 몰랐다. 헝클어지고 거친 머리칼이 그 증거였다.

저희 호텔에 우산 많아요.

프런트 직원이 둘의 말다툼을 말없이 지켜보다가 조심스럽게 나섰다.

많아도……

그녀는 잠시 말을 멈추고 침을 삼켰다.

아끼시는 게 좋아요. 이렇게까지 잘해주지 않으셔도 돼요.

그녀는 곁눈질로 딸을 흘깃거렸다. 딸이 지금 그녀가 하는 말들을 듣고 있는지, 그냥 듣기만 하는 게 아니라 잘 새겨듣고 있는지 반드시 알아야만 했다. 아무리 혼자라도 타인에게 신세를 지면 안된다는 것을 가르쳐주고 싶었다.

대걸레를 밀던 여자가 가까이 다가와 딸의 어깨를 두드렸다.

아가씨, 엄마한테 말버릇이 그게 뭐예요?

딸이 입술을 달싹거리다가 홱 돌아섰다. 기분이 언짢아진 쪽은 오히려 그녀였다. 프런트 직원은 크게 당황한 듯했다. 그녀는 여자를 뚫어져라 쳐다보았다. 여자 역시 그녀를 마주 보았다. 여자의 시선이 온순하다 못해 따뜻했다. 그녀는 이내 맥이 빠졌다.

괜찮아요, 원래는 착한 애예요.

그녀가 더듬거리며 말했다. 여자는 대걸레를 오른손에서 왼손으로 옮기며 고개를 끄덕였다. 여자는 좀 전보다 훨씬 기운에 찬 몸짓으로 대걸레를 죽죽 밀며 프런트에서 멀어졌다.

이제 혼자서 어떻게 살아갈 계획이세요? 혼자가 되어버려서 얼마나 힘드세요? 남편이 죽었을 때, 문상객들이 건네었던 위로의 말들 앞에서 그녀는 수시로 딸을 쳐다보았다. 우리만 남았구나. 딸은 그녀의 시선을 모른 체했다. 몇 년 후 딸이 혼자 서울에서 살아보겠다는 말을 꺼냈을 때에도 그녀는 묻고 싶었다. 엄마 혼자 어떻게 살라고? 하지만 혼자라거나 누가 누구를 내버려두는지 따위의 말들을 입에 올리면서까지 딸의 결심을 뒤흔들 수는 없다고 판단했다. 그녀는 딸의 자립을 지지하고 부추기면서 딸이 스스로 깨우치길 바랐다. 우리는 이미 혼자라는 사실을 말이다.

혼자 있고 싶다.

그녀의 말에 딸은 순순히 엘리베이터 승강 단추를 눌렀다. 그녀가 빈 엘리베이터에 타자마자 딸은 게걸음을 하며 시야 밖으로 비켜섰다. 아무래도 딸은 혼자인 게 편한 듯했다. 뒤늦게 천둥소리가 쾅쾅 울리며 호텔 안을 뒤흔들었다.

5

엘리베이터 문이 닫히자마자 그녀는 호텔 밖으로 뛰쳐나왔다. 프런트 직원이 쫓아와 그녀의 손에 우산을 들려주었다. 그녀는 잠시 망설였다. 직원이 우산 든 손을 그녀 쪽으로 더욱 길게 내밀었다. 나무 손잡이가 달린 우산은 길고 묵직했다.

가지셔도 돼요.

그녀가 붙잡을 새도 없이 직원은 부리나케 호텔 안으로 뛰어 들어갔다. 둘이 쓰기에도 꽤 큰 우산이었다. 고개를 뒤로 젖혀 우산 안쪽을 살펴보았다. 새것이었다. 사백칠십육만 원, 그녀는 저도 모르게 중얼거렸다. 다시 우산을 접고 지하철역을 향해 달렸다. 손에 검고 기다란 우산을 쥐고 뛰니 더 속력이 붙는 것만 같았다. 그녀는 얼른 집으로 가는 지하철에 몸을 실었다. 몸이 흠뻑 젖어 있었지만 차라리 개운했다.

엄마가 왔어. 계속 밖에 있을 것 같아. 전화해. 그녀는 포스트잇에 메모를 휘갈겼다. 지갑에서 오만 원을 꺼내 책상에 올려두었다. 어떤 문제건 그녀가 해결할 차례가 되면 늘 돈의 문제로 귀결

되었다. 애인은 그녀에게 오만 원짜리 문제에 불과했다. 사백칠십육만 원에 비할 숫자가 아니었다. 문 밖에 포스트잇을 붙이고 텅 빈 집을 나섰다. 우편함에 열쇠를 숨기려다 도로 가방에 넣었다. 벨소리가 끊임없이 울렸지만 애인에게서 걸려온 전화는 아니었다. 그녀는 짜증 섞인 한숨을 푹푹 내쉬며 휴대폰을 가방 안에 쑤셔 넣고 왔던 길을 되돌아갔다.

호텔 로비에 들어서자마자 프런트 쪽을 휘 살펴보았다. 우산을 주었던 직원은 보이지 않았다. 한낮에 근무했던 직원들은 모두 퇴근한 모양이었다. 시간을 보니 얼추 저녁 시간이었다. 그녀는 서둘러 방으로 올라갔다. 슬슬 배가 고파왔다.

방은 어두웠다. 커튼이 모두 닫혀 있었다. 베개를 모로 베고 구부정하게 누워 있는 엄마의 머리 위로 침대 등만 은은한 빛을 냈다. 그녀는 형광등의 스위치를 켰다. 방 안이 확 밝아졌다. 시트와 베개가 가지런하게 정돈된 자신의 침대가 제일 먼저 눈에 띄었다. 한낮에 그녀가 잠시 머물렀던 침대는 아무도 다녀간 적이 없었던 것처럼 말끔했다.

아직도 비 와?

엄마가 나른하게 물었다. 그녀는 아니라고 말하고 싶었지만 젖은 몸을 가릴 수가 없었다. 게다가 한 손에는 기다란 우산마저 쥐고 있어서 더욱 아니라고 말하지 못했다.

더 많이 와.

거봐라. 그게 말이 되니.

그제야 그녀는 어제 엄마가 통화 중에 했던 말이 무엇인지 짐작할 수 있었다. 그렇다면 그건 엄마와 그녀, 둘 중 어느 누구에게도 쉽지 않은 일이었다. 불가능한 일이었다. 태풍은 절대로 방향을 바꾸지 않을 것이다.

　엄마, 호텔에 누워 있으니 어때?

　엄마가 남은 베개를 만지작거리며 대꾸했다.

　신혼여행 온 것 같아서 좋아.

　엄마는 천천히 등을 돌려 그녀를 보았다. 홀딱 젖은 그녀를 보곤 뒤늦게 놀라 벌떡 일어나 앉았다. 어서 뜨거운 물에 씻으라고, 그러지 않으면 감기에 걸리기 십상이라고 호들갑을 떨며 그녀를 욕실로 몰아넣었다. 그녀는 못 이기는 척 욕실에 들어가 샤워기를 틀었다. 입고 있던 옷을 벗어 변기 뚜껑 위에 모아두었다. 뜨거운 물이 쏟아졌다. 금세 욕실에 뿌연 김이 가득 찼다. 그녀는 꼼꼼히 비누칠을 하고 얼굴을 세게 문질렀다.

　물기가 가시지 않은 몸에 커다란 샤워 타월을 두르고 욕실 문을 열었을 때, 엄마의 목소리가 들렸다. 아주 강경하고 단호한 어투로 엄마는 수화기 너머 사람에게 또박또박 일렀다.

　우리 딸은 그런 사람이 아닙니다.

　그녀는 온몸이 굳은 듯 욕실 문턱에 서서 꼼짝하지 않았다. 수건이 흘러내리지 않게 팔짱을 단단히 끼고 엄마가 하는 말에 귀를 기울였다.

　착해빠진 년은 아니지만, 도둑년도 아닙니다.

엄마의 목소리가 더욱 커졌다.

하도 똑똑해서 그런 짓을 안 합니다.

그녀는 뒷걸음질 치며 도로 욕실에 들어갔다. 살며시 욕실 문을 닫고, 김이 서린 거울을 지나 욕조로 향했다. 수도를 틀었다. 수도 꼭지를 좌우로 움직여 흐르는 물의 온도를 손끝으로 가늠했다. 서서히 욕조에 물이 차오르기 시작했다. 여태 연락이 오지 않는 걸 보니 애인은 오지 않을 모양이었다. 그의 걱정과 달리 일이 잘 해결되었을지도 모르고, 벌써 영창에 끌려갔을지도 몰랐다. 집에 문을 잠갔으니, 그녀가 걱정할 일도 줄었다. 늦게 도착하더라도 만나려고 들면 방법은 많았다. 우산도 하나 받아두었으니, 엄마와 외출도 별 무리가 없을 터였다. 배 속에서 꼬르륵 소리가 크게 울렸다. 그녀는 욕조에 걸터앉은 채 엄마를 불렀다.

엄마, 엄마도 씻어.

문 밖에서 웅얼거리는 소리가 들려왔다. 그녀는 따뜻한 물이 가득한 욕조에 한 손을 깊숙이 넣었다가 빼냈다. 그리고 다시 한 번 소리를 질렀다.

엄마, 얼른 들어와봐, 여긴 엄청 따뜻해.

코 없는 남자 이야기 · 김경희

김경희

2010년 〈코피루왘을 마시는 시간〉으로 제10회 동서커피문학상을 수상하며 등단. 다큐 에세이 《제주에 살어리랏다》, 여행 에세이 《마음을 멈추고 부탄을 걷다》가 있다.

아주 가끔 개가 되는 상상을 해요. 여자가 코를 찡긋하며 무심히 말했다. 개라고? 좋은 개 말인가? 남자가 의아한 표정으로 빤히 보며 물었다. 여자는 살짝 눈살을 찌푸리며 말했다. 당연히 좋은 개죠. 그러고는 여자가 쓸쓸한 얼굴로 남자를 바라보았다. 잠시 대화가 끊겼다. 나쁜 개보다 이상한 개가 오히려 더 위험할지 몰라. 남자는 중얼거리듯 작게 말하곤 창가로 걸어간다. 호텔 창문에는 암막 커튼이 드리워져 있다. 남자가 살짝 커튼을 들추자 한 움큼의 빛이 새어든다. 희미한 황금빛이 감도는 방, 해 질 무렵의 이 방은 북극의 밤을 닮았다. 그리고 이 방은 여자의 방이다. 달 6호실 팻말이 붙은 이 방에서 여자는 한 달째 머물고 있다. 여행자의 숙소라는 호텔이 그녀의 거처인 셈이다. 언제 이곳을 떠날지 혹은 어디로 가려는지 남자로서는 아는 것이 없다. 이를테면 언제

든 떠날 수 있는 여자라는 이야기다. 한번은 그녀가 이런 말도 했
었다.

— 여행자들은 결국 남극이나 북극으로 가게 되어 있대요.

남자는 여자가 곧 춥고 먼 나라로 가려 한다는 것 정도만 예감
할 뿐이다. 물론 그도 가끔씩 어디론가 떠나고 싶다는 생각을 했
지만 매번 상상에 그쳤다. 남자가 유별나게 소심해서인지도 모르
겠다. 그렇지만 보통의 중년 남자라면 다들 그렇게 산다. 가정을
떠난다는 생각 자체를 갖고 있지 않은 것이다. 다만 중년 남자라
면 가정이 아닌 다른 곳에서 쉬고 싶다는 생각 정도는 한다. 남자
도 딱 그랬다. 집은 아니지만 안락한 느낌을 주는 곳, 세상에서 가
장 편안한 공간이 집이라는 것은 모든 이에게 해당되는 말은 아니
다. 가장 낯설고 불편한 곳이 집인 사람들도 있다. 남자도 전에는
그것을 몰랐다.

달6호실은 명동에 있는 P호텔의 객실 중 하나다. 말끔한 외관
의 P호텔은 명동 중심가에선 조금 떨어져 있지만 남산이 가깝고
오래된 음식점까지 걸어갈 수 있어 편리한 위치를 자랑한다. 호텔
은 전체적으로 소박한 분위기로 밝은 색조를 띤 공간에 녹색과 오
크 소재가 매치된 고전적인 가구를 배치한 조화가 인상적이었다.
아늑하면서도 경쾌한 공기가 감도는 이 방에서 남자가 머무는 시
간은 대략 두어 시간 정도, 그는 이 공간에만 들어서면 팽팽했던
긴장이 풀리면서 뼛속까지 편안해지는 기분이 들었다. 다만 머릿

속에는 매번 두 가지 생각이 교차했다. 오늘이 마지막 방문이라는 다짐과 이 방을 떠나고 싶지 않다는 생각, 남자는 더운 숨을 내쉬며 습관처럼 입술을 내밀었다. 여자는 그런 남자를 흥미롭게 바라보았고 그는 중년 남자란 그저 피곤하기 마련이라며 스르륵 눈을 감았다.

　—다 사라져버렸어. 좋은 날이 있었는지 기억이 나질 않아.

　남자는 중얼거리며 홑이불을 목까지 끌어당겼다. 그러고는 눈을 가늘게 뜨고 여자를 쳐다보았다. 선홍색 립글로스를 바른 여자는 자몽처럼 생기가 돌았다. 싱그러운 여자의 얼굴 위에 권태가 배인 아내의 얼굴이 겹쳐졌다. 그때 여자가 무슨 말인가를 했지만 남자는 알아듣지 못했다. 그저 귓가에 들리는 것은 아내의 원망과 질타, 그것뿐이었다.

　처음에는 호기심으로 시작한 일이었다. 마흔일곱의 중년 사내가 스물다섯의 젊은 여자를 만나는 것이 가당찮다는 것을 그도 모르는 바는 아니었다. 게다가 여자는 결혼하지 않았고 남자는 결혼한 몸이었다. 결혼한 몸이란 무엇인가. 침대를 같이 쓰는 사람이 있다는 이야기다. 모두가 그런 것은 아니지만 부부가 일반적으로 택하는 침대 사용법은 대략 세 가지다. 한방에서 한 침대를 쓰는 법, 한방을 쓰되 침대는 각기 쓰는 법 그리고 방도 따로 침대도 따로 쓰는 법이다. 남자의 경우는 세 번째 방식으로 살고 있었다. 물론 처음에는 그도 첫 번째 방식을 고집했었다.

─ 그래도 침대만은 같이 써야 하지 않을까, 명색이 부부인데.

그런데 아내의 생각은 사뭇 달랐다. 그럴 힘이 아직 남아 있어? 아내는 빈정거리고 있었다. 이와 비슷한 말로 남자를 쓸쓸하게 만드는 데 아내는 선수였다.

─ 그보다 당신한테서 냄새나.

─ 냄새라고?

남자가 잠자코 있으니, 아내는 눈을 가늘게 뜨고 쏘아보며 말했다. 못 알아들어? 당신 냄새난다고, 불쾌한 냄새! 남자는 약간 마음이 상했지만 구차해지고 싶지는 않았다.

─ 그 말은 방도 침대도 각각 쓰잔 말인가?

─ 왜? 무슨 문제 있어?

─ 나쁠 것 없지. 그렇게 하자고.

아내는 냄새에 민감한 여자였다. 그리고 남자 역시 첫 번째 방법을 고집할 이유가 딱히 없었다. 지난한 결혼 생활을 이어오면서 남자는 화를 내거나 욕심을 부리지 말자고 스스로 다짐해온 터였다. 잠시 동안 침묵이 흐른 뒤 아내가 먼저 선심 쓰듯 말했다.

─ 돌침대라도 하나 구입하지 그래?

─ 음, 그거 참 멋지겠군.

─ 하! 벌써 결정한 거야? 하긴 침대가 푹신해야 한다는 건 고정관념일 뿐이지.

─ 아무렴. 고정관념이란 깨라고 있는 거니까.

돌이켜보면 부부 사이가 더 멀어진 것은 그즈음이었다. 공간을 편리대로 나눠 쓰며 선을 허용하지 않는 관계, 남자는 그것이 외롭다고 생각하면서도 한편으론 편하기도 했다. 하지만 결정적으로 관계가 돌이킬 수 없게 된 것은 아내가 아프면서부터다.

육 개월 전, 퇴근 후 넥타이를 풀고 있는데 아내가 좀 이상했다. 멍하니 거실 바닥에 시선을 떨어뜨린 채 서 있던 아내가 불쑥 이런 말을 꺼냈다. 유방암이래. 남자는 풀어진 넥타이를 손에 든 채로 잠자코 아내를 쳐다보았다.

— 수술하라고 그래?

— 의사 말로는 그것만이 아닐지도 모른대.

심각한 거야? 남자는 그렇게 묻고 나서 자신도 모르게 생각지도 않은 말을 툭 내뱉었다.

— 나는 상관없어, 가슴 같은 것. 그래, 가슴 따위 없으면 어때?

— 가슴 따위라고?

— 오해 마. 나이가 든다는 건 잃어버림의 연속이라는 뜻이야.

그 순간 아내가 갑자기 울음을 터뜨렸다. 남자는 어찌할 바를 몰라 그저 잠자코 아내를 바라보았다. 이상하게도 남자는 유방암이라는 아내의 말에 그다지 마음이 동하지 않았다. 가슴이 없어도 상관없다는 말은 단연코 진심이었다. 그런데 그 말이 아내를 견딜 수 없는 절망감에 휩싸이게 한 것이다. 남자는 그마저도 뒤늦게 알았다.

그날 이후 아내는 부쩍 짜증이 늘었다. 가슴절제술 이후에는 그 정도가 더욱 심해졌는데 신경안정제나 수면제 용량을 늘려도 소용없는 일이었다. 아내는 바깥출입을 끊었다. 꽤나 애착을 갖던 아마추어 사진 동아리에도 나가지 않았고 잿빛 얼굴은 날로 수척해졌다. 냄새에 대한 집착이 심해진 것도 그즈음이었다. 아내는 김치나 반찬은 물론 일상의 모든 냄새를 역겨워했다. 물집이 잡히도록 수없이 손을 씻었고 천연방향제 따위를 무섭게 사들였다. 남자는 아내의 신경을 건드리지 않기 위해 최대한 노력했다. 밖에서 돌아오면 신발을 벗음과 동시에 욕실로 향하는 것도 그중 하나였다. 항균 및 냄새 억제에 효과가 있다는 샴푸에 발을 담가 씻는 것은 물론 대나무숯 정제수에 발을 헹궈낸 후 드라이어로 발가락 사이의 물기까지 남김없이 말렸다. 그럼에도 아내는 번번이 코를 싸쥐며 외쳤다.

—지독해, 너무 지독해서 견딜 수 없어!

그럴 때면 남자는 독촉에 시달리는 채무자처럼 저 깊은 곳에서 비참한 심정이 치밀어올랐다. 마주 앉아 가시 돋친 저녁을 먹고 나서 부부는 밤이 되면 각자의 방으로 건너가 스마트폰을 만지작거리다 잠이 들었다. 솔직히 지내다보면 그리 나쁜 생활은 아니었다. 다만 어두운 방에 누워 있을 때 남자는 자기가 한 말을 후회했다.

—나는 상관없어, 가슴 같은 것.

남자가 그 말을 내뱉고 말았을 때 보았던 아내의 텅 빈 눈이 자꾸만 떠올랐다. 당신 가슴이 그리울 것 같아. 그때, 그렇게 말했으면 좋았을걸…… 하지만 돌이킬 수 없는 일이다. 부부는 황량한 들판 같은 쓸쓸함 속에 그들 스스로를 이미 내던지고 말았다. 게다가 그런 알량한 말은 거짓에 지나지 않았다. 남자는 처음부터 아내의 가슴을 좋아하지 않았다. 아니, 가슴만이 아니라 가슴도 좋아하지 않았다. 그렇다면 아내와의 사이에 남은 것이 있을까? 남자는 긴 시간을 뒤척이다 웅크려 돌아누웠다. 본능인 듯 외로움이 느껴졌다.

*

주말 아침, 남자가 퍼뜩 눈을 뜬다. 집 안 공기는 눅눅하고 싸늘했다. 부엌에서 달그락거리는 소리가 들려온다. 남자가 방문을 열고 슬그머니 나왔을 때, 머리가 헝클어진 아내가 싱크대 앞에 서 있었다. 정말로 지독해서 못살겠어! 아내는 코를 싸쥔 채로 발을 쿵쿵 굴렀다. 좋지 않은 예감에 남자는 슬그머니 방문을 닫았다. 모름지기 가정이란 포근해야지 않나라는 불만이 들었지만 내색할 수 없는 일이었다. 그것은 에너지의 문제이기도 하다. 처음에 남자도 불만이나 반감을 슬쩍 표출하곤 했지만 그런 경우 아내는 모멸감을 동반한 인신공격을 일삼았다. 뿐만 아니라 기력 없는 남자를 우스꽝스럽게 만드는 미소가 아내에게는 있었다. 웬만큼 자존감이 높지 않고서야 맞설 수 없는 미소, 그럴 때면 남자는 재빨리 건성으로 '내가 잘못 생각한 것 같아, 여보'라고 꼬리를 내렸다.

— 그저 입만 살아가지고.

아내의 비난이 극에 달하면 남자는 입을 다물었다. 상대를 모욕하는 방식으로 승리를 거머쥐는 아내가 어리석은지, 쉽게 패배를 인정하는 자신이 못난 것인지 판단이 잘 서지 않았기 때문이다. 다만 집안싸움이 무수히 반복되는 동안 부부 관계가 산산조각 나고 있음은 분명했다. 그때 주방에서 밥솥의 김빠지는 소리가 들려온다. 문득 남자는 어떤 의문에 사로잡히게 되었다. 왜 냄새가 안 나는 거지? 이상했다. 코가 마비된 것처럼 도통 밥 짓는 냄새가 나질 않았다. 설마 코가 없어져버린 걸까? 그는 다급히 손을 뻗어 얼굴을 훑었다. 다행히 거기, 정가운데에 코는 떡하니 버티고 있었다.

— 아주 가끔 개가 되는 상상을 해요.

마른 침을 삼키던 남자는 갑자기 피식 웃음이 났다. 어디선가 여자가 자기를 보고 있는 것 같아 잠시나마 기분이 상쾌해진 탓이다. 그런데 정신을 차리고 보니 남자를 쳐다보는 사람은 아내였다. 웃어? 지금 웃음이 나와? 밥주걱을 허리춤에 든 채로 아내가 한심하게 바라보고 있었다. 아내의 싸늘한 표정에 그는 몸이 오그라들듯 주눅이 들고 만다. 미안해, 너무 피곤해서 말이지. 남자는 말끝을 흐리며 욕실로 향했다. 아내는 고개를 내젓더니 완강한 동작으로 밥 한 그릇을 퍼서 식탁에 앉았다. 달그락. 아내의 수저질 소리가 그의 심장을 후벼 판다. 쿵. 이번에는 아내가 코를 푼다. 남자는 비위가 상한 나머지 샤워기의 수압을 높였다. 그리고는 요구르트 향이 첨가된 바디밀크를 타월에 묻혀 노골적으로 코를 벌름

거려보았다. 하지만 냄새는 없이 오로지 낭패감만 들었다. 다급해진 남자가 바디밀크 한 통을 바닥에 쏟아버린다. 별안간 아내의 신랄한 목소리가 욕실 문을 타고 넘어왔다.

— 내 말 안 들려? 제발 그 빌어먹을 문 좀 열라고!

남자는 가까스로 차가운 바닥에 주저앉았다. 그러고는 가만히 거울을 쳐다보았다. 거기에는 한 남자가 웅크려 있었다. 그는 벌거벗었고 야위었으며 껍데기만 남은 몸은 앙상한 나뭇가지 같았다. 돌연 거울 속 남자가 히죽 웃었다. 얼핏 봐서는 웃는 것 같지만 자세히 보면 울상을 짓는 것이 분명했다. 예나! 남자는 속으로 여자의 이름을 불렀다. 하지만 아이가 도리질을 하는 것처럼 이내 고개를 가로저었다. 남자는 수압을 최대한 높이고 쏟아지는 물줄기에 앙상한 몸을 숨긴다. 남자의 몸이 완전히 젖고 나서야 아내의 목소리는 잦아들었다.

*

여자를 처음 본 것은 일 년 전 P호텔에서였다. 좀처럼 사람을 사귀지 않던 아내가 남자에게 소개해줄 친구가 생겼다고 했다. 취미로 사진을 배우기 시작한 아내는 동아리에서 스무 살쯤 어린 여자아이를 만났는데 예나라는 이름의 그 친구를 썩 마음에 들어 했다.

— 예나는 사모예드를 닮았어, 여보.

— 사모예드라고?

— 왜 있잖아, 에스키모인들의 애완견. 충실하지만 자유로운 느낌이랄까?

아내는 휴대폰에 저장한 사진을 내밀며 함박웃음을 지었다. 사진 속의 여자는 풋풋하고 생기가 넘쳤다. 나도 이럴 때가 있었을까? 아내가 아련한 표정을 지으며 말했다. 남자는 고개를 끄덕여 아내를 위로했다.

— 아니. 이젠 예쁨이란 게 조금도 남아 있지 않아.

— 나이에 맞는 아름다움이 있는 거지.

— 헛소리 마. 꽃이 어떻게 지는 것 같아? 그냥 땅바닥으로 툭 떨어지는 거야. 궁상스러움만 남지.

그 말을 하는 아내의 눈동자에 슬픔이 드리워졌다. 감상에 젖은 것이 안쓰럽기도 하여 남자는 흔쾌히 저녁 약속에 동의했다. 아내는 곧장 P호텔의 이탈리아 식당을 예약했다.

— 예나, 호텔은 언제 생긴 걸까?

와인 한 모금을 마신 아내가 들뜬 목소리로 물었다.

— 음…… 정착지를 일시적으로 떠나야 하는 여행이 생기면서가 아닐까요?

— 아, 정착지! 나는 정착지를 떠나본 적이 없어, 예나.

— 저는 어디에도 정착해본 적이 없어요, 언니.

남자는 가만히 식사를 하며 옆 테이블 위의 화병을 쳐다보았다. 그러곤 저도 모르게 중얼거리듯 말했다. 활짝 피었군. 그 말을 할 때 아내의 눈빛이 다소 흔들렸다. 잠시 이야기가 끊겼고 남자는 다시 식사에 집중했다. 다행히 분위기는 다시 활기차게 바뀌었다. 어린 채소를 넣은 샐러드와 구운 빵을 먹고 나자 오징어 먹물 파에야가 담긴 접시가 놓였다.

　─우리 시칠리아 여행 갔을 때 참 많이 먹었는데, 그렇지 여보?

　검은 먹물이 밴 밥알을 입에 밀어넣으며 아내가 말했다. 그런데 희미하게 웃을 때마다 아내의 잇몸에 검은 소스가 번졌다. 남자는 그것이 좀 거슬렸다. 메뉴 선택이 적절치 않았다는 생각이 들어 자꾸만 신경이 쓰였다. 반면 예나라는 친구는 음식에 거의 손을 대지 않았다. 오로지 아내만이 먹고 마시며 쉴 없이 떠들었다. 아내는 요즘 찍는 사진과 좋아하는 작가에 대한 이야기를 했고 여자는 고개를 끄덕이는 쪽이었다. 평소보다 수다스러워진 아내는 마치 외로운 노인 같았다. 그러고 보니 귀밑으로 새치가 꽤 비어져 나온 상태였다. 품위 있는 삶과 예술을 위하여! 적당히 취한 아내가 감동한 듯 외쳤다. 그때 여자가 글라스를 내려놓으며 뜻밖의 질문을 했다.

　─궁금해요. 품위 있는 삶이란 어떤 거죠?

　─글쎄…… 알아도 모르는 척, 조용히 넘어갈 수 있는 여유?

　─그건 위선 아닌가? 아, 권태를 견디게 하는 게 위선이군요.

　갑자기 분위기가 싸늘해졌다. 아내의 얼굴에 불쾌함이 살짝 스쳤다.

　─모르는 소리 마. 여자의 삶에서 결혼이 얼마나 중요한데! 그건 말이야, 마치 통과의례처럼……

— 중년이 되면 다들 왜 그래요? 귀는 닫은 채 입으로 가르치려 고만 들죠.

— 좋아. 하나만 물어보자. 넌 결혼하지 않을 거니?

— 아마도요. 인간의 밑바닥까지 볼 자신이 없어요.

— 충분히 그럴 수 있어. 예나는 아직 어리니까.

— 궁금한 게 하나 더 있어요. 왜 결혼하셨어요?

여자가 남자를 빤히 보며 물었다. 남자는 그서 얼굴을 돌려 아내를 쳐다보았다.

— 그때 우리 남편은 참 착했어. 흡족할 만큼.

착해서 결혼을 했다고요? 여자가 의아한 표정을 짓자 아내는 자신만만하게 대답했다.

— 결혼하는 데 그다지 많은 감정이 필요하진 않아, 예나. 하지만 부부로 산다는 건 정말 의미 있는 일이야.

— 재미있네요. 남편 분도 그 말에 공감하세요?

여자가 공격적인 눈빛으로 남자를 바라보았다. 그것이 비수처럼 남자의 마음을 찔렀다.

— 철부지 예나! 우리는 마흔 중반을 넘겼고 자긴 겨우 스물다섯이야. 무슨 말이냐면, 인생을 논하기에 넌 너무 어리다고!

그 말을 들은 여자가 돌연 크게 웃었다. 그러더니 의미심장한 표정으로 낮게 답했다.

— 정말 끔찍해요, 언니.

— 뭐가 말이지?

— 입가의 그 오징어 먹물 말이에요.

아내는 곧 웃음기를 거뒀다. 남자의 난처한 시선이 식탁 가장 자리로 옮겨졌다. 열기가 식어버린 접시에는 군데군데 검은 소스가 말라붙어 있었다. 그 순간 여자가 자리에서 일어섰다. 남자도 얼떨결에 따라 일어났다. 오직 아내만이 미동도 하지 않고 굳어져 있었다. 그만 일어나자, 여보. 남자는 아내의 어깨에 손을 올렸다. 내 몸에 손대지 마! 아내는 혀 꼬인 말을 하더니 일어서려다가 몸까지 휘청했다. 가까스로 균형을 잡은 아내가 빈정대며 말했다.

— 한마디만 하자. 솔직히 네 사진들…… 최악이야. 쓰레기에 가까운!

세 사람 사이에 싸늘한 침묵이 흘렀다. 한참을 돌처럼 굳어 있던 여자는 가벼운 목례를 하고 이내 자리를 떴다. 아내는 불안과 고통으로 몸을 떨고 있었다. 남자는 그 순간 알아차렸다. 상대를 모욕하는 방식으로 얻은 승리가 얼마나 어리석은 것인지.

*

당신이 가! 아내가 흑백으로 인쇄된 초대장을 던지며 남자에게 말했다. '여자의 빛 4인4색 사진전'. 초대장은 아내가 활동하던 아마추어 사진 동아리에서 보내온 것이다. 전시 장소는 P호텔 로비에 있는 오픈 갤러리였다. 참여 작가란에는 아내와 예나의 이름이 올라가 있었다.

— 내가 거길 왜 가?

— 그럼 내가 가니? 이 꼴을 해가지고?

아내는 참담한 눈빛으로 남자를 쏘아보았다. 유방에 종양이 생겼다는 진단을 받으면서부터 아내는 사진 동아리에 나가지 않았다. 독한 약물 치료를 병행하는 사이 아내는 암 덩어리와는 작별할 수 있어도 우울증만큼은 피할 수 없었다.

— 당신 말해봐! 이게 여자 몸이야? 똑바로 좀 봐! 앞인지 뒤인지 구분도 안 되잖아!

남자는 맥없이 시선을 피했다. 다른 문제도 아니고 아내의 여성성에 대한 부분이라 가타부타 감정을 드러낼 수 없었다.

— 입이 없어? 왜 말을 못해? 남자니까 무슨 생각이 있을 거 아냐?

아내의 음성은 섬뜩하고도 뾰족했다. 놀란 남자는 얼떨결에 이렇게 말했다.

— 글쎄…… 담당의사 말이 보형물을 넣으면 자연스럽고 또 보기에도……

쩍! 순간 아내의 마르고 거친 손이 남자의 볼을 강하게 훑었다.

— 보형물? 오호라…… 상관없다 이거구나. 어차피 만지지도 않을 거니까?

— 제발 그만 좀 하자 우리!

— 우리? 나하고 눈도 안 마주치면서 우리라고?

남자는 입을 꾹 다물고 초대장을 낚아 주머니에 구겨 넣었다.

그날 밤 어둠 속에서 아내는 오래 통곡했다. 밤새 뒤척이면서도 남자는 아내 방으로 건너가지 않았다.

다가온 주말, 남자는 택시를 타고 P호텔로 향했다. 아침부터 가랑비가 부슬부슬 내리는 스산한 날씨였다. 택시에서 내릴 때 상당히 조심했는데도 빗물이 튀어 바지에 얼룩을 남겼다. 모든 게 꺼림칙했다. 아내의 부탁대로 인사만 하고 갈 예정이었지만 어쩐지 마음이 뒤숭숭했다. 남자는 새치가 섞인 가르마 쪽도 솔직히 신경 쓰였다. 그러다가 자신이 한심하게 느껴져 머리를 좌우로 흔들었다. 그때 반대편에서 누군가 남자를 향해 손을 흔들었다. 그녀였다. 남자는 당황했지만 어색함을 피하기 위해 억지로 웃어 보였다.

— 세상에 반가워라! 다시 만날 거라곤 생각도 못했어요.

— 아내가 몸이 아파서 대신 왔어요.

여자는 저런! 하고 탄식하더니 입술을 오므리며 뾰로통한 표정을 지어 보였다. 그 순간 남자의 심장이 살짝 요동쳤다. 정말 한순간이었다. 어찌할 바를 몰라 하던 남자는 마침 바지에 튄 흙탕물 생각이 나서 고개를 푹 수그렸다. 조심해도 매번 이렇지 뭡니까. 바지를 툭툭 털고 나서 남자가 멋쩍게 고개를 들었다. 그런데 여자가 남자의 얼굴을 뚫어지게 보고 있었다. 왜요? 무슨 문제 있습니까? 그는 불쾌함도 내비쳤다. 그럼에도 여자는 시선을 피하지 않고 한 뼘 더 다가왔다. 그러더니 별안간 이렇게 말했다. 좋은 냄새가 나요. 남자는 꿀꺽 마른 침을 삼켰다. 그와 동시에 어디선가 아내의 목소리가 들려왔다.

─ 당신한테서 지독한 냄새가 나!

그때 저만치에서 한 무리의 남자들이 그녀에게 오라는 손짓을 했다. 여자는 아쉬운 표정으로 목례를 하고 나서 속삭이듯 그에게 말했다.

─ 다시 볼 수 있으면 좋겠어요.

남자가 나도 그래요, 라고 대답하려는데 여자는 이미 멀어지고 있었다. 등이 깊게 파인 의상 탓에 사람들의 시선이 일제히 그녀 쪽으로 쏠렸다. 남자는 얼굴이 횃횃하게 달아올랐다. 대체 뭘 바라는 거지? 그것은 중년 남자가 감히 바랄 수 있는 성질의 것이 아니었다. 별안간 오줌이 마려웠다. 남자는 급히 화장실로 뛰어갔다. 실로 오랜만에 세차게 오줌을 누었다. 엉거주춤 선 남자가 몸을 떨었다. 서늘하면서도 서글픈 감정이 밀려왔다.

*

여자에게서 연락이 온 것은 정확히 이 주가 지나서였다. 남자는 동그란 얼굴 윤곽이나 오물거리는 여자의 입술에 대해서도 잊지 않고 있었다. 그런데 어느 늦은 밤 여자가 전화를 걸어온 것이다. 영화 보지 않을래요? 남자는 솔직히 눈물이 날 뻔했다. 진실로 말하자면 그는 줄곧 그녀를 생각해온 터였다. 왜 아무 말이 없어요? 여자가 명랑하게 물었다.

―감기 기운이 좀 있어서 말이지.

―어린애처럼 감기라고요?

―중년이 되면 다 그래. 면역이 약해졌다고 해야 하나?

―아, 나이 든 남자는 정말 안쓰러워요!

주말이 되어 두 사람은 시내에서 만났다. 함께 본 영화는 〈비비안 마이어를 찾아서〉라는 다큐멘터리 영화였는데 여류 사진작가의 감춰진 인생에 관한 내용이었다. 상영관은 대학가 주변의 작은 소극장이었다. 여자는 베일에 싸인 여류 사진작가에게 적잖이 감동을 받은 듯 보였다. 반면 남자는 영화에 몰입하지 못했다. 영화가 지루해서가 아니라 그저 여자를 훔쳐보는 데 여념이 없었기 때문이다. 상영관이 어두운 터라 곁눈질하는 것도 어렵지 않았다. 몰래 바라본 여자의 볼은 동그랬다. 흐트러짐 없는 선명한 윤곽은 시선을 뗄 수 없을 정도였다. 영화를 보고 나온 두 사람은 활기 넘치는 거리를 걸었다.

―이런 데 불편하시죠?

―편하진 않지. 나이 들면 사람 많은 곳은 딱 질색이거든.

―언제나 그놈의 나이 타령! 그럼 집으로 갈래요?

―집이라고?

―거기만큼 안락한 곳은 없으니까요.

집으로 가자는 말에 남자는 화들짝 놀란 표정이 되었다. 일부러 당황한 척했던 것은 아니었다. 당황스러움과 불순한 기대감이 동시에 들었기 때문이다. 물론 여자는 집으로 남자를 초대하며 유혹

할 부류로 보이지는 않았다. 남자는 다만 궁금했다. 젊고 매력적인 여자가 중년 남자를 집으로 초대하는 불가사의한 이유 같은 것 말이다. 그런데 결과적으로 여자가 말한 집은 진짜 집이 아니라 여행자의 숙소였다. 공교롭게도 그곳은 두 사람이 처음 만난 P호텔이었다.

—설마…… 여기 산다고?

—사정이 있어 한 달간 머물게 되었어요. 살던 집이 팔렸거든요.

—그럼 집부터 구해야 하지 않나?

—슬슬 생각해봐야죠. 어디서 살지, 어디로 가게 될지.

—어떻게 대책도 없이……

나이 든 남자의 노파심이 우스웠는지 갑자기 여자가 크게 웃었다.

—대책 있는 삶은 어떤 건데요? 그것도 품위랑 같은 의미인가요?

—그러니까 내 이야기는……

—고리타분한 충고는 그만둬요. 그런 말은 신물 날 정도로 들어왔으니까.

여자가 달6호실 문을 활짝 열었다. 남자는 어찌해야 할지 몰라 잠시 머뭇거렸다.

—촌스럽게 굴지 말아요. 그냥 차 한잔 마시자고요.

남자는 촌스럽다는 말에 귀를 쫑긋 세웠다. 촌스럽다는 말은 왠지 사람을 위축시키는 힘을 가졌다. 그는 세련된 사람이고 싶었기에 그저 헛기침을 하며 그 방에 들어섰다.

달6호실은 생각보다 훨씬 안락했다. 이런 호텔은 장기 투숙하기에 그만이라는 생각이 들 정도였다. 남자는 젊고 매력적인 여자를 의식하지 않는 것처럼 보이기 위해 무심한 척 방을 둘러보았다. 여자가 일상적인 동작으로 포트에 물을 올렸다. 작은 공간에 물 끓는 소리가 퍼지면서 남자의 가슴에도 따뜻한 일렁임이 일었다. 그것은 부드럽고 포근한 온기였다. 동시에 남자는 자신이 기대하는 것의 정체에 대해서도 궁금했다. 그녀로 인해 젊어지고 싶은 것인가? 아니면 하루라도 조용히 쉬고 싶은 것인가? 남자가 창가에 놓인 일인용 의자에 털썩 앉았다. 은밀하게 떨리는 것도 잠시, 중년의 남자는 피로를 거스르지 못하고 스르르 눈을 감았다. 퍼뜩 눈을 떴을 때 그의 두 팔은 아래로 축 늘어져 있었다.

— 미안해요, 너무 피곤해서 말이지.

— 항상 미안하다는 말을 달고 사는 것 같아요.

— 그러니까 내 말은……

— 긴장 좀 풀어요. 쉬고 싶은 게 죄는 아니잖아요.

그러자 남자의 콧등이 붉어졌다. 그의 결혼 생활은 위태로운 상태였다. 남자는 불안하고 고통스러운 그 마음을 어디에도 드러내지 못했다.

— 죄가 아니라니…… 그 말을 누가 믿어줄까?

— 자신을 믿어요. 당신은 좋은 사람이잖아요.

— 그걸 어떻게 확신하지?

— 고약하지 않아서요. 좋은 냄새가 났거든요.

— 재밌는 아가씨로군. 사실 나야말로 냄새를 맡지 못해.

— 설마요. 감기 탓은 아니고요?

— 모르겠어. 어느 날부턴가 도통 냄새가 맡아지질 않아.

— 비누 냄새나 그런 것도요?

남자는 가만히 고개를 끄덕였다. 그러곤 이렇게 말을 이었다.

— 여기 이렇게 오래 있어도 되는지 모르겠어.

— 편하게 생각하세요. 그리고 난 남자친구도 있어요.

— 왠지 다행이라는 생각이 드는데? 난 아내가 있으니까……

— 그럼 죄책감이 덜하나요?

여자는 쿡쿡 웃으며 고개를 젓더니 자리에서 일어났다. 그러고는 남자에게 선뜻 두 팔을 벌려 가슴을 활짝 열어주었다. 여자의 돌발적인 행동에 갑자기 남자의 눈가가 젖어들었다.

— 세상에! 중년 울보 사내라니!

그래봐야 세 번째 만난 사이였다. 공식적으로 단둘이 본 것은 처음이었고 더욱이 그녀는 아내와도 아는 사이였다. 그런데 까마득히 어린 여자 앞에서 그것도 호텔 방까지 쫓아와 눈물을 쏟는 남자라니, 그는 자신이 무척이나 한심하게 느껴졌다. 여자는 남자의 등을 톡톡 서너 번 두드렸다. 그러고는 달6호실의 카드키를 꺼내 그에게 내밀었다.

— 젊었을 땐 괜찮았을 외모예요.

— 지금은 그렇지 않다는 말이겠지?

— 우린 친구가 될 수 있어요.

여자가 방긋 웃었다. 그러더니 카드키를 다시 들어 보였다. 남자는 손을 뻗어 충실하게 그것을 받아 쥐었다. 그러곤 복잡한 감정으로 뒤돌아 그 방을 나왔다. 마흔일곱 중년의 남자에게 생애 처음 비밀이란 것이 생겼다.

*

그날 이후 남자는 일주일에 한 번씩 P호텔에 들렀다. 주로 머리가 복잡하거나 숨막히는 일상이 견딜 수 없는 날 그렇게 했다. 두 사람은 남산을 산책했고 명동까지 걸어가서 따끈한 교자에 차가운 맥주를 나눠 마셨다. 달6호실로 돌아온 남자는 일주일 동안 꾹꾹 참았던 일상의 모든 이야기를 여자에게 털어놓았다. 체력이 받쳐주지 않아 회사 생활이 힘들다는 말을 했고 재미삼아 시작한 주식의 수익률 이야기도 했다. 아내 이야기는 꺼내지 않았다. 여자가 특히 관심 있어 한 것은 후각을 잃어버린 코에 대한 부분이었다.

— 냄새를 못 맡으면 어떤 기분이에요?

— 글쎄. 인생의 맛을 잃어버린 기분이라고나 할까?

— 불쌍해라. 코 없는 남자라니!

한번은 여자가 초콜릿 상자를 내밀었다. 남자는 상자에 코를 대고 조심스레 숨을 들이마셨다. 그러나 곧 체념 어린 표정으로 고개를 숙이고 말았다.

— 이러다가 영영 냄새를 못 맡으면 어쩌지?

― 잃어버린 코부터 찾아야겠어요. 더 끔찍해지기 전에.

그때 휴대폰이 진동했다. 잠시 망설이던 남자가 통화 버튼을 눌렀다. 당신 어디야? 아내였다. 섬뜩한 기분에 휩싸인 남자는 얼떨결에 회사라고 둘러댔다. 회사라고? 수화기 너머에서 아내의 비아냥거림이 들려왔다. 당장 들어와! 분노에 찬 아내가 말했다. 그러기 싫어. 남자는 기어들어가는 목소리로 겨우 대답했다. 순간 억울하고 슬픈 감정들이 치밀어올랐다. 남자는 용기를 내야 한다고 생각했다. 나 할 말 있어 여보. 아내는 남자의 말을 가로막았다. 난들을 말 없어, 지금 당장 기어들어 와! 뚜― 전화는 차갑게 끊기고 말았다. 불쌍한 사람. 여자가 슬픈 음성으로 말했다. 그리고 몸을 숙여 가까이 얼굴을 가져다댔다.

― 당신에게서 좋은 냄새가 나요.

그와 동시에 아내의 신랄하고 매서운 목소리가 겹쳐졌다.

― 지독해, 당신한테서 지독한 냄새가 나!

남자는 고개를 세차게 저으며 여자를 향해 떨리는 목소리로 말했다.

― 미안해. 난 못난이에다 겁쟁이야.

― 당신은 겁쟁이가 아니에요. 양심이 있기 때문이지.

여자는 이렇게 말하고는 안타까운 눈빛으로 남자의 늘어진 뺨을 어루만졌다.

― 그만 가봐야겠어. 난 늘 이런 식이었어.

― 언젠가 아버지가 그랬어요. 중년이 된 남자들은 용기를 잃게

된다고.

— 당신이 열 살 정도 많았으면 좋았을걸……

— 아니면 당신이 결혼하지 않았거나?

남자는 가만히 고개를 끄덕였다. 그리고 조용히 일어나 옷을 입었다. 지금이라도 손을 뻗어 여자를 만질 수도 있었다. 하지만 그러면 안 될 것 같은 생각이 들었다.

— 이제 우린 어떻게 하지?

— 당신은 집으로 돌아가면 돼요. 그리고 나는 북극으로 갈 거예요.

— 왜 거길 가려는지 물어봐도 되나?

— 냄새가 없는 곳이니까요. 그뿐이에요.

남자는 그대로 서서 몇 분간 여자의 얼굴을 바라본다. 오물거리는 입술을, 속내를 숨기려는 듯 작게 뜬 눈을, 그리고 아몬드 모양의 검은 구멍이 박힌 그녀의 봉긋한 코를.

남자가 집에 도착했을 때 거실은 몹시 어두웠다. 북극의 빙하처럼 아슬아슬하고 차가운 공기만이 실내를 가득 채우고 있었다. 남자는 신발을 벗고 부엌으로 갔다. 별안간 허기가 밀려와 그는 인스턴트 라면 한 봉지를 꺼냈다. 가스 불에 냄비를 올리자 시퍼런 불꽃이 일었다. 지금 뭐 하자는 거야? 아내가 뒤에서 섬뜩한 목소리로 말했다. 냄비의 물이 끓는다. 남자의 속에서도 자괴감 같은 것들이 동시에 끓어올랐다.

— 쌍! 여기가 당신 하숙집이니?

남자는 크게 놀라 숨을 멈췄다. 아내는 혀를 끌끌 차며 자기 방으로 휙 들어가버렸다. 가슴을 쓸어내리는 사이 식욕도 사라지고 말았다. 기운이 빠진 남자는 냄비의 물을 쏟아버리고 방으로 들어갔다. 길게 누워 티브이 리모컨을 집어들었다. 전원 버튼을 누르자 북극의 자연을 담은 다큐멘터리가 펼쳐졌다. 이부작 〈그린란드의 사냥꾼〉 화면에 등장한 털옷을 입은 남자가 얼음 위의 개집을 가리키며 말했다.

— 북극의 개들은 자기 이름이 걸린 집을 가지고 있어요. 혼자 있으면 심심할까봐 두 마리가 한 지붕을 이고 살아가죠.

잠시 후 충실한 눈빛의 개 두 마리가 얼음 위를 달리기 시작했다. 아주 가끔 개가 되고 싶다는 생각을 해요. 문득 여자의 목소리가 남자의 귓가에 스쳤다.

— 예나는 사모예드를 닮았어, 여보. 충실하지만 자유로운 느낌이랄까?

남자는 그녀가 보고 싶어졌다. 아니, 더는 이대로 살 수 없다는 생각마저 들었다. 벌떡 일어선 남자가 문을 박차고 나갔다. 자동차 키를 집어드는 순간 아내가 길을 막고 섰다. 못 나가. 아내의 표정은 불길하고 음산했다. 제발 좀 비켜줘. 그렇게 말하고 나서 남자가 걸음을 옮기려는데 아내가 가슴팍을 내리치기 시작했다. 퍽. 퍽. 퍽! 섬뜩하고 둔탁한 울림이 남자의 가슴을 후벼팠다. 남자는 절박한 심정으로 저도 모르게 소리쳤다.

—좀 내버려둬. 나도 살아야겠다고!

그 순간 아내가 웃옷을 벗어 던졌다. 남자의 시선이 아내의 가슴께로 옮겨갔다. 거기, 야윈 몸 가운데에 가슴을 도려낸 자국이 선연하게 남아 있었다.

—왜 시선을 피해? 흉해서 못 보겠니?

아내가 바투 다가와 남자의 손을 가슴에 가져다 댔다. 만지지 말아야 할 것에 손을 댄 것처럼 그의 몸이 부르르 떨려왔다. 남자는 솔직히 손을 떼고 싶었다. 하지만 아내를 모욕할 용기가 그에게는 없었다. 눈을 감은 채로 손을 부드럽게 움직여본다. 아무것도 손에 잡히지 않았다. 아내의 얼굴이 차츰 일그러진다. 더는 견디지 못한 아내가 먼저 남자를 밀쳐냈다. 언젠가 달6호실에서 여자가 이렇게 물은 적이 있었다.

—사랑했나요, 아내를?

—아마도 그랬던 것 같아.

—지금은 어때요?

—전부 다 사라졌어. 좋았던 날이 있었는지 기억이 나질 않아.

—불행하세요?

—그건 대답하기 곤란하군. 불행이라는 건 정체가 없으니까.

남자는 도리 없이 아내를 등지고 나왔다. 집 앞에서 골목을 서성이는데 눈앞에 몸집이 큰 개 한 마리가 나타났다. 털이 갈색이며 윤기가 흐르는 녀석은 거리의 흔한 개였다. 가까이 보니 개는 나이가 좀 들어 보였다. 남자가 그냥 지나치려 하자 늙은 개는 무엇 때문인지 자꾸만 다가왔다. 저리 가! 그는 두려운 마음을 들키지 않으려 애써 사나운 표정까지 지어 보였다. 그런데도 개는 이빨을 드러내며 그르렁거렸다. 일단 피하고 보자는 생각이 드는 찰나, 개가 남자의 몸을 덮치듯 달려들었다. 악. 그는 비명과 동시에 주저앉아 몸을 웅크렸다. 그런데 사방이 너무나 고요했다. 그리고 몸 어디에서도 아픔이나 고통이 느껴지지 않았다. 남자는 마른 침을 삼키며 슬며시 눈을 떴다. 아까와 딜리 개는 온순해져 있었다. 그저 코를 벌름거리며 냄새를 맡는 데만 여념이 없었다. 개는 남자의 젖은 머리와 어깨, 마르고 굽은 등에 코를 구석구석 가져다 대더니 포기하듯 슬그머니 꼬리를 내렸다. 당신에게서 좋은 냄새가 나. 어디선가 그녀의 목소리가 들려왔다. 눈물 한 줄기가 뺨을 타고 흘러내린다. 늙은 개는 어둠 속으로 차츰 멀어져갔다.

*

달6호실 손님은 체크아웃하셨습니다. 한 달 후 남자가 P호텔을 찾았을 때 데스크 직원이 말했다. 검은 정장을 차려입은 그는 남자를 미심쩍게 바라보더니 다시 이렇게 물었다.

—혹시 코 없는 남자 분이신가요? 6호 객실 손님이 코 없는 남자라는 분에게 쪽지를 남기셨거든요. 저희도 이런 일은 처음이라……

남자는 울컥하는 마음을 누르며 자신이 코 없는 남자가 맞을 거라고 힘주어 말했다. 그는 잠시 위아래를 흘끗 내려다보더니 중대한 결심을 한 듯 쪽지를 내어주었다.

코가 없어져버렸다네
이브의 타락한 후예들은……
오, 물의 행복한 냄새
돌의 용맹한 냄새!

G. K. 체스터턴의 시 〈쿠들의 노래〉

괜찮으세요? 데스크 직원이 걱정스러운 듯 물었다. 남자는 어깨를 한번 으쓱해 보였다. 직원은 궁금해서 못 참겠다는 듯 남자의 코를 빤히 보며 물었다.
― 이제 코는 찾으신 건가요?
― 찾고말고요. 정말 친절한 호텔이군요.
남자는 가벼운 목례를 하고 몸을 돌렸다. 그때 체크인을 하려고 서 있던 젊은 여자가 남자와 어깨를 살짝 부딪쳤다. 여자의 얼굴은 자몽처럼 싱그러운 빛을 띠고 있었다. 동그랗고 생기 넘치는 볼 위로 사모예드를 닮은 그녀의 얼굴이 겹쳐졌다.
― 여행자들은 결국 남극이나 북극으로 가게 되어 있대요.
남자는 김빠진 맥주처럼 기운 없이 발걸음을 옮겼다. 어깨가 굽은 그는 누가 보기에도 중년배 사내의 모습 딱 그대로였다. 그때 휴대폰이 울린다. 어디야 당신? 아내가 나지막이 물었다. 북극이야. 남자는 무심결에 답하고 이렇게 덧붙였다. 아주 가끔 개가 되는 상상을 해. 잠시 동안 침묵이 흐르고 아내가 차분해진 목소리로 말했다.

　─집으로 올 거지?

　─그럼. 난 당신 말 잘 들으니까.

　남자는 그렇게 말하고 나서 휴대폰의 전원 버튼을 눌렀다. 여자는 정말 먼 곳으로 갔을까? 얼음뿐인 차가운 바다와 빙하가 둥둥 떠다니는 그곳으로. 어디선가 서늘한 바람이 불어와 남자의 옷깃을 파고든다. 그는 눈을 감고 가만히 떠올려본다. 북극을 달리는 야생의 개가 된 자신의 모습을. 크림빛 흰 털을 가진 남자는 장대하게 펼쳐진 눈밭을 거침없이 달리고 있다. 오로지 냄새만으로 길을 찾아야 하는 곳, 싸늘한 겨울바람과 싱싱한 피 냄새가 어우러진 눈밭 위를 그는 발이 시린지도 모르고 거침없이 달렸다. 쩡. 얼음이 갈라지는 소리에 남자의 양쪽 귀가 바짝 섰다. 씽. 바람이 분다. 시린 코에서는 김이 뿜어져 분분이 날린다.

해피
아워 · 서
진

서 진

2007년 《웰컴 투 언더그라운드》로 제12회 한겨레문학상을 수상하며 등단. SF동화
《아토믹스: 지구를 지키는 소년》으로 제4회 스토리킹 수상. 연작소설 《하트브레이크
호텔》, 산문집 《서른아홉, 피아노를 배우기 시작했다》가 있다.

이상하다. 여기가 하와이가 맞나? 하와이에 오면 세상이 달라 보일 것 같았는데 별다를 바가 없다. 야자수와 푸른 바다는 금방 지루해져버렸다. 배경음악도 없이, 별일도 일어나지 않는, 그런 세상.

선글라스를 벗고 뿔테 안경을 낀다. 눈물이 날 정도로 눈부시다. 등이 벌겋게 달아오른 한 남자는 시선이 온통 물가에서 노는 딸아이에게 고정되어 있다. 아이는 플라스틱 삽으로 모래를 퍼낸다. 파도가 밀려와 구멍을 메우는데도 삽질을 계속한다. 나풀거리는 원피스와 검은 타이즈를 입은 여자 둘은 사진 찍기에 여념이 없다. 일본인처럼 보인다. 금발의 중년 부부는 한마디 말도 나누지 않고 책에 시선을 고정시키고 있다. 키보다 큰 서프보드를 들고 바다로 뛰어드는 청년도 보인다. 서핑 레슨을 받아볼까, 생각해보았지만 무리일 것이다. 보드 위에 올라가는 것도 힘들겠지.

휴대폰을 꺼낸다. 호놀룰루는 오후 한 시 십 분, 서울은 내일 오전 여덟 시 십 분.

하품이 난다. 비행기에서 한숨도 자지 못했다. 이코노미 좌석에서 여덟 시간 동안 비행기를 타는 것이 형벌일 줄은 몰랐다. 창가 좌석에 허벅지를 구겨 넣고 꼼짝없이 처박혀 있었다. 화장실에 가고 싶어서 자리에서 엉거주춤 일어났을 때, 같은 줄에 앉아 있던 두 명의 여자는 이미 잠든 후였다. 실례합니다, 라고 말해도 못 들은 척했다. 어쩔 수 없었다. 그녀들의 무릎을 차례로 건드리며 좌석을 건너갈 수밖에.

다행히 지금은 자유의 몸이 되어 와이키키 백사장에 앉아 있다. 자외선 차단 스프레이를 뿌렸지만 이놈의 햇빛은 피부를 그대로 뚫고 들어와 뼈를 태우는 것 같다. 땀은 또 왜 이렇게 줄줄 흘러내리는지. 셔츠가 등에 달라붙어버렸다.

귀에 커다란 헤드폰을 꽂고 막대기를 휘젓고 있는 남자가 보인다. 뭘 하고 있는 걸까? 막대기 끝에는 접시 모양의 판이 달려 있다. 진지한 표정으로 원형 판을 모래 위에 살짝 띄운 채로 백사장을 훑는다. 모래에서 신나는 음악이라도 흘러나오는 것처럼. 등을 드러내고 누운 거대한 남자를 지나 나에게 다가온다.

"괜찮아?"

남자가 영어로 말한다. 또박또박 끊어서, 천천히, 아 유 오케이? 그 정도 영어는 알아들을 수 있는데.

"아…… 괜찮습니다."

또박또박 세 단어로 답했다. 아이 엠 파인.

입국장에서 입국 목적을 묻는 심사관의 질문에 나는 한 단어로 대답했다. 베케이션(vacation). 얼마나 머물 것인가, 직업은 무엇인가…… 대답을 준비한 게 많은데 심사관은 더 이상 질문을 하지 않고 여권에 도장을 찍어주었다.

택시 기사는 내가 발음하는 호텔 이름을 제대로 알아듣지 못했다. 일부러 못 알아듣는 척하는 건지 의심스러울 정도였다. 가방을 뒤져서 호텔 예약증을 보여주니 그제야 고개를 끄덕였다. 알고 보니 그 호텔은 와이키키에도 두 개의 분점이 있어서 어느 곳인지 되물어봤던 것이다.

헤드폰을 낀 남자의 턱은 수염으로 덥수룩하다. 군데군데 흰 수염도 보인다. 터진 실밥이 여기저기 보이는 야구 모자는 한 번도 세탁한 적이 없는 것 같다. 남자가 헤드폰을 벗는다. 실전 생활 영어 연습이나 해볼까?

"그건 뭡니까?"

나는 남자가 쥐고 있는 막대기를 가리켰다.

"금속 탐지기야. 모래 속에 숨어 있는 걸 찾아낼 수 있지."

"어떤 게 숨어 있나요?"

"동전 같은 게 대부분이지만, 운이 좋으면 목걸이나 반지도 나오지."

"네에……"

내 영어 실력이 이렇게 좋았나? 몇 개의 단어만 알아들었는데
도 무슨 말인지 짐작할 수 있다. 귀를 쫑긋 세우는 게 중요하구나.
남자는 나를 천천히 훑어본다.

"어느 호텔에 묵고 있어?"

호텔 이름을 말하려다 손짓으로 방향을 가리켰다. 택시기사처
럼 이 남자도 나의 발음을 잘 알아들을 수 없을 것 같았다.

호텔 예약 앱으로 특가 할인 객실을 예약했다. 단, 조식 미포함
에 시티 뷰. 리뷰도 나쁘지 않았다. 삼 일이면 충분할까, 잠시 고민
하다가 예약을 해버렸다.

"오, 그곳이라면 괜찮겠군. 해피 아워(happy hour)를 하는 바가
있으니까. 맥주 한잔 어때?"

내가 대답하기도 전에 남자는 발길을 옮겼다. 나는 따라가야 할
지 말아야 할지 망설이다가 자리에서 일어났다. 이렇게 환한 대낮
에 별일이야 있겠어?

자리에서 일어나니 뒷머리에서 찡, 한 통증과 함께 시야가 어두
워졌다. 나는 뒷머리를 손으로 살살 주물렀다. 다행히 시야가 정
상으로 돌아오고 통증이 옅어졌다.

남자는 엉거주춤하게 허리를 굽힌 채로 걸어갔다. 긴 체크무늬
셔츠, 여기저기 실밥이 튀어나온 청바지는 와이키키 거리에는 도
무지 어울리지 않았다.

남자는 내가 머무는 호텔 입구에 다다랐다. 뒤를 돌아보지도 않
고 이 층으로 향하는 계단으로 올라갔다. 나도 그를 따라가려는데

휴대폰이 울렸다.

회사에서 걸려온 전화다. 한국 시간은 오전 아홉 시 오 분. 다섯 번 정도 울릴 때까지 받지 않다가 통화 종료 버튼을 눌렀다. 지금 전화를 받으면 계속 전화를 받아야 할 테니까.

이 층으로 올라가니 남자는 창밖을 향해 난 스탠드바에 앉아 있었다. 유리창 따위는 필요 없다는 듯 창가에는 기둥 몇 개가 박혀 있을 뿐이었다. 나는 남자의 옆자리에 앉았다. 시선을 마주 보고 있지 않으니 편했다. 바람이 불었다. 뙤약볕에 앉아 있을 때에는 후덥지근했던 바람이 그늘에 있으니 시원하게 느껴졌다. 쿵짝거리는 밥 말리풍의 레게 음악이 흐른다. 주문하지도 않았는데 유리잔에 가득 담긴 맥주가 나왔다.

맥주잔에 물방울이 송골송골 맺혀 있다. 남자는 자신의 잔을 살짝 들어올린다.

"하와이에 왔으니 맥주 한 잔은 해야겠지?"

"아…… 네."

맥주를 한 모금 마셔본다. 평소에 마셨던 맥주와는 조금 다른 맛이다. 약간 더 쓰긴 한데 향긋한 냄새가 난다. 기분 탓인가?

"이 식당의 해피 아워에는 맥주가 반값이야. 두 잔을 마셔도 한 잔을 마신 거나 다름없지. 오후 두 시부터 다섯 시까지니까 기억해두라고."

남자는 빈 잔을 든다. 웨이트리스가 순식간에 나타나 금세 가득 찬 새 맥주를 놓아둔다. 나는 아직 반밖에 마시지 않았다. 얼굴이 화르르 달아오른다. 회식 자리에서도 나의 주량은 맥주 두 잔. 이렇게 큰 잔에 마시고 있으니 벌써 주량은 넘은 것 같다.

"아내는 어디 있는 거야?"

"네에?"

남자는 나의 결혼반지를 가리킨다.

"값이 꽤나 나가겠어."

왼쪽 손에 끼워진 반지를 살펴보았다. 보석의 빛이 바래긴 했어도 네 번째 손가락에 그대로 걸려 있다. 신체의 일부분처럼 손에 붙어버린 것 같다. 오른손으로 슬며시 반지를 가렸다.

"근처 어딘가에 있을 겁니다."

남자는 더 이상 묻지 않았다. 질문을 했더라도 제대로 답을 못 했을 것이다. 문득 미라는 지금 반지를 끼고 있을지 궁금하다.

"빌, 내 이름은 빌이야."

"저는 성구입니다."

나는 맥주 한 모금을 더 마신다. 처음 마실 때보다는 덜 차갑지만 맛은 더 진해졌다. 레게 음악은 어느새 우쿨렐레 반주로 바뀌었다. 이런 음악을 계속 듣고 있다가는 뇌가 흐물흐물해져서 세상의 모든 걱정 따위는 잊어버릴 것 같다. 공항에서부터 시작해 택시와 호텔 로비에서 죄다 이런 음악이 흘러나왔다.

"여기에 사나요?"

"응. 저기 뒤쪽에 있는 콘도야."

남자는 손으로 방향을 가리킨다.

"하와이에 산다니, 좋겠습니다."

남자는 맥주를 한 모금 들이킨다.

"그런가? 나는 이곳에 놀러오는 사람들이 더 부러워. 당신 같은 사람 말이야. 하와이에 처음 오는 사람들."

"처음인지 어떻게 아셨나요?"

"그냥 알아. 일본에서 왔지?"

"틀렸습니다. 한국입니다."

남자는 피식 웃는다.

"아, 요즘엔 자꾸 틀리는군. 중국 사람과는 구분이 쉬운데 일본 인과는 좀 헷갈려. 그나저나 하와이에 온 소감이 어때?"

첫인상은 그리 좋지 않았다. 공항 주변은 공업지대 같았고, 시 내로 접어드니 오래된 건물과 홈리스도 보였다. 그러다 순식간에 호텔과 상점으로 가득 찬 빌딩 숲이 나타났다. 인공 폭포가 있는 호텔, 온통 핑크빛으로 치장한 호텔…… 이렇게 많은 호텔이 필요 할까 싶은 생각이 들었을 때, 푸른 바다가 나타났다.

"십 년 넘게 살면 그저 그래. 밤에는 취객들 때문에 시끄럽지, 아침이면 쓰레기차 소리 때문에 잠이 깬다고. 다들 행복한 표정을 짓고 있어서 좋긴 한데…… 그걸 보고 있으면 더 우울해지거든."

남자의 말이 처음보다 조금 빨라져서 내 멋대로 짐작해버렸다.

"우울할 때엔 무얼 합니까?"

"캘리포니아에 살았을 때엔 실컷 운전이라도 했지. 끝이 보이지 않는 지평선을 달리다보면 좀 괜찮아지니까. 여기는…… 고속도로가 있긴 해도 늘 막혀. 고속도로라고 해봤자 끝까지 달리면 한 시간 거리야. 감옥이나 다름없지. 파라다이스의 감옥."

남자의 말을 알아들으려고 애쓰다보니 머리가 점점 더 아파온다.

"실은, 아내를 찾으러 하와이에 왔습니다."

"뭐라고?"

남자는 막 두 번째 잔을 다 비운 참이었다. 한 잔을 더 마실지 말지를 고민하는 눈치였다.

"어쩐지……"

"네?"

"해변에 있는 사람들 중에 가장 우울하게 보이더라고."

머리에 지잉, 하는 통증이 느껴진다. 정확히는 오른쪽 귀 뒤쪽과 목덜미 사이다. 진통제를 먹어도 아무 효과가 없다. 예전에도 가끔씩 통증이 느껴졌지만 그날 이후로는 시시때때로 찾아온다. 아내가 사라진 그날 이후부터는 말이다.

아내가 사라진 첫날, 친한 친구네 집에 갔으려니 하고 별 신경을 쓰지 않았다. 한 달에 한두 번은 자고 왔으니까. 배터리가 떨어졌는지 통화는 연결되지 않았다. 다음 날에도 아내가 돌아오지 않자 나는 처제에게 전화를 걸었다.

"휴우. 먼 곳으로 여행을 가고 싶다고 했는데…… 형부에게는 아무 말 없었어요?"

처제의 목소리는 냉랭했다.

"어디로 간다는 말은 없었어?"

"그냥 하는 소리인 줄 알았죠. 저도 잘 몰라요. 정말로."

농담이에요, 라고 말할 줄 알았는데 한동안 침묵이 흘렀다. 비난이 숨겨져 있는 침묵이었다. 나의 사과를 기다리는 것 같기도 하고, 언니를 설득해서 데려오라고 부탁하는 것도 같았다. 하지만 나는 잘못한 게 없으니 사과할 것도 없었다. 나도 침묵으로 대응하자 처제가 입을 열었다.

"저, 이번에는 꼭 붙어야 하거든요."

삼 년째 낙방한 임용고시를 말하는 거다.

"두 분 문제로 더 이상 저를 곤란하게 하지 말았으면 해요."

나는 아내의 친한 친구 전화번호를 물어봤다.

"언니에게 그렇게 친한 친구가 있었나요? 새로 사귄 친구인가? 저는 잘 몰라요. 너무 걱정하지 마세요. 언니는 결혼하기 전에도 훌쩍, 집을 떠난 적이 종종 있었으니까. 세상물정을 좀 모르긴 해도 어이없는 일은 저지르지 않아요."

내가 뭐라고 더 묻기도 전에 처제는 전화를 끊어버렸다. 장모님은 삼 년 전에 돌아가셨고 장인어른이 계시지만, 몸이 불편하셔서 요양원 신세를 지고 있었다. 미라의 행방을 물어볼 사람은 더 이상 없었다.

"어디 아파? 두통에 먹는 약이 있어. 줄까?"

남자가 묻는다.

"아뇨. 괜찮아요. 시차 때문일 겁니다."

"그럼, 맥주 한 잔을 더 마셔야지. 처음엔 라거였고 이번엔 페일

에일이야."

남자는 웨이트리스를 불러 맥주를 주문했다. 내 앞에 놓인 맥주는 지난번 것보다 색깔이 더 진하다. 남자의 맥주도 내 것과 똑같은 색깔이다.

"잔소리할 마누라가 없으니 맘대로 마셔도 되겠지."

"결혼하신 적은 있습니까?"

남자는 맥주를 벌컥벌컥 들이킨다. 이런 질문은 외국 사람에게 실례인가?

"물론 있지. 작년에 대학에 들어간 아들도 있는걸. 둘 다 못 본지는 십 년이 넘었어."

이 남자는 나보다 더 우울할지도 모른다. 나는 아내와 떨어진지 겨우 일주일밖에 되지 않았고, 다시 만날 수 있지만 (그렇다고 굳게 믿고 있다) 이 남자의 사정은 나보다 훨씬 복잡한 것 같다.

치즈 냄새 때문에 배에서 꼬르륵 소리가 난다. 마지막으로 먹은게 비행기에서 아침으로 먹은 모닝 롤과 커피가 전부다. 배가 고파 햄버거라도 먹을까 했지만 귀찮았다. 무엇보다 나는 밥을 먹고 싶었다. 김치와 된장국, 구운 김과 계란 프라이가 나오는 가정식 백반을.

"배고프지? 케사디아야. 해피 아워에는 몇 가지 안주도 할인되지."

반달처럼 생긴 토르티야가 피자 조각처럼 잘려 있다. 그 안에 치즈가 들어 있나보다. 남자는 한 조각을 집어들더니 함께 나온 붉은 소스에 찍어 먹는다. 나도 그를 따라 한입 베어 물었다.

느끼한 치즈가 느글거린다. 앗, 소스에 뭐가 들어가 있는지 입에서 불이 날 것만 같다. 후우 입김을 분다.

"맵지? 이 집 살사 소스가 죽이거든."

나는 맥주를 벌컥벌컥 들이킨다. 맥주는 지난번 것보다 더 쓰다. 매운 소스와 기름진 치즈, 쓴 맥주가 목에서 막혀버렸다. 켁켁, 기침을 하다가 맥주를 뿜어버릴 뻔했다.

"어이, 진정하라고 진정해."

남자는 내 등을 위에서 아래로 천천히 쓰다듬는다. 기침은 멈추지 않는다. 눈물이 고여 안경을 벗고 눈을 비볐다.

"괜찮아?"

나는 고개를 끄덕인다. 전혀 괜찮지 않다. 우리나라 고추와는 달리 여기 고추에는 미각을 마비시키는 화학 성분이 들어 있는 것 같다.

"어떻게 찾을 건데?"

무얼 찾는다는 거지? 나는 내가 영어를 잘못 알아들었나 싶어 남자를 빤히 쳐다보았다.

"아내 말이야."

나는 영어 실력이 부족하지만 남의 말을 이해하는 능력도 부족한가보다.

미라가 늘 말했다. 나는 사람들의 말을 제대로 듣지 않는다고. 밥을 먹을 때, 대화를 할 때, 휴대폰을 들여다보지 말고 상대방의 말을 똑바로 들으라고 했다. 휴대폰을 보는 건 앱 개발자의 직업상 습관이라고 변명해도, 휴대폰을 보고 있어도 사람의 말을 듣고 있다고 해도 먹혀들지 않았다.

한번은 집에서 함께 저녁을 먹고 있을 때, 미라가 내 휴대폰을 빼앗아 던진 적도 있다. 나도 모르게 고함과 함께 욕이 튀어나왔다.

"소리 질러서 미…… 미안해."

지금 생각해보니 그때, 미라는 내게 뭔가를 이야기하고 싶었던 것 같다. 나에게 뭐라고 했더라?

"자기는 언제까지 계속 연기에 빠져 있을 거야?"

"여…… 연기라니 무슨 말이야?"

"어른인 척하는 연기. 회사원인 척하는 연기. 최소한 집으로 돌아오면 자기 자신으로 돌아와야 할 거 아냐? 나는 도대체 누구하고 살고 있는 건데?"

미라는 문을 쾅, 하고 세게 닫더니 서재로 들어갔다. 휴대폰이 소파에 떨어져서 망정이지 바닥에 떨어졌으면 액정이 나갔을지도 모른다. 오리지널의 느낌을 살리기 위해 범퍼 케이스도 하지 않았는데 말이다.

"아이 돈 노."

어떻게 미라를 찾을지는 나도 정말 모른다. 해외여행은 처음이지, 영어도 달리지, 날씨도 덥다. 셔츠가 땀에 젖어서 나쁜 냄새가 난다. 나의 피부는 지방층이 두꺼워 추위를 잘 타지 않지만 더위에는 젬병이다. 아, 찬바람이 쌩쌩 불던 우리나라로 돌아가고 싶다.

"혹시 도움이 필요하면 연락해. 뭔가 찾는 거라면 나름 전문가니까."

남자는 냅킨에 삐뚤삐뚤 전화번호를 적는다. 그리고 자리에서
일어났다. 처음엔 화장실에 간 게 아닐까 싶었지만, 남자는 돌아
오지 않았다. 냅킨에 물기가 스며들어 전화번호가 얼룩질 때 나는
재빨리 휴대폰을 꺼내 사진을 찍었다. 빌, 빌이라고 했지.

두 번째 맥주는 반밖에 마시지 못했다. 안주도 반쯤 남았다. 어
떻게 계산을 하지? 미국에서는 계산 영수증을 테이블로 갖다준다
던데. 영수증이 영어로 뭐였더라? 어떻게 웨이트리스를 부르지?
미국 사람들은 주로 더치페이를 한다던데 빌은 술값을 내게 덮어
씌우고 가버렸다.

다행히 웨이트리스는 부탁하지 않았는데도 영수증을 갖다줬다.
맥주 여섯 잔에 안주 하나. 사십오 달러. 왜 이리 비싸? 영수증을
자세히 보니 처음에 마신 맥주만 해피 아워로 반값이 되고 두 번
째로 마신 것은 할인되지 않았다. 참, 팁을 줘야지. 가이드북에는
십오 퍼센트가 적당하다고 하던데. 휴대폰을 꺼내 계산기를 두드
려본다. 육 달러 칠십오 센트. 칠천 원이 넘는 돈을 강탈당한 기분
이다. 합계 총 오십일 달러 칠십오 센트. 나는 지갑에서 오십 달러
짜리 지폐를 꺼내 얌전히 테이블에 두고 나왔다. 팁이 모자란 것
같아 뒤통수가 좀 간지러웠다.

레스토랑을 빠져나오니 수영장이 보였다. 호텔에 수영장이 딸
려 있다고 해서 어딘가 싶었는데 이 층 야외에 있었던 것이다. 레
인도 없고 길이도 십 미터 정도밖에 되지 않는다. 세상에서 가장

유명한 바다를 놔두고 소독약 냄새가 나는 물에 몸을 담그고 싶은 사람들이 있나보다. 할머니 할아버지 커플이 선 베드에 누워 책을 읽고 있고, 아이 서넛이 소리를 지르며 풀에서 물장구를 친다.

다행이다. 나에게 저런 애들이 없어서. 아닌가? 저런 애들이라도 있었으면 미라는 집을 나가지 않았을까?

나는 슬쩍 뒤를 돌아본다. 바보 같지만, 미라가 나를 훔쳐보고 있는 느낌이 들어서다. 미라는 내가 이 호텔에 있다는 걸 안다. 한국을 떠나기 전에 이메일을 보내놓았다. 하와이에 도착해서 수신 확인을 체크했을 때, 분명 읽었다고 되어 있었다. 체크인을 한 후에 호텔의 호수를 적어 메일을 보냈다. 꼭, 만나고 싶으니 언제든지 찾아오라고. 그러나 지금은 찾아올 기분이 아닌가보다.

나는 선 베드에 누워 휴대폰으로 메일에 접속한다. 대출과 보험 광고가 메일함을 가득 채우고 있다.

미라의 답장이 없다.

지금까지 열 통이 넘는 메일을 보냈다. 처음 건 두 줄짜리 화풀이였고, 그다음 두 통은 굉장히 긴 편지였다. 구구절절 잘못했다 썼는데 솔직히 무얼 잘못했는지 몰라서 횡설수설 쏟아부었다. 매일 밤늦게 들어오는 것, 주말에 소파에서 뒤적거리는 것, 휴대폰을 손에서 놓지 않는 것…… 그런 사사로운 이유 때문에 미라가 집을 나갔을 리가 없겠지만, 지푸라기라도 잡는 심정으로 구구절절히 토해놓았다. 메일을 읽었다는 사실을 확인했을 때 얼마나 기뻤는지 모른다.

삐리릭, 문자가 왔다. 화들짝 놀라 휴대폰을 떨어뜨릴 뻔했다.

'박 팀장님 오늘 출근 안 하세요? 정말 하와이에 간 건가요? ㅜ.ㅜ'

김 수습이 울상을 짓고 문자를 찍는 게 그림이 그려진다. 나흘 뒤까지 프로그램을 완성하지 않으면 이번 프로젝트는 엉망이 될 거라고 문자가 한 통 더 왔다.

너무 울지 마. 이번 건을 망치면 회사가 당장 망할 것 같지? 아 니야. 네가 쓸모 있는 직원이라면 회사가 널 자르진 않을 거야. 나? 나는 절대로 못 자르지. 아무렴. 나는 답장을 보내려다 말았 다. 로밍 문자 수신은 무료지만 발신은 비싸다.

강 부장에게는 솔직하게 말했다. 아내가 집을 나갔다고.

"그래도 부럽네. 우리 집사람은 나를 포기한 지 꽤 됐는데."

그는 쓴웃음을 지었다. 나를 놀리는 건지 진짜 부러운 건지 알 수 없었다.

"제수씨가 집을 나간 건, 자신을 찾아달라는 무언의 부탁이 아 닐까?"

강 부장은 입사 때부터 나의 사수 역할을 했고, 결혼 전후로 미 라와 함께 만난 적도 있다. 회사 파벌에서 유일하게 친인척 계열 이 아닌데, 어떻게 그 자리까지 올라갔는지 신기하다.

가족에게 버림받는 것이 회사에서 오래 살아남는 비결일지도 모른다. 강 부장은 맛있는 거라도 사 먹으라고 하면서 내 주머니 에 오만 원짜리 몇 장을 쑤셔넣었다.

"너무 걱정 마. 정신줄만 놓지 않는다면 일이든 가정이든 어떻게든 굴러가게 마련이니까. 하지만 노트북은 꼭 챙겨 가라고."

후두둑, 물방울이 떨어진다. 풀에서 아이들이 고함을 지르며 밖으로 뛰쳐나온다. 물방울은 그칠 줄을 모른다. 할머니 할아버지 커플은 아이들과 함께 수건을 사이좋게 덮고 사라진다. 위를 올려다본다. 비가 내리고 있다. 하늘은 환한데, 심지어 바다 쪽에서는 햇살이 비추는데도, 샤워기를 틀어놓은 것처럼 비가 쏟아진다.

시원하다. 햇살 때문에 뜨거웠던 피부와, 낮부터 마신 맥주 때문에 올라왔던 몸의 열기가 식는다. 쿠쿵, 하고 천둥소리가 들린다. 나는 자리에서 슬며시 일어났다. 계속 비를 맞고 있어도 되는데, 휴대폰이 젖을까봐 겁이 났던 것이다.

엘리베이터에는 흠뻑 젖은 남자와 여자아이가 타고 있었다. 뭐가 좋은지 서로 웃어댔다. 남자가 뭐라고 내게 물었는데, 알아듣지 못하고 나도 그냥 웃었다. 버튼을 누르는 걸 보니 내가 가려는 층수를 물어본 것 같았다. 나는 십육 층 버튼을 눌렀다. 내가 먼저 내리자 아이가 바이, 하면서 인사를 했다. 나도 인사를 하려다 타이밍을 놓쳤다. 남자는 여자아이의 손을 꼭 쥐고 호텔 복도로 사라졌다.

복도를 천천히 걸어갔다. 혹시나 방문 앞에 미라가 기다리고 있지는 않을까 기대했지만 아무도 없었다. 카드키가 작동하지 않아서 몇 번이고 키를 집어넣었다가 뺐다가를 반복해야 했다. 포기하고 카운터로 내려가려고 할 때, 초록색 불이 깜빡 켜지면서 문이 열렸다.

방으로 들어가 젖은 옷을 벗고, 뜨거운 물로 샤워를 했다. 앙증맞은 플라스틱 통에 들어 있는 샴푸를 한 번에 다 써버렸다. 손에 잡히는 머리카락이 너무 꼬여 있다. 거울을 본다. 오기 전에 머리를 자를걸 그랬다. 곱슬머리라 한눈팔면 머리가 두 배 정도 커져 보일 만큼 머리카락이 자라난다. 콧등에 안경 때문에 생긴 벌건 자국이 나 있다. 이참에 눈 수술을 해버릴까? 김 수습은 눈 수술한 다음 날 안경 없이 출근해서 세상이 다르게 보인다고 했는데.

배를 만져본다. 보기 좋게 나온 인격이라고 애써 외면하고 있었다. 이건, 보기 좋은 정도가 아니다. 아래를 보니 고추가 보이지 않을 지경이다. 진짜로 살을 빼야 한다.

언젠가부터 미라는 안방에서 자고 나는 거실 마룻바닥에서 자기 시작했다. 내 몸집 때문에 침대에서 미라가 불편했고, 내가 미라보다 항상 늦게 퇴근하기 때문에 깨우기도 미안했다. 나는 거실에서 티브이를 보다가 휴대폰을 만지작거리다 잠이 드는 경우가 많았다. 마지막으로 미라와 몸을 섞었던 것이 언제인지 기억이 가물가물하다. 혹시 그것 때문인가?

거품이 다 씻겨나갔는데도 계속 물을 틀어놓고 있었다. 차가운 물 쪽으로 샤워기 레버를 돌렸다. 소름이 돋을 정도로 정신을 차릴 수 있게.

타월은 큰 것부터 작은 것까지 서너 가지가 갖춰져 있다. 얼룩 하나 없이 새하얗게 세탁을 해놓아 더럽히기가 미안할 정도다. 나는 가장 큰 타월로 몸을 돌돌 말고 침대에 풀썩 누웠다. 침대의 높이가 집에 있는 것보다 훨씬 높았다. 킹사이즈라 나 같은 인간 두 명이 누워도 함께 잘 수 있을 정도로 넓었다. 푹 꺼지지도 않고 딱딱하지도 않은 매트리스의 느낌도 좋았다.

시설은 내세울 게 없지만 침구가 고급이라는 호텔 리뷰가 틀리지 않나보다. 리뷰의 별점은 평균 네 개였는데 나는 별 다섯을 주겠다. 이렇게 혼자, 옷을 다 벗고 대자로 누워 있을 수 있는 것만으로도 좋으니까. 내가 지금 하와이 호텔방에 혼자 나체로 누워 있는 것만큼, 아내가 나를 버리고 사라졌다는 것이 실감나지 않는다. 나의 손에는 아직도 결혼반지가 끼워져 있는데 말이다.

커튼 사이로 창밖의 햇살이 살금살금 들어오다가 사라진다. 에어컨이 돌아가는 소리가 들리다가 갑자기 멈춘다. 빗소리가 나는지 귀를 기울여보았지만 잘 알 수가 없다.

미라의 '친한 친구'를 찾는 건 쉽지 않았다. 일단 집 안을 구석구석 뒤졌다. 냉장고에는 내가 좋아하는 더덕무침과 고추와 메추리알이 들어간 쇠고기 장조림이 가지런히 놓여 있었다. 냉장고 벽에 메모 같은 게 붙어 있지 않을까 했지만 장보기 목록이 눈에 띌 뿐이었다. 연두색 포스트잇에는 참기름, 마늘, 파, 계란 그리고 분홍색 포스트잇에는 면봉과 물티슈.

청소 도우미라도 고용했던 걸까? 거실도 평소와는 다르게 지나치게 깨끗했다. 리모컨 세 개가 가지런히 테이블 위에 놓여 있는 것도 이상했고.

옷방 겸 서재를 살펴봤다. 없어진 옷이 어떤 건가 살펴보았지만 눈에 띄게 줄어든 표시는 나지 않았다. 한쪽 벽을 가득 채운 책장에는 미라의 책이 빽빽하게 꽂혀 있었다.

일 년 전에 이사 올 때 불필요한 책은 버리자고 했지만 미라는 말을 듣지 않았다. 학창 시절부터 모아왔던 거라 버릴 수가 없다고 했다. 읽으면 머리가 아플 것 같은 소설책이 대부분이었다. 그중에 몇 권은 침대 밑이나 소파에 늘 뒹굴곤 했다. 혹시 없어진 책이 있나 싶어 살펴보았지만 알 도리가 없었다. 아내가 어떤 책을 좋아하는지, 좋아하는 작가는 누구인지 제대로 알지 못했던 것이다.

신용카드 승인 내역을 확인해보았다. 미라가 갖고 있는 신용카드는 승인이 되면 내게 문자가 온다. 미라가 집을 떠난 후로 한 번도 문자가 온 적이 없었다. 집을 떠나기 전날, 슈퍼마켓에서 장을 본 것이 마지막이었다. 통장에서 현금을 인출한 흔적도 없었다. 점점 더 불길한 예감이 들었다.

결정적인 힌트는 쓰레기통에서 찾아냈다. 쓰레기통을 바닥에 탈탈 털어 하나하나씩을 살펴보다 영수증 한 장을 발견한 것이다. '알로하 홀라 교습소' 지난달 중급반 수강증이었다. 회비는 십육만 오천 원. 부가세 포함. 그걸 발견하기 전까지 나는 온갖 상상을 다 하고 있었다.

그중에 가장 나를 괴롭힌 건, 혹시나 다른 남자가 있지 않았을까 하는 점이었다. 절대로 그럴 리가 없다고 생각하면서도 나도 모르게 그쪽으로 상상을 하고 말았다. 나보다 호리호리하고, 돈도 많고, 차도 그럴싸하고, 소설책도 많이 읽는 젠틀한 (그리고 재수 없는) 녀석과 팔짱을 끼고 러브호텔로 들어가는 모습 말이다.

나는 영수증에 적힌 전화번호로 전화를 걸어 학원의 위치를 알아냈다. 차로 십 분 정도 떨어져 있는 한적한 주택단지였다. 주택을 개조한 교습소 입구에는 무지개 그림 위에 'Aloha'라고 영어로 적힌 작은 간판이 전부였다.

훌라댄스라면 가슴을 드러내고 풀잎으로 만든 치마를 두르면서 추는 춤이 아니었나? 잔뜩 긴장을 하고 문을 여니 여자 서넛과 남자 한 명이 슬로모션으로 몸을 움직이고 있었다. 춤이라기보다는 팬터마임처럼 보였다. 마실 나온 사람들처럼 티셔츠에 편안한 바지를 입고 있었다.

맨 앞에서 춤을 가르치는 선생은 은발이 허리까지 내려온 여자였다. 수업을 마치고서 그녀와 이야기를 나눌 수 있었다.

"미라씨에게 말씀 많이 들었어요. 반가워요."

여자는 커피를 건넸다. 하와이의 코나에서 나는 특별한 커피라고 했지만 내 취향은 믹스 커피다. 원두커피나 아메리카노는 너무 쓰다.

나는 이곳을 찾아온 용건을 주절주절 읊었다. 아내가 집을 나간 지 나흘이 되었으며 전화도 받지 않고 흔적도 찾을 수 없다. 처제도 행방을 모르고 친한 친구도 없다. 내가 찾아낸 것은 이곳의 영수증뿐이다. 이곳에서도 별 소득이 없으면 경찰에 실종신고를 할 생각이다. 그것도 안 되면 사람을 찾아주는 흥신소라도 찾아갈 것이다.

"뭐 그리 급하세요. 잘 찾아오셨네요. 이번 주 수업에 빠져서 저도 걱정하고 있었어요."

여자는 별일 아니라는 듯 웃었다. 저기요, 보통 아내는 아무 연락 없이 나흘씩이나 집을 비우지 않는답니다.

은발 때문에 여자가 나이가 많을 거라고 생각했는데 가까이서 보니 그렇지도 않다. 화상도 하지 않았고, 군살도 전혀 없다. 뒷모습만 보면 사십 대라고 볼 수도 있겠다. 웃을 때 눈가에 주름이 지는 건 어쩔 수 없지만.

"진짜로 가신 것 같네요."

"네?"

여자는 싱긋 웃으면서 사무실 벽에 걸린 달력을 쳐다보았다. 파란 바다가 보이는 풍경이 큼지막하게 인쇄된 달력이었다.

"저곳으로 가셨나봐요."

나는 자리에서 벌떡 일어나 달력으로 다가갔다. 분화구같이 생긴 산이 바다 쪽으로 나 있고 해변에는 호텔들이 줄줄이 들어서 있었다. 사진 아래에 적혀 있는 글씨는 너무 작아서 바짝 다가가야 볼 수가 있었다.

"내 생에서 가장 행복했던 시간이 하와이에서 보냈던 삼 년이라고 수강생들에게 말하곤 했거든요. 다들 지겹도록 들었을 거예요. 지난번 수업을 마치고, 미라씨가 하와이에 다녀올 거라고 농담처럼 말하던데…… 진짜였나봐요."

"누…… 누구와 간다는 말은 없었나요?"

여자는 푸훗, 하고 웃었다.

육 개월 전이었다. 미라가 이곳을 처음 찾은 것은. 무슨 계기로 이곳에 왔는지는 여자도 모르고, 나도 당연히 모른다. 길을 잃어서 배회하다가 우연히 간판을 봤을지도 모른다. 여자가 처음 미라를 봤을 때에는 얼굴이 많이 어두웠다고 했다. 하지만 매주 월요일과 목요일, 꼬박꼬박 빠지지 않고 수업에 참여한 후로는 점점 나아졌단다. 홀라댄스를 배우면 몸으로 감정을 표현하는 법을 알게 된다나. 수화처럼 몸으로 이야기를 표현할 수 있단다. 예로부터 내려오는 산과 바다, 화산과 폭포, 새들과 꽃들의 이야기를.

수업이 끝나면 가끔 수강생들이 모여 식사도 함께 준비해서 먹고, 간단히 술을 마시기도 했다. 미라는 가끔 자고 가기도 했다. 미라의 친한 친구는 홀라댄스 강사였던 것이다. 일 층이 강습소고 이 층이 사는 곳이라고 했다. 여자는 혼자 사는 것 같았다. 물어보지는 않았지만 그렇게 느껴졌다.

여자는 사실을 찬찬히 이야기할 뿐, 나에 대해서는 아무것도 묻지 않았다. 관심이 없는 건지, 배려를 하는 건지 알 수 없었다.

"정말 행복했나요?"

내 입에서 불쑥 그 말이 튀어나왔다.

"하와이에 가면 행복할 수 있는 건가요?"

나는 달력에 눈을 뗄 수가 없었다. 깨알같이 보이는 사진 속의 한 명이 미라인 것처럼 하나하나 살펴보면서 말이다. 해변에 있는 사람들의 표정은 보이지 않지만 행복에 겨워 웃고 있는 것만 같았다.

"그건 가봐야 알 수 있는 거겠죠."

여자가 미소를 지으며 말했다.

그 해답을 찾기 위해 미라는 하와이에 간 거겠지. 나는 미라를 찾기 위해 하와이에 온 것이고. 평생 처음으로 여권을 만들고, 여덟 시간을 날아서 말이다.

나는 달력 속에 있던 수많은 호텔 중 하나에 누워 있다. 행복한가? 글쎄, 잘 모르겠다. 굉장히 피곤한데 기분은 좋다. 맥주 때문일 수도 있고, 비를 맞아서 그럴 수도, 샤워를 해서 그럴지도, 나체로 킹사이즈 침대에 누워 있어서인지도 모른다. 위잉, 하고 다시 에어컨이 돌아간다.

침대에 누워 새처럼 날갯짓을 하다가 깜빡 잠이 들고 말았다. 비행기에서 그토록 오지 않았던 잠이 우르르 쏟아졌다. 이렇게 달콤하게 자본 지가 언제였을까? 두통도 말끔히 사라졌다.

지금이 내게 해피 아워다. 훌라 교습소 선생님의 해피 아워는 하와이에서 보낸 기간이었고, 빌에겐 맥주가 반값인 시간이겠지만.

미라는 지금 행복할까? 문득, 그게 궁금해져버렸다.

미라는 어떻게 찾아야 하지?

객실에 스피커가 달려 있나? 어디선가 우쿨렐레 반주의 흐느적거리는 음악이 들려오는 것 같다.

어떻게든 되겠지. 여기는 하와이니까.

몸이 아래로 점점 가라앉는다. 괴수가 사는 심해로 천천히 잠수를 하는 기분이다. 가라앉았다가 다시 떠오르지 않을지도 모른다.

잠이 들려던 순간 딩동, 하는 벨소리를 들었다. 내가 잘못 들었나? 옆방에서 나는 소리인가? 애들이 장난으로 눌렀나? 혹시 빌인가? 설마 미라는 아니겠지…… 확인하고 싶었지만 일어날 엄두가 나지 않았다. 벨소리는 딱 한 번뿐이었다. 그리고 정적이 이어졌다.

유리주의 · 이은선

이은선

2010년 서울신문 신춘문예 소설 부문에 〈붉은 코끼리〉가 당선되며 등단. 소설집 《발치카 No. 9》이 있다. 2015년 '아르코 주목할 만한 작가 창작 지원'에 선정되었다.

버스가 올라왔다. 턱시도를 차려입은 도어맨이 허리를 굽혀 손님들을 맞아주었다. 차가 현관 앞에 제대로 서지 못하고 조금 더 앞으로 나갔다 후진으로 돌아왔다. 건물 고층에 매달려 유리를 닦던 사람들이 도르래 줄에 달달 끌려 올라갔다. 여기저기 널브러진 새들을 미처 치우지도 못한 상태였다. 사람들이 차에서 내리기 직전에 청소부와 도어맨이 대가리가 터지고 몸통이 부서진 새들을 맨손으로 집어 올렸다. 호수의 수면 아래에서 무엇인가 움직이기 시작했다. 물살이 잘박잘박 흩어지며 햇빛을 튕겼다. 차가 급정거한 느낌도 없는데 좌석 통로 중간에 놓인 쓰레기 박스가 앞으로 쭉 밀려왔다. 생선장수 병덕이 누가 듣기에도 과한 비명을 지르며 쓰레기 박스를 덮쳤다. 박스에서 빈 소주병들이 튀어올랐다. 가이드가 병덕을 일으켜 세우려 했지만 역부족이었다. 그의 아내인 정자는 그런 남편을 외면하고 창밖의 호수만 바라보았다.

운전사가 차문을 여니 복(福) 자가 거꾸로 새겨진 붉은 카펫이 보였다. 가이드와 도어맨의 부축을 받아 제일 먼저 내려온 병덕이 몇 걸음 걷다 말고 허리를 감싸며 오만상을 찌푸렸다. 배가 불룩한 유희와 그녀의 연하 남편 민준이 뒤를 이어 하차했다. 수년간의 복합적인 시술로 나이를 쉽게 가늠하기 어려워진 여고 동창 삼인방이 다정하게 껌을 씹으며 내렸다. 덩치가 큰 지영과 키는 작지만 다부진 몸매의 정훈이 어깨에 힘을 잔뜩 주고 주변을 두리번거렸다. 구경은 좀 나중에 하라는 투로 개량한복을 입고 온 도사와 마리가 정훈의 어깨를 두드렸다. 도사와 마리는 버스에서 내리는 외중에도 팔짱을 풀지 않았다. 정자가 그들을 노려보며 맨 마지막으로 차에서 내렸다.

버스가 떠나고, 이십 대 초반의 여자 가이드가 일행들을 호텔 안으로 들여보냈다. 도사 커플이 문 쪽으로 거침없이 걸어가다 동시에 외마디소리를 내지르며 얼굴을 문질렀다. 건물의 겉면 전체를 통유리로 감싼 호텔이었다. 이곳의 현관문은 직업정신이 투철한 청소부가 닦고 또 닦아놓아 특별한 눈에만 보이는 오로라 같았다. 도어맨이 병덕을 부축하고 걸어왔다. 가이드가 겨우 호텔 안으로 들어선 사람들을 뒤로한 채 전화기를 귀에 대고 유리문 밖으로 뛰어나갔다. 청소부가 문 옆에 붙어 있는 '玻璃护理(유리 주의)' 글자를 걸레로 한 번 더 닦았다. 바로 밑에 한국어로도 쓰여 있었다.

바다를 등진 산 중턱에 있는 아담한 호텔이었다. 고즈넉하고 아름다운 호수를 품고 있는 까닭에 휴양지로도 이름이 높았다. 아름다운 풍광과 통유리 호텔, 제주도에 가는 것보다 더 저렴한 경비 등이 복합되어 꼭 가볼 만한 여행지로 손꼽혔다. 신비한 괴생명체가 산다는 호수 바로 옆쪽에 붙어 있는 호텔 스위트룸은 웃돈을 주고 예약을 해야 할 정도로 인기몰이 중이었다. 차를 돌릴 만한 공간이 여의치 않은 까닭에 버스가 후진으로 올라왔다. '王子(왕쯔)'라고 새겨진 호텔 현판이 검은 매연을 한껏 머금었다. 가이드가 버스 안으로 뛰어 올라갔다. 한참이 지나서야 그녀가 초록색 여권을 손에 쥐고 내려왔다. 또 전화가 걸려올지 몰라 섣불리 출발하지 못하는 버스 기사를 아랑곳하지 않고 가이드가 일행들의 체크인 수속을 밟았다. 카드키와 호텔방 사용법이 한국어로 적힌 종이를 받아든 사람들이 각자의 짐을 끌고 엘리베이터 앞으로 몰려갔다. 로비의 상황을 예의주시하던 도어맨이 버스 기사에게 이제 내려가도 좋다는 수신호를 보냈다. 담배를 빼문 기사가 한 손에는 반쯤 남은 플라스틱 소주병을 들고 연신 자동차 열쇠를 돌렸지만 시동이 걸리지 않았다. 성질 급한 청소부가 차 뒤꽁무니를 한 대 치려는 순간에 기적적으로 엔진이 켜졌다. 미처 치우지 못한 새를 버스 바퀴가 사정없이 뭉개고 내려갔다. 그것을 모아 쓰레받기에 담으며 청소부가 쉴 새 없이 욕을 했다. 호텔 건물 맨 꼭대기에서 다시 도르래 돌아가는 소리가 났다.

왕쯔호텔에서의 첫날이자 여행 일정의 마지막 저녁이었다. 식사 시간이 되어 일 층의 식당에 모두 모이는 것도 버스에서 하차할 때만큼이나 오래 걸렸다. 여고 동창 삼인방끼리 결계를 치며 앉았고, 나머지 한 테이블에 다른 사람들이 화기애매하게 둘러앉았다. 미리 주문한 음식이 나왔다. 팔뚝만 한 생선찜과 붉은 자장면, 계란과 가지와 게살이 가득 들어간 국, 돼지비계 청경채 볶음, 고추잡채와 수십 가지의 딤섬이 테이블에 이층 삼층으로 쌓였다. 칼 장인의 기본적인 기예가 덧씌워진 투박한 파인애플 거북이와 붉은 태양을 이빨 사이에 끼우고 곧 천장으로 승천할 것만 같은 당근 이무기도 접시들 맨 위에 올라가 있었다. 사람들은 늘 먹던 탕수육 비슷한 고기 튀김에만 몇 젓가락씩 손을 댔을 뿐 각자 가져온 반찬과 찐 밥만 먹었다.

　유희가 딤섬 접시를 아예 독차지했다. 군용 깔깔이를 입고 심드렁하게 앉아 있던 민준은 임신한 신부 쪽으로 눈길도 주지 않고 연신 맥주만 마셔댔다. 정자는 가게에서 팔다 남은 것을 가져온 티를 내지 않으려고 지느러미와 꼬리를 잘라온 황태포에 볶은고추장을 찍어 먹었다. 병덕은 이것을 여기까지 가져왔냐며 타박을 하고는 슬그머니 손을 뻗다가 정자에게 손잔등을 얻어맞았다. 그는 하는 수 없이 주머니에 넣어두었던 광천조미김 한 봉지를 꺼냈다. 맛이 뼛속 깊이 박힌 소주 안주였다. 김 봉지를 뜯은 것은 병덕이지만, 제일 먼저 몇 장 집어간 것은 정자의 손이었다. 아끼던 김 몇 장이 눈앞에서 사라지는 것을 본 병덕이 그래서 어쩔 수 없이 마신다는 포즈로 소주를 입안 가득 머금었다. 그들 옆으로 빈 소주병이 낮에 본 왕릉의 기마병처럼 도열했다.

　도사와 마리는 사실 어제 처음 만났다. 인천 공항 D구역 여행사 간판 밑에 가장 먼저 도사가 왔고 뒤이어 마리가 도착했다. 두 사람은 이 넓은 공항에서 오로지 당신밖에 보이지 않는다는 듯한 시선을 주고받았다. 긴말이 필요하지 않았다. 자석에 이끌린 쇳가루마냥 빠르고, 나사가 조여지는 것보다 더 완강하게 들러붙었다. 아시아 최고의 허브 공항이라는 인천 공항의 돔 모양 지붕이 오로지 두 사람을 위한 하늘의 축복처럼 느껴졌다. 속궁합도 잘 맞았다. 영민한 도사는 제 눈이 틀리지 않았다는 도취에 젖어 마리에게 온 힘을 쏟았다. 마리는 힘 좋고 돈 잘 쓰는 이 남자가 하냥 좋았다. 지금의 이 '느낌'이 여행 기간 내내 지속되어주기를, 도사의 품에서 헤어나올 수 없게 되기만을 바랐다. 먼 길을 돌아와 이제 겨우 만나게 된 천상의 배필인지 어찌 알겠는가. 마리는 콧소리를 내며 갖가지 음식들을 도사의 입에 쉴 틈 없이 넣어주었다. 도사는 아까부터 병덕에게 소주 한잔 청하고 싶었지만 체면상 그러지 못했다. 그는 매너 있는 손동작으로 돼지비계를 집어 마리의 입에 한가득 넣어주었다. 그런 후에 주머니에서 오십 불을 꺼내 가이드에게 내밀며 최고 좋은 고량주 한 병을 부탁했다. 뒤돌아서는 가이드에게 거스름돈은 필요 없다고 굳이 큰소리로 덧붙였다. 그것을 본 여고 동창들도 같은 것을 주문하며 꼭 영수증을 챙겨달라는 부탁을 잊지 않았다. 가이드가 샐쭉한 표정으로 술을 가지러 갔다. 민준도 칭다오 맥주를 주문했다. 가이드의 발걸음이 바빠졌다.

이 일행들은 어제부터 각자 가져온 술과 반찬을 먹느라 현지 술이나 음식은 사 먹을 생각이 없어 보였다. 가이드가 뭐라도 조금 더 권할라치면 입맛에 맞지 않는다거나, 상한 냄새가 난다며 시비를 걸었다. 라텍스와 진주를 파는 쇼핑센터에서는 바가지 씌우지 말라고 강짜도 부렸다. 그녀가 조금 전에 병덕이 식당에 가지고 온 소주를 보고 한숨을 내쉰 것도 다 그럴 만한 이유가 있었다. 그래도 오늘이 여행의 마지막 밤이라는 것을 상기했는지 너나없이 술들을 찾아댔다. 가이드는 호텔에서 최고 좋은 고량주가 오백 불이 넘는다는 것을 알고 있었지만 적당한 선에서 간체로 쓰여 아무도 알아보지 못하는 술 두 병을 가지고 왔다. 이제야 일당이 빠진 가이드가 한결 가벼운 표정으로 이런저런 심부름을 도맡아 했다.

정훈은 반찬과 밥을 지영 앞으로 끌어다주며 요목조목 살뜰하게 챙겼다. 지영은 정훈이 하는 대로 내버려두고 저는 손 하나 까딱하지 않았다. 그러다가 제일 먼저 일어나 방으로 올라갔다. 부부인 듯도 하고 부부가 아닌 것도 같은 커플의 모습에 여고 동창생들이 눈짓으로 쑥덕거렸다. 얼큰하게 취한 와중에도 민준과 유희는 데면데면했다. 그만 좀 먹어. 민준이 타박을 하자 딤섬을 추가해 먹던 유희가 울상을 지었다. 후식으로 당근 이무기를 집어먹던 정자가 애 가지면 다 이러는 법이라면서 제가 가져온 반찬 몇 가지를 유희 쪽으로 밀어주었다. 유희가 정자의 반찬을 먹으며 남편 눈치를 봤다. 민준이 따라준 맥주에 소주를 부어 먹던 병덕이 주머니에 있던 한국 돈 몇천 원을 가이드에게 찔러주며 노래를 시켰다. 가이드가 어찌할 바를 몰라 멈칫거렸다. 정자가 병덕의 등짝을 힘껏 내리쳤다.

두 테이블 모두 합해 칭다오 맥주 열다섯 병과 한국 소주 열 병, 고량주 두 병으로 저녁 겸 술추렴이 끝났다. 식사를 하는 시간은 십여 분 남짓했으나 술은 밤새라도 마실 기세였다. 식당 문 닫을 시간이 훨씬 지나서야 남은 술들을 챙겨 각자의 방으로 올라갔다. 병덕이 휘청거리자 정자가 남편의 허리춤을 잡아끌었다. 유희가 민준의 팔짱을 끼려다 거칠게 외면당하는 모습이 또 하필 여고 동창 삼인방의 눈에 띄었다. 식당의 직원들은 돈 많은 한국 사람들이 팁을 테이블에 올려두고 가지 않은 것에 분개했다. 내일 아침에 오늘 남긴 것들을 꺼내다주겠다는 말들을 주고받았다.

스위트룸의 여고 동창 삼인방 수연, 연숙, 민화는 판판하게 펴둔 기내담요 주변으로 진지하게 모였다. 그 옆에는 식당에서 가져온 고량주와 집에서 싸온 멸치볶음과 오이장아찌가 봉지째 놓였다. 한동안 아무도 섣불리 말을 꺼내지 않았다.

흔들었잖아? 흔들 거나 있어? 쟤 쌍피에, 넌 박 쓰고…… 참, 너 아까 피 한 장만 주던데? 조용히 해, 들을라. 쟤는 머리가 나빠서 기억도 못해. 기다려봐, 쟤 다 썼다. 얼른 좀 와. 고꾼이 너무 자주 자리를 비운다? 번비야? 얼라? 야, 야 낙장불입이지. 넌 늘 이런 식이야. 안 내려놔? 수연이 넌 피박에, 민화는 겨우 박 면하고.

아, 고도리 깨졌네! 자, 얼마냐. 광박이니까 너는 이제 이백오십 불, 민화 너는 백이십 불 내놔. 아, 하도 따니까 이제 계산도 귀찮다야. 내일 장뇌삼이나 몇 뿌리 사가게 꼭 딸라로 내놔. 한국 돈 말고. 뭐? 아까 주긴 뭘 줘. 지난여름에 명동호텔서 고스톱할 때, 너 이십만 원 나한테 안 갚은 것도 있다? 기억이 왜 안 나! 그래, 한국서 진 빚은 한국 가서 받는다 쳐도 오늘 건 계산 확실히 해라. 세상 깨끗하고 쿨한 척은 혼자 다 하고 살면서 뒤로는 꼭 이런 식이지. 니년은 늘 그래왔어. 맞아, 너 희진이랑도 이래서 깨졌지? 야아, 걔 얘긴 왜 꺼내냐.

이국의 고스톱판에서 뜬금없이 희진이 튀어나오자 모두의 안색이 바뀌었다. 나도 모르게 뱉은 이름을 어쩔 거냐는 식으로 수연이 옆에 놓인 고량주 잔을 집어 들었다. 모두의 뇌리에 희진과 정혜 그리고 희진과 동반자살을 한 정혜의 남편 준석의 모습이 다가왔다. 죽은 연놈들은 그렇다 쳐, 행방불명된 정혜는 어쩌고 사는지 도통 알 수가 없었다. 한때 정혜는 교수가 될 사람의 부인이랍시고 목에 힘을 주어 친구들에게 욕을 먹었다. 만년 시간강사도 교수냐며 연숙이 비아냥거렸지만 정혜는 눈치채지 못했다. 친구와 남편의 외도도 전혀 알지 못하다가 황망히 그 둘을 떠나보냈다. 정혜가 남편의 학력에 뒤지지 않겠다며 막 대학원에 진학했을 무렵이었다. 돌아보니 남편이 제가 공부하는 것을 대찬성하며 박사 학위를 딸 때까지 쓸 돈을 한꺼번에 쥐어준 것까지도 의심이 간다던 정혜였다. 정혜 남편 장례식장에 대학원 동문들이 몇몇 찾아왔지만 삼인방은 군이 알은척하지 않았다. 모두에게 쏟아진 더러운 거짓말 같던 시간이 지나고 어느덧 환갑을 맞이한 세 사람이었다. 야, 쓸데없는 얘기는 그만두고 돈이나 내놔. 설마 돈 안 주려고 걔들 얘기 꺼낸 건 아니지? 정혜는 대학원, 끝까지 못 다녔지? 그 얘기 좀 그만해.

독수리 오자매의 고등학교 졸업식날 계획된 환갑 여행이었다. 둘이 사라지고 난 뒤에 줄줄이 과부가 된 세 사람의 처지도 우정을 돈독히 하는 데 힘을 보탰다. 셋은 우여곡절 끝에 사라진 두 사람을 마음에 담고 여행을 떠나는 것으로 의견을 모았다. 오지 못한 두 사람의 기억이 여행 내내 따라다녔다. 산해진미를 먹어도, 신기한 바위를 배경으로 사진을 찍을 때에도 마음에 그어진 빈자리는 채워지지 않았다. 애써 입 밖으로 꺼내지는 않았지만 즐거웠다가 쓸쓸해지고, 괘씸했다가도 측은한 생각이 들었다. 그 마음을 어쩌지 못하고 급기야 두 사람이 들러붙었다. 중간에 낀 민화만 이리저리 머리채가 잡히고, 티셔츠 목이 늘어나는 수모를 겪었다. 싸움은 쉽게 진정되지 않았고 옛 이야기들까지 들춰가면서 싸워대느라 밤이 길었다. 둘 사이에 끼어 있던 민화는 오래전에 자살한 희진이 여기에 있었다면 싸움의 판도가 달라졌을 것이라 생각했다. 돈 계산 하나만큼은 칼같이 해줬으니까. 어제는 누굴 만나 어떻게 자봤다는 얘기는 사실 무척 재미있었으니까. 겉으로 쿨한 척하며 속으로는 온갖 질투심에 몸을 불태우던 희진이 혹시 이 비행기를 같이 타고 오지 않았을까. 와서 고스톱판이 깨지는 것을 보면서 고소해하지는 않을까. 그렇게 갔으니 좋은 데서 쉬지는 못할 텐데, 올 수나 있을까. 민화는 여러모로 마음이 복잡했지만 당장 눈앞에서 브래지어 끈까지 잡아당기며 들러붙은 친구들을 떼어놓느라 더 많은 생각을 할 수가 없었다. 근데 너는 아직도 뽕이냐는 연숙의 힐난에 수연이 제 가슴을 부여잡고 허리를 굽혔다. 환갑이 되어도 절대 포기할 수 없는 것이었다. 죽은 남편이 매우 안타깝게 여기던 지점이었다. 이년아, 너처럼 처진 것보다 낫지 뭘 그래? 이건 가슴이냐? 아랫배야? 잠깐 숨을 고르던 연숙이 수연을 향해 일갈했다. 껍데기는 가라, 뽕브라는 가라!

급기야 기내담요가 허공에 떴다. 화투패와 달리 지폐들이 비처럼 쏟아졌다. 돈과 화투패가 한꺼번에 흩날리는 것이 흡사 영화의 한 장면 같았다. 그때 민화의 코끝에 비릿한 향내가 스쳤다. 오스스 소름이 돋은 민화가 눈을 크게 뜨고 방 안을 둘러보았다. 싸움꾼들은 기내담요 안에서도 머리채를 휘어잡았다. 뽕브라가 벗겨진 수연의 납작한 가슴이 담요 안의 어둠 속에서 유난히 돋보였다. 연숙의 허리가 접혀 안 그래도 처진 가슴과 툭 튀어나온 뱃살이 한껏 친한 척을 했다. 커튼으로 가려놓지 않은 통유리에 방 안의 모습이 고스란히 되비쳤다. 유리창에 설핏 사람의 형상이 나타난 듯했다. 담요에서 날아온 화투패 한 장이 허공에 머무는 시간이 유독 길었다.

통유리가 뿜어낸 반사광이 호수의 물결과 만나 이루는 빛의 파도가 비경이었다. 빛과 빛이 만나는 지점에 언뜻 나타났다 사라지는 호수의 괴물도 매우 훌륭한 이야깃거리였다. 소문은 꼬리를 물고 이어져 괴물은 바다로 가지 못한 이무기가 되거나, 백 년 묵은 거북이의 현현으로 강림하기도 했다. 터무니없는 소리들이 호수를 배경으로 나름대로 신빙성을 얻었다. '괴물의 진실'을 설파하는 가이드들은 제각각의 경험과 상상을 덧붙여 말을 마음껏 허공에 쏘아올렸다. 오성급 호텔의 통유리 창에 비친 풍경을 보면 도무지 믿지 않을 수 없는 말들이었다. 오늘도 역시 안개가 짙게 드리웠다. 호수의 괴물이 안개 덮인 수면 위로 제 머리를 살짝살짝 끌어 올렸다. 방으로 들어가자마자 암막 커튼을 쳤던 지영과 정훈은 괴물을 보지 못했다. 옥상에서 도르래 줄에 매달려 내려온 청소부들이 커튼 뒤의 유리창을 닦았다. 빗금 같던 새똥 흐른 자국이 말끔하게 지워졌다. 바람이 불어왔다. 청소부들이 타고 있는 나무 의자가 유리창을 두드렸다. 바람 탄 물결 사이로 괴물이 유유히 헤엄을 쳤다.

얼씨구, 이 인간 좀 봐? 여태 못 들어올 거든 숫제 낼 들어오지 그려? 정자 위에 올라가 있던 병덕이 삼십 분도 넘게 용을 썼지만 몸이 뜻대로 되지 않아 온갖 신음만 내뿜었다. 그렇게 급하믄 차라리 어제 들어오든가. 병덕은 아랑곳하지 않고 몸을 일으키려 했지만 역부족이었다. 오늘도 안 되려는 모양이었다. 이렇게 된 지 벌써 오 년 가까이 되었다. 특별한 병이 있는 것도 아니어서 내심 억울하기까지 했다. 정자가 온갖 약들을 다 구해다줬지만 병덕에게는 무용지물이었다. 늘 하던 곳을 벗어나 새로운 장소에서 시도하면 조금 달라지지 않을까 싶었다. 병덕은 큰맘 먹고 제일 저렴한 패키지 여행 상품을 예약했다. 정자 몰래 모아둔 비상금 통장은 결혼 삼십 주년 기념을 위한 남편의 선물로 둔갑되었다. 옆 가게 사장들에게 결혼 삼십 주년 기념 여행이라고 자랑도 한껏 해두었다. 여기저기서 기념 턱을 내라는 통에 술도 여러 번 샀다. 여행을 떠나는 날까지 술을 마시고 들어왔다가 여행 가방을 싸던 정자에게 정강이를 걷어차였다. 여행 첫날인 어젯밤에도 실패했다. 참을 만큼 참았다는 듯이 정자가 장에서 튀어나온 듯한 소리를 질렀다. 야 이놈의 인간아, 술 좀 작작 처먹으랬지. 어허, 남편헌티 못하는 소리가 없어! 우리가 남이여? 남이지 그럼. 당신이 내 아들이여? 아들이면 때리기라도 해서 가르치겠다. 어허, 이걸 어매가 워뜨케 가르친댜? 인간아 그런 뜻이 아니고, 평소에 몸 관리 좀 하지 허구헌 날 술만 처먹으니 이게 되냐? 될 것도 안 되겠다. 어허, 이만큼 사는 게 누구 때문인디 자꾸 이것만 갖고 그려…… 안 되는 걸 어쩌라고. 안 되면, 되게 해야지. 특전사 정신 몰러? 왜 이려…… 나, 방위잖여.

부부지간에 응당 오가야 할 운우지정적인, 오르가슴 충만한 대화는 없고 말을 가장한 일방적인 힐난만 그 방에 가득했다. 아무리 떨어져 누워도 넓기만 한 침대에서 병덕은 차라리 DNA였던 시절로 돌아가고 싶었다. 엄마 배 위에서 트림하고 잠들던 때도 이보다는 좋을 것 같았다. 이럴 줄 알았다면, 처음 만나던 날……

에잇, 말을 말아야지. 그는 정자가 한마디만 더 하면 창밖으로 뛰쳐나갈 마음으로 자세를 고쳐 앉았다. 하지만 병덕은 내내 뚫어져라 쳐다보던 창유리가 너무 깨끗해서, 밤이 너무 어두운 까닭에, 맨정신으로 십 층에서 뛰어내리기는 아무래도 어려운 날이어서 유리창이 아닌 멀쩡한 문을 열고 제 발로 걸어 나왔다. 두 손 가득 한국에서 가져온 소주를 들고, 파자마 주머니에 광천조미김 몇 봉지를 챙긴 다음이었다. 문을 열고 나오다 누군가와 부딪칠 뻔했다. 앞 사람이 누구인지 확인할 만큼 병덕의 눈과 마음이 한가하지 않았다. 누가 뒤따라오거나 말거나 오로지 술 생각만 간절했다. 병덕은 무조건 아래로 추락해버리고 싶은 마음에 엘리베이터를 타고 내려갔다가 캄캄한 지하의 분위기에 압도되어 슬그머니 1F 버튼을 눌렀다.

로비의 소파로 걸어가는 동안에 병덕이 더 참지 못하고 소주병을 땄다. 여행 내내 정자의 손 대신 이 플라스틱 소주병을 잡고 다녔다. 소주의 힘으로라도 아내를 만져보고 싶었지만 뜻대로 되지 않았다. 아내의 등만 보고 누워 있는 것보다야 호텔 로비의 소파가 훨씬 편했다. 조도가 낮은 조명등 아래에 모여 있던 호텔 직원들이 술을 들고 휘적휘적 걸어오는 병덕을 피해 본인들이 지켜야 할 자리로 돌아갔다.

아무도 호텔 밖으로 나와 짙어진 안개의 안부를 확인하지 않았다. 호수의 괴물은 물속에서 몸을 뒤치다가, 일어났다가, 누웠다가, 헤엄쳤다가, 지느러미로 돌을 굴렸다가 곧 심심해졌다. 처음 이곳에 왔을 적에 괴물은 한동안 통유리 안을 구경하는 재미에 빠져 자주 호텔 쪽으로 갔다. 한번은 물에 빠진 아이를 등으로 받아서 밀어 올려준 적도 있었다. 그런데 그다음 날 호숫가로 올라온 공안을 통해 괴물이 베푼 선의가 사람을 향한 공격으로 받아들여졌다는 것을 알게 되었다. 이에 깊게 상처받은 괴물은 그 뒤로 절대 호수에 온 사람들 가까이 다가가지 않았다. 제 일에만 집중하는 것이 호수의 날들을 무탈하게 견딜 수 있는 유일한 방법이라는 사실을 터득했다. 관광객들 사이에서는 깊은 밤마다 온몸이 물에 젖은 괴물이 호수를 이탈하여 산 곳곳을 드나든다는 말도 돌아다녔다. 처음에는 그것을 증명하기 위해 슬쩍슬쩍 물 바깥으로 나가보았다. 그 역시도 오래지 않아 흥미를 잃었다. 그렇다고 해서 호수의 생활이 모두 심드렁한 것만은 아니었다. 청소부들이 시시때때로 도르래를 타고 오르내리며 괴물에게 안부를 물어왔기 때문이었다. 유리문 속으로 들어갈 수는 없어도 이 유리창만큼은 자신의 손을 거쳐야 말끔해진다는 자부심을 지닌 사람들이었다. 괴물이 몸을 뒤척이는 소리가 들리면 뒤돌아서 손을 흔들어주었다. 호숫물이 더 힘차게 찰방거렸다. 청소부들이 밤낮없이 유리창에 걸레질을 하는 덕분에 괴물은 외롭지 않았다.

청소부들은 유리창의 일부나 다름없었다. 안쪽의 시선이 늘 청소부 등 뒤를 향했기 때문이었다. 종종 자신이 '마음을 가진 사람'임을 잊고 유리 닦는 일에 열중해야만 이겨낼 수 있는 눈빛들은 분명히 존재했다. 그것은 정말로 몸이 투명해지고 있다는 착각을 불러일으켰다. 그들은 유리 안쪽의 일에 눈을 감고, 바깥쪽의 얼룩을 지우는 일만이 세상의 전부라고 여겼다. 간혹 유리창에 비친 제 모습을 바라보다가 투숙객의 항의를 받기도 했지만 도르래 줄을 타고 올라가버리면 그만이었다. 날이 갈수록 허공에서 유리와 호수 쪽으로 손짓하는 각자의 기술이 다양해졌다.

오늘 밤에도 시비가 벌어졌다. 투숙객 한 사람이 두 손 가득 술병을 들고 자꾸 창밖으로 말을 걸어왔던 것이다. 몸이 아파 열이 나는지, 술에 취했는지 모를 정도로 낯빛이 붉었다. 우연찮게 유리 밖의 사람을 본 병덕은 말을 걸고 싶어서 창을 두드렸다. 유리는 물론 꿈쩍도 하지 않았고 창밖의 청소부는 여전히 제 일에만 열중이었다. 이제는 저들마저 자신을 무시하는가 싶어 화가 난 병덕이 소주병을 창에 던졌다. 제 앞으로 다시 튕겨 온 병을 되차려다 뒤로 발라당 넘어지려는 병덕을 민준이 떠안았다. 민준이 병덕을 부축하기 직전에 도르래가 돌아갔다. 민준은 아무도 없는 창에다 대고 무엇인가에 홀린 듯 화를 내는 병덕을 말리느라 진땀을 뺐다. 여러모로 무시당한 노여움에 허리가 꺾인 육십 대와 이십대 중반의 갓 제대한 예비역은 애당초 힘겨루기 상대가 되지 않았다. 병덕을 말리러 달려왔던 호텔 직원들은 너무도 순식간에 제압된 그의 모습을 측은히 여기며 돌아섰다. 이것이 두 사람이 일 층 로비 소파에 나란히 앉게 된 이유였다.

병덕을 진정시킨다기보다 민준도 갈 곳이 필요했다고 말하는
게 옳겠다. 딱 삼 일 전에 전역한 예비역이자 예비 아빠인 민준은
네 살 연상의 신부가 너무 낯설었다. 도통 울음을 그치지 않는 신
부에게 밖에서 바람 좀 쐬고 오겠다는 말을 남기고 방문을 열었
다. 그와 동시에 앞 방 문도 열렸다. 급히 뛰쳐나온 것과는 다르게
갈 길을 몰라 하는 갈지자걸음도 그렇고, 자꾸 로비의 유리창에
시비를 거는 것도 정상으로 느껴지지 않았다. 민준은 전역을 한
몸이었지만 아직도 군바리 정신이 충만한 상태였다. 전방 초소에
서 간첩을 쫓고 비무장지대의 민간인들의 어려움을 도맡아 해결
하던 마음 넓은 김 병장. 누군가 어려움에 빠진 모습을 그냥 두고
보지 않았다는 자부심이 가득했지만 정작 곤란함에 처해 있는 것
은 바로 민준 자신이었다. 그는 소파에 앉아 두 병째 소주를 따는
병덕의 손목을 망연히 바라보았다. 병덕이 제 입으로 가져가려던
소주병을 민준에게 내밀었다. 각자 술병을 하나씩 들게 된 두 사람
은 말없이 호텔 밖을 내다보았다. 민준은 안개 자욱한 밤의 풍경이
자신의 미래처럼 느껴져 소주와 눈물을 한꺼번에 삼켰다.

내 아이가 맞아? 억지 춘향 격이었던 결혼식이 끝나고 신혼여
행을 와서도 하루가 더 지난 오늘 밤에야 취기를 빌려 물어본 말
이었다. 그러지 않아야 했던 것일까. 유희는 억울하다는 몸짓으로
한 시간도 더 넘게 울었다. 참다못한 민준이 창밖의 안개에 제 몸
을 파묻어버리고 싶은 마음을 간신히 억누르며 방문 손잡이를 그
러쥐었다. 방을 나오기 직전에 미니바에 비치된 휴대용 양주들을

집어 왔다. 애당초 사단장의 고명딸과 같은 의자 혹은 같은 잔, 같은 이불 아니 더 정확하게 말해서 같이 몸을 섞는 게 아니었다. 그게 다 이 웬수 같은 놈의 술 때문이었다. 술김에 딱 한 번 잔 것 같은데, 제대로 해보지도 못한 느낌이었는데, 전역일 즈음 배부른 유희가 사단장의 지프차를 타고 민준 앞에 나타났다.

민준은 마당에서 무릎을 꿇고 있다가 아버지에게 개 목줄로 맞았다. 줄이 풀린 채 자유롭게 마당을 활보하던 웰시 코기가 다가와 민준의 허벅지를 긁었다. 어머니는 며느리 될 여자의 배를 보고 한숨만 쉬었다. 그럼 간단하게라도 식부터 올리자고 민준의 아버지가 제안을 해왔다. 예비 장인어른은 '제대로 된 여행도 다녀와야 한다'며 한술 더 떴다. 서슬이 퍼런 사단장의 기세에 병장으로 전역한 아버지 역시 큰소리를 치지 못했다. 전역식과 동시에 결혼식이 진행되었다. 장병들의 우레와 같은 축하 속에 배부른 신부의 웨딩드레스가 처연히 바람에 휘날렸다. 민준은 혼주에게 인사를 할 적에 대성통곡을 해버리는 바람에 장병들의 야유와 처가댁 여러 어른들의 빈축 섞인 덕담을 들었다.

병덕은 세 병째 소주를, 민준이 주머니에서 휴대용 양주를 꺼냈을 즈음에 도사가 나타났다. 지나가다 들렀다고 누가 묻지도 않은 말을 덧붙이며 친근히 다가왔다. 일평생 사람의 기색을 살피는 것으로 업을 삼아온 도사가 민준에게 소주 한 병을 내밀었다. 민준이 반색하며 병을 받들었다. 눈에 익은 영롱한 초록빛에 이끌린 병덕이 도사 옆으로 비칠비칠 다가갔다. 너른 품의 도사는 민준과 병덕의 말을 모두 받아주었다. 손님 너무 씨끄럽습니다. 조용히 해씹시오. 호텔 직원이 찾아와 한국말로 주의를 주었다. 도사가 만 원짜리 한 장을 그에게 건넸다. 도르래에 매달려 있던 사람들이 민첩하게 일 층까지 내려와 제 할 일들을 마친 시간이었다. 빈 도르래가 하늘로 솟구쳐 올라갔다. 마저 끌어올리지 못한 나무의자 하나가 허공에 떠서 유리창을 두드렸다. 오랫동안 허공에 매달려 있던 청소부들이 기지개를 켜며 호수 쪽으로 걸어갔다.

이 밤에 커플끼리 즐거운 시간을 보내는 방은 지영과 정훈뿐이었다. 지영의 살결은 매우 뽀얗고 차졌다. 정훈은 키는 작지만 매우 다부진 몸매의 소유자였다. 정훈의 근육질 피부 위에 연두부 같은 지영의 살이 포개졌다. 둘은 오직 상대방의 몸을 핥는 데에만 열중했다. 여러 번 붙었다 떨어지고, 한쪽이 잠들만 하면 다른 한쪽이 흔들어 깨우는 일이 몇 번이나 반복되었다. 창밖에서 위태롭게 흔들리던 빈 의자가 유리창을 노크해도 그들은 개의치 않았다. 지영의 두 다리가 정훈의 허리를 먹잇감 거머쥔 쌍두사처럼 휘감았다. 매우 로맨틱하고 일견 성공적인 밤이었다.

고스톱하다 싸웠던 여고 동창 삼인방은 팩을 붙이고 누워 있었다. 담요를 뒤엎으며 싸우던 사람들 같지 않게 다정한 모습이었다. 몇십 년째 반복하는 여고 시절 총각 선생님 이야기부터 첫사랑, 첫 경험, 첫 출산 때 시댁이 어떻게 서운하게 했는가에 대하여 마치 처음 이야기해보는 사람들처럼 광분했다. 서방도 없는 처지에 친구들끼리나 서로 받쳐주고 사는 거지 누가 있어 우리를 위로하겠냐는 자조 섞인 말에도 크게 웃었다. 팩 하면서 웃으면 주름 간다고 타박하는 목소리는 수연인가, 연숙인가. 민화는 조금 전에 얼핏 스쳐온 누군가의 느낌을 찾아 가만히 방 안을 두리번거렸다. 민화는 희진이 누구하고 사귀든, 여기저기 이간질하며 살거나 말거나 그냥 내버려둘걸 그랬다는 생각을 하던 참이었다. 물론 또 언쟁이 붙을까봐 입 밖으로 내뱉지는 않았다. 다시 한 번 이야기를 꺼내야 한다면, 살아 있는 정혜에 관한 것이어야 했지만 그녀가 너무 꽁꽁 숨어버려 도무지 찾을 길이 없었다. 졸지에 친구와 남편을 잃고 황망해하던 얼굴을 떠올리면 눈앞이 먹먹하게 흐려졌다. 배신감과 슬픔에 압도된 장례식장에서 정혜를 본 것이 마지막이었다. 그나마 연숙은 희진의 장례를 치르느라 정혜 쪽으로는 가지도 못했다. 가슴 아프지만 더 찾지 않는 것도 하나의 방법이라는 것을 모르지 않는 육십일 세들.

유희가 벌써 두 시간째 이불을 뒤집어쓰고 우는데도 민준이 돌아오지 않았다. 유희는 남편이 자신을 버리고 도망가버린 것은 아닌가 덜컥 겁이 났다. 더 솔직히 말하면 민준이 어디까지 알고 있는가에 대한 두려움이었다. 수류탄 핀을 뽑은 아버지의 기세에 눌려 결혼을 하기는 했지만 그가 진짜 아이의 아비인지는 확신할 수 없었다. 아이가 생길 즈음에 잔 사람은 두 명이었으니 확률은 오십 대 오십이었다. 아비가 맞으면 계속 살고, 아니면 산후우울증을 핑계로 이혼을 요구할 계획까지 세웠다. 배 속의 아이가 어미의 마음을 읽은 까닭일까. 태동이 느껴지지 않았다. 드레스 차려 입고 아버지와 함께 버진 로드를 걸어갈 적만 해도 제 어미의 배를 퉁퉁 건드리던 녀석이었다.

자신이 첫 여자라 고백을 해오던 김민준 상병이었다. 군에서 사단장의 딸과 이렇게 될 줄은 본인도 몰랐기에 매우 겁을 냈다. 모르면 알면 되지 않느냐고 몇 번이나 다그치고 나서야 쭈뼛대며 다가오던, 어쩌면 이 아이의 아버지. 그는 여기까지 오는 동안 단 한 번도 되묻지 않았다. 유희는 민준이 대체 어디까지 알고 있는 것인지 궁금해서 더 우는 척을 할 수가 없었다. 마음이 급해진 유희가 객실 실내화를 신고 카드키를 빼는 것도 잊은 채 밖으로 나왔다. 그리고 거기서 들었다. 민준이 울음 섞인 목소리로 누군가에게 내 아이가 아닌 것 같다며 토로하는 소리를. 로비의 소파에 앉아 있는 실루엣은 분명히 민준이었고, 목소리도 민준이고, 확 풍겨오는 땀내도 민준이 맞았다. 하지만 남편을 위로하는 저 어둠 속의 목소리는 누구인가. 유희는 벽 뒤에서 몸을 부들부들 떨다가 호텔 뒷문으로 빠져나왔다. 안개 탓에 시야가 제대로 확보되지 않은 상태에서 낮에 본 호수 쪽으로 무턱대고 올라갔다. 이렇게 하면 나중에 민준이 자신을 찾으러 나왔을 때 결백을 주장하고, 모욕당한 신부의 마음을 표현하기에 안성맞춤이라는 계산까지 끝냈다. 유희는 한 손으로 배를 보호한 채 안개를 헤치며 걸었다. 배 속의 아이를 안심시키기 위해서 '아빠는 저 사람이다, 저 사람이다, 저 사람이다'라고 세 번이나 외쳤다. 그제야 아이가 뭉클뭉클 움직였다.

군복을 찢어 미니스커트를 해 입어도 누가 뭐라고 할 수 없는 사단장의 고명딸이었다. 어렸을 때부터 아버지를 따라 전국의 부대를 돌아다녔다. 유희는 늘 군용 지프를 타고 등하교를 했다. 첫 경험은 지프차 운전병이었고, 두 번째는 아버지 비서, 세 번째는 동떨어진 막사 안에서 쉬고 있던 최 상병, 네 번째는 누구였더라. 다섯 번째는 피엑스에서 냉동 만두를 비벼주던 정 병장이었다. 기억나지 않는 사람도 많았다. 남자들의 질문에는 일정한 패턴이 있었다. 처음인지 아닌지의 여부, 오늘 어땠느냐는 식의 확인, 아이의 아비가 누구인지 어찌 아느냐는 식의 발뺌. 어린놈들일수록 경험의 횟수를 궁금해했고, 사회생활 좀 하다 온 치들은 테크닉과 힘에 대한 질문을 주로 던졌다. 그나마 최근에 잔 두 사람에게 아이에 관한 질문을 던져 각기 다른 답을 들어봤을 따름이었다. 아비가 누구든지 간에 이 아이만큼은 지켜주고 싶었다. 이런저런 생각들을 하며 걷던 유희가 누군가와 부딪쳤다. 양쪽에서 한국말로 된 욕설과 비명을 한꺼번에 내뱉었다.

욕을 한 쪽은 배 속의 아이에게 좋은 말로 아비를 세뇌시키던 유희였고, 비명을 지른 쪽은 마리였다. 마리는 몸이 다 닳을 때까지 당신을 사랑하겠노라는 태도로 도사와 한바탕 질펀하게 논 다음에 기절하듯 잠들었다. 술이 모자란 도사가 밖으로 나가고 머지 않아 마리가 눈을 떴다. 그 뒤의 일은 기억나지 않았다. 어쩌다 정신을 차려보니 도사의 귀중품을 양손에 들고 산속을 헤매고 있었다. 이미 절도 전과 3범인 처지였다. 아연실색한 그녀는 여기까지 와서 이러면 안 된다고 도리질을 치며 호텔로 돌아가던 길이었다. 밤 깊은 이국의 호수에서 익숙한 한국말을 들으니 겁이 나서 누가 먼저랄 것도 없이 '누구세요'만 연발했다. 마리는 일단 통성명이 라도 해야 할 것 같아 왕쯔호텔에 묵는다고 먼저 밝혔다. 나두요, 소리가 덥석 다가왔다.

둘은 잠시 헤어졌다 만난 의자매처럼 팔짱을 끼고 눈앞을 더듬어 안개에 파묻힌 호텔 쪽으로 걸어갔다. 언니는 왜 여기 혼자 계세요. 그냥요. 그쪽은 왜 나와 있어요? 몰라요, 흑. 드디어 기다리던 질문을 들은 유희가 흐느꼈다. 마리는 제가 처한 상황은 순간적으로 까맣게 잊은 채 유희를 달래는 일에 몰두하다가 새신랑이 아이를 의심한다는 말을 듣자마자 이성을 잃었다. 마리가 배를 감싸고 우는 유희를 이끌고 호텔 쪽으로 성큼성큼 걸어갔다. 무책임한 놈들은 몸의 털을 다 태워버려야 한다는 말을 의기양양하게 내뱉다가 우뚝 멈췄다. 도무지 무어라 말할 수 없는 것의 형상이 안개 속에서 튀어나왔다. 문자 그대로 '짐승'이었다. 괴상한 몸통 밑으로 사람 다리 여러 개가 있었다. 몸통에서 물이 줄줄 흘렀다. 다리들이 물에 흠뻑 젖어 마치 오줌을 싸면서 걷는 것 같았다. 눈앞의 거대하고도 뚱뚱한 지네의 형상에 놀란 마리와 유희는 서로의 팔을 부여잡고 덜덜 떨었다. 조용히 호텔의 뒷문을 지나치려던 짐승이 재빠르게 호수 쪽으로 달려갔다. 어둠에 파묻혀 사람 신음소리를 내던 짐승이 몸 쪽으로 다가든 안개들을 거칠게 튕겨냈다.

116

바다로 향하는 진짜 이무기를 만난 것인지, 여러 발 달린 지네 혹은 어떤 사람들을 만난 것인지 헷갈렸다. 겁에 질린 두 사람은 일단 그것에 대해서는 입을 닫았다. 얼른 화제를 돌려 떨리는 목소리로 민준이 같은 놈은 혼쭐을 내야 한다고 소리치는 마리를 방패 삼아 유희가 호텔 안으로 들어갔다. 이런 생각 할 때가 아닌 것을 알면서도 혹시 정훈이 로비에 나와 있지는 않을까 하는 기대를 품었다. 유희는 옷 속에 가려져 있지만 꽤 단단해 보이는 잔근육의 매력을 온몸으로 알고 있었다. 벗겨보지 않아도 투시가 가능할 정도였다. 여행 내내 몸은 민준의 곁에 있어도 눈은 정훈을 바라봤다. 그를 매만지고 싶은 마음을 애써 억누르며 불룩 솟아오른 제 배만 쓰다듬었다. 이제부터 아이 엄마로, 민준의 처로 행동하려면 저간의 것을 잊고 더 많은 부분을 참으며 살 수밖에 없다는 것도 잘 알았다. 그래도 딱 한 번만……

프런트 직원들은 안개가 강한 날인지라 밖으로 나가는 투숙객들에게만 주의를 주고는 로비에서 술추렴하는 한국인들은 그냥 내버려두었다. 그 덕에 로비는 이미 취한 채로 의형제의 연까지 맺은 남자들의 목소리로 왁자했다. 여기가 호텔 로비인지 술집인지 구분이 가지 않았다. 다행히 관광객이 많지 않은 비수기였다. 민준은 곧 태어날 아이와 제 상황에 대한 푸념을, 병덕은 오래전부터 앓아오던 전립선비대증에 대한 고민을 털어놨다. 도사는 마치 이 둘의 스승이라도 되는 것처럼 그렇지, 암만 그렇고 말고를 연신 남발했다.

현관 쪽에서 유희와 마리가 나타나자 도사와 민준이 차례대로 의자에서 일어났다. 유희의 자애로운 언니이고 씩씩한 버팀목이던 마리는 순식간에 연약해졌다. 마리가 도사의 품으로 쓰러지듯 안기며 조금 전에 겪은 일들을 두서없이 늘어놓았다. 수백 개의 발이 달린 엄청난 괴물을 만나서 유희가 넘어졌고, 안개가 내려와 애아빠가 누구인지 물어봤다는 내용이었다. 도사는 너무 놀란 탓에 혀가 반 토막 난 그녀의 마음 역시 모두 이해한다는 듯이 고개를 끄덕거렸다. 마리가 도사의 손을 엘리베이터 쪽으로 이끌었다. 유희가 온몸을 오들오들 떨었다. 민준은 그 모습이 안쓰러워 아내의 어깨를 감쌌다. 그는 인생의 고비 때마다 늘 자신의 발목을 잡았던 우유부단한 매력을 마음껏 뽐내며 사내다운 척 유희의 몸을 부축했다. 남편의 손에 이끌리던 유희는 로비에 있는 패키지여행 일행들 중에서 다른 남자들은 다 나와 있는데 왜 정훈만 빠져 있는지 궁금했다. 온갖 소란을 다 떨던 커플들이 엘리베이터 안으로 들어가고, 병덕이 홀로 로비를 지키는 패잔병처럼 앉아 술을 마셨다. 마누라는 자나? 괜히 한 번 여기저기를 둘러보며 두 눈을 크게 떴다가 소주 한 잔 마시고 까무룩.

마리가 도사에게 매우 선정적인 포즈로 매달렸다. 손에 든 도사의 물건을 들키지 않으려는 필사적인 노력이었다. 볼을 맞대다가 혀를 길게 내밀어 도사의 입술을 들추었다. 어허, 공공장소에서…… 이봐요! 말은 그렇게 했지만 도사는 굳이 마리를 말리지 않았다. 불뚝 솟아오른 도사의 아랫도리가 유희의 눈에도 들어왔다. 마리는 엘리베이터가 한 층 한 층 올라갈수록 더 과감해졌다. 민준이 헛기침을 하자 유희가 배를 감싸며 민준 쪽으로 한 걸음 다가갔다. 민준이 얼결에 뒤로 물러섰다. 남편의 변덕에 유희가 몹시 서운해지려던 찰나 마리의 가슴에 얼굴을 묻고 있던 도사가 눈을 까뒤집고 옆으로 쓰러졌다. 눈물이 채 마르지 않았던 유희와 마리가 비명을 지르기도 전에 민준이 민첩하게 도사의 몸을 떠받쳤다. 때마침 엘리베이터가 멈췄다. 민준이 도사의 무게를 이기지 못하고 열린 문 쪽으로 넘어졌다.

십 층에서 엘리베이터를 기다리던 사람들은 문이 토해낸 이들의 모습이 괴상해서 한동안 가만히 있었다. 놀란 마리가 울면서 119를 외쳤고, 유희는 앰뷸런스가 영어로 무엇인지 생각이 나지 않아 발을 동동 구르다가 구급차 좀 불러달라고 한국말로 울부짖었다. 민준이 벌떡 일어나서 도사의 입을 벌리고 혀를 잡아 뺐다. 엘리베이터를 기다리던 사람들이 호텔 로비와 병원으로 전화를 하느라 한바탕 소란이 일었다. 도사의 몸이 로비와 엘리베이터에 반반씩 걸쳐 있던 까닭에 문이 열렸다 닫혔다가 또 열렸다. 마리는 도사의 물건을 손에 쥔 채 바들바들 떨었다. 유희는 배가 딴딴하게 뭉쳐가는 것을 느끼며 주저앉았다. 민준이 한 손으로는 도사의 심장 마사지를 하고 다른 한 손으로는 계속 혀를 꽉 붙잡았다.

밖의 소란에 무심코 방문을 열었던 정훈이 앞뒤 잴 것도 없이 엘리베이터 앞으로 뛰어왔다. 정훈은 민준에게서 다급히 심폐소

생술을 이어 받았다. 유희는 절도 있는 정훈의 손동작에 한 번 더 반했다. 그러면서 저 의로로운 손은 혹시 의사가 아닐까 하고 넘 겨짚었다. 가운을 챙겨 입을 새도 없이 뛰어나온 정훈의 벗은 어 깨가 유희의 눈에 콕 박혔다. 역삼각형의 몸매가 유독 돋보이는 정훈은 의사가 아닌 큰 수영장의 수석코치였다. 심폐소생술은 수 영 선수이던 중학교 때부터 익혀온 것이었다. 함께 온 지영은 수 영장의 상급반 회원이었다. 침대에 알봄으로 누워 있던 유부녀 지 영은 정훈이 왜 돌아오지 않는지 무척 궁금했지만 나가볼 수가 없 었다. 정훈과 민준의 노력 덕분에 도사의 의식이 돌아왔다. 엘리베 이터 앞에 모여 있던 사람들이 안도의 숨을 내쉬었다. 마음이 놓 인 민준은 왜 나에게만 이런 일들이 벌어지는가에 대해 의구심을 품었다. 그러다 곧 아내와 아이를 의심한 벌이라는 결론을 내렸다. 민준이 모인 사람들을 헤치고 유희 옆으로 다가갔다.

가이드가 머리띠를 빼지도 못하고 놀란 얼굴로 나타났다. 사람 들은 한껏 올린 앞머리와 지워버린 눈썹 때문에 그녀가 누구인지 금방 알아차리지 못했다. 도사가 힘겹게 눈을 떴다. 구급차는 쉽게 오지 않았다. 마리는 도사가 잘못 된다면 이 관계를 남들에게 어 떻게 밝힐 것인가 재빨리 생각해두었다. 가이드가 어딘가에 수차 례 전화를 건 끝에 앰뷸런스의 도착 소식을 전해주었다. 구급대원 들이 엘리베이터를 타고 올라왔다. 도사는 이제 괜찮다고 말하다 여러 사람에게 번쩍 들려갔다. 일 층 현관에 뒷문을 활짝 열어둔 포터 한 대가 대기하고 있었다. 앰뷸런스임을 알리는 초록색 경광

등이 차 위에서 깜빡거렸다. 도사 그리고 마리와 가이드가 동승을 했다. 곧이어 차가 안개를 헤치며 산 밑으로 향했다. 유희와 민준이 얼이 빠진 모습으로 방에 들어갔다. 정훈이 제일 늦게까지 남아 마리가 흘린 물건들과 도사의 신발을 챙겼다.

다시 한바탕 밀애를 끝낸 지영과 정훈이 깊이 잠들고, 마스크 팩을 붙인 여고 동창 삼인방이 각자 방 하나씩을 차지했다. 유희가 다시 구슬피 울었다. 민준은 그녀를 위로하느라 뜬눈으로 밤을 새웠다. 병덕은 아예 일 층 로비의 소파와 한 몸이라도 되는 것처럼 푹 파묻혔다. 막 앰뷸런스를 떠나보낸 호텔 직원들도 병덕까지 챙기자니 좀 귀찮다는 생각이 들었던지 모포를 하나 가져다 덮어주었다. 머지않아 병덕이 모포를 걷어차고 일어나 지금까지 먹은 것들을 모두 내뿜었다. 속이 시원해진 병덕이 토사물 위로 다이빙하듯 몸을 던졌다.

해가 뜨기 직전에 도사와 마리, 가이드가 돌아왔다. 청소부가 제가 토한 것들 위에서 편안하게 잠들어 있는 병덕을 깨웠다. 본인이 왜 로비 바닥에서 자고 있는지 영문을 모르는 병덕에게 가이드가 다가갔다. 그녀는 병덕과 눈이 마주치자 중증 간질 환자에게 술을 주면 어떡하냐며 비명에 가까운 힐난을 쏟아냈다. 뒤따라온 마리의 얼굴이 샐쭉해지고, 어찌할 바를 모르던 도사가 엘리베이터 앞으로 걸어갔다. 엉망진창이 된 병덕을 드디어 발견한 정자가 조금 전의 사람들보다 더 크게 화를 냈다. 자신을 향해 쏟아지는 소리들에 정신을 차린 병덕이 주위를 두리번거렸다. 이들이 왜 화를 내는지 모르지만 여튼 자신이 혼나고 있다는 것은 알았다. 병덕은 아예 귀가 안 들리는 사람처럼 말없이 일어나 제 방으로 올라갔다. 청소부가 민첩하게 병덕이 남긴 흔적을 지웠다.

팩의 효과로 어제보다 더 얼굴이 번들거리는 여고 동창 삼인방과 정자 그리고 지영과 정훈 커플이 아침 식사를 마치고 나왔다. 날이 밝고 나서야 잠든 민준 덕에 유희는 밥을 먹지 못했다. 여전히 상거지 꼴인 병덕과 허겁지겁 짐을 챙겨온 마리와 도사까지 한자리에 모였다. 모두의 요청으로 마지막 남은 쇼핑센터 스케줄이 취소되었다. 가이드가 공항까지 배웅을 나가는 것도 거절했다. 이 일은 여행객들이 쇼핑센터에서 구비한 물건 값의 오 퍼센트를 수당으로 받는 구조였다. 공항에서 배웅을 하면 남은 돈을 몽땅 주고 가거나 비공식적인 팁을 찔러주는 사람도 많았다. 밤새 그 고생을 시키더니 이제는 쇼핑도 안 하겠다는 사람들을 가이드가 질린 눈빛으로 쳐다봤다.

"모쪼록 즐거운 여행이 되셨기를 바랍니다. 내내 건강하세요. 안녕히 얼른 가세요."

가이드가 서둘러 버스를 출발시켰다. 호텔의 도어맨이 현관문을 막 닫으려는 찰나 청소부가 소파 사이에서 지갑과 휴대폰을 집어 올렸다. 다시 가이드가 운전사에게 전화를 걸었다. 많은 것들을 체념한 목소리였다. 버스가 요란한 소리를 내며 후진으로 올라오다 호텔 현관문을 쾅 박았다. 문 위에 매달린 왕쯔호텔의 현판이 툭 떨어졌다. 차 안에서 아무도 내려오지 않았다. 도어맨과 가이드가 입을 떡 벌리고 버스와 현관을 번갈아가며 쳐다보았다. 청소부가 달려와 빗자루로 버스의 뒤꽁무니를 거세게 내리쳤다.

관광객들이 떠나자 다시 도르래를 탄 사람들이 허공에 떴다. 호수 안으로 들어가 있던 괴물이 기지개를 켰다. 새떼가 날아와 유리창에 부딪쳤다. 날개가 부러진 새를 청소부가 쓰레기통에 처박았다. 호텔의 현관에 뒤늦게 실금이 생기기 시작했다. 조용히 문을 가른 금이 '유리주의'라고 쓰인 여러 나라의 말들을 뒤덮었다. 커다란 현관문이 세심하게 갈라졌다. 금은 호텔 현관이 있던 쪽으로도 다가갔다. 새를 줍던 청소부와 도어맨이 뒤늦게 문을 붙들어보았지만 소용없었다. 새로운 투숙객들을 실은 버스가 올라왔다. 유리에 금이 가는 것보다 버스가 호텔로 올라오는 속도가 더 빨랐다. 허공의 청소부들이 건물 위로 솟구쳤다. 호수를 유영하던 괴물이 긴 숨을 내뿜었다.

금이 유리 호수 쪽으로 맹렬하게 번져갔다.

아일랜드 페스티벌 · 정지향

정지향

2014년 문학동네 대학소설상을 수상하며 등단. 장편소설 《초록 가죽소파 표류기》가
있다.

메타세쿼이아 산책로는 은행나무 길로 다시 벚나무와 자작나무 길로 바뀌며 이어졌다. 인기척에도 몸을 비켜주지 않는 관광객 사이를 빠져나가는 동안 티셔츠 목덜미가 젖어갔다. 길목마다 멈춰서서 기념사진을 찍는 사람들과 유모차, 이인용 자전거 따위로 온통 복잡했다. 폭염을 기록한 날이었다. 그늘을 벗어날 때마다 찌르는 듯한 날카로운 빛줄기가 느껴졌다. 강에서 불어오는 바람은 덥고 끈적했다. P섬에 방문한 것은 고등학교 수학여행 이후 처음이었다. 한때 가족들과 연인들의 주말 여행지로 사랑받았으나 유커들의 단체 관광 코스가 되어버린 지 오래였다. 소유주가 중국인으로 바뀌면서 일어난 변화라고 했다. 섬 전체를 페스티벌의 장으로 꾸며 참가자들에게만 개방할 것이라는 나의 막연한 상상을 비웃듯이 선착장에서부터 단체 여행사 깃발이 이어졌다.

페스티벌 주최 측에서 기사 요청과 함께 티켓을 보내왔을 때 나는 그것이 내게 떨어질 일임을 직감했다. 휴가철 주말에 열리는 데다 언뜻 끌리는 점을 발견할 수 없는 그저 그런 신생 페스티벌 중 하나였다. 소규모 페스티벌은 기존 대형 페스티벌에 비해 섭외력의 한계가 뚜렷했다. 저마다 새로운 콘셉트를 내세우는 것은 그런 이유에서였다. 아일랜드 페스티벌은 캠핑과 페스티벌의 결합을 표방했다. 한류 드라마 촬영지로 알려진 P섬은 서울에서 멀지 않았지만 대중교통으로는 접근이 어려웠고 P시 도심과도 거리가 있었다. 보통 이삼일에 걸쳐 진행되기 때문에 접근성은 록 페스티벌장소 선정에 가장 우선시하는 요소였다. 캠핑을 하며 밤새도록 공연을 즐긴다는 기획은 아마 그런 단점을 보완하기 위한 시도였을 것이다.

티켓은 두 장이었다. 잡지사 일을 시작한 뒤로 거의 만나지는 못했지만 내게도 친구들은 있었다. 얼마 전 화장품 회사 마케팅부에 입사한 친구1은 휴가를 맞아 남자친구와 홍콩에 갔고, 공중파 방송국에서 스크립터를 하는 친구2는 일주일에 하루쯤 집에 들어갈까 말까 한다 했고, 취직 준비를 하는 친구3은 무척 더위를 타서 여름철 야외 활동을 싫어했다. 그리고 친구4는…… 나는 페스티벌 전날 밤까지 연락처 목록을 뒤적였다. 한 장에 십만 원을 훌쩍 넘는 티켓값이 아깝기도 했지만 혼자 하룻밤을 꼬박 페스티벌에서 보낼 일이 더 막막했다. 집에서 아이스커피나 만들어 마시며 트위터와 인스타그램 소식을 모아 기사를 써볼까 하는 생각도 없었던 것은 아니었다.

　재훈을 마주쳤을 때 무턱대고 반가운 마음이 먼저 스쳤던 것은 그런 이유 때문일지도 모른다. 남은 길을 가늠하느라 시선을 멀리 던졌을 때 카메라를 든 남자가 눈에 들어왔다. 그는 한쪽 눈을 찡그려 감고 나머지 한쪽 눈을 뷰파인더에 가져다 댄 채 사람들의 모습을 찍었다. 베이지색 무지 티셔츠에 검은 슬랙스를 입고 단정한 보트슈즈를 신고 있었다. 그런 옷들도, 투블록으로 잘라 포마드 스타일로 넘긴 머리 모양도 낯설었다. 하지만 몸의 어떤 선들은 한 사람을 그 사람과 닮은 모든 사람과 구별하게 해주기도 하는 법이다. 예컨대 귓바퀴의 모양, 목선, 이마에서 구레나룻으로 이어지는 머리카락이라든지 어깨의 둥근 정도 같은 것들.

　재훈과 나는 나란히 걸었다. 아무래도 혼란했지만 그늘 곳곳에 짙게 배인 풀내를 들이켤 때면 나도 모르게 상쾌한 기분이 들었다. 오랜 친구와 주말을 맞아 나들이라도 나온 것 같았다. 재훈은 아르바이트를 하러 왔다고 했다. 페스티벌 현장 스케치를 하는 일이었다. 블로그에 올린 사진을 보고 페스티벌 측에서 요청을 해온 것이었다.

　자작나무 길이 잣나무 길로 바뀌고 또다시 갈대숲 길로 바뀌었다. 나는 선착장 입구에서 받은 지도를 들여다보았다. 페스티벌장은 초승달 모양으로 길쭉하게 생긴 P섬 끝에 마련되어 있었다. 선착장과 반대 방향이었다. 지도 위에 적힌 산책로 이름을 더듬고 있을 때 재훈이 말했다.

저기다.

그가 손가락으로 가리키는 곳에 비죽 솟아오른 무대가 보였다.

페스티벌장은 길게 이어붙인 플라스틱 펜스로 안과 바깥을 구별하고 있었다. 강을 따라 왼편에는 캠핑 존이, 오른편에는 돔으로 덮인 사이드 스테이지가 보였다. 그 한가운데 메인 스테이지가 넓은 잔디밭을 차지하고 있었다. 펜스 주변으로는 자그마한 스낵바 부스들이 이어졌다.

재훈과 나는 나란히 이름을 대고 출입증을 받아 목에 걸었다. 그가 배낭에서 반쯤 언 생수를 꺼내 내밀었다. 성긴 얼음이 물과 함께 부드럽게 입안으로 밀려들어 왔다. 천막 그늘 아래 자리를 잡고 앉았다.

그때 너랑 다니고 페스티벌은 처음이다, 난.

재훈이 잔디밭을 휘 둘러보았다.

글쎄, 그러니까 아일랜드 페스티벌은 예뻤다. 아기자기한 보사노바 음악이 부풀어 오른 여름 공기 위에 실렸고 잔디와 나뭇잎, 강물은 저마다 다른 온도의 초록으로 빛났다. 그 위로 백여 개의 텐트와 색색의 캠핑용 접이의자들이 늘어섰다. 그리고 그 모든 것들에 둥글둥글하고 귀여운 스타일로 디자인된 아일랜드 페스티벌 로고가 붙어 있었다.

마주 앉고 보니 재훈은 어딘가 살이 조금 올랐고, 전에 없이 검붉은 여드름 자국이 얼굴 곳곳에 나 있었다. 물이나 음식이 맞지 않았던 것일까. 나는 맥주를 홀짝이며 그를 곁눈질했다.

재훈이 돌아왔다는 소식을 나는 K의 집들이 파티에서 들었다. K와 친구들을 만난 건 오랜만이었다. 좁은 방에 모여 맥주를 마시다 결국 소주를 사 나르기 시작했을 때 누군가 재훈의 이름을 꺼냈다. 날씨 때문이라고 했어, 곁에 앉은 K는 그렇게 속삭였다. 그랬다. 지난겨울이 좀 추웠는가. 한강에 투신한 누군가가 얼음이 깨지지 않은 덕에 구조되었다는 뉴스와 지하철역 앞에서 동사한 노숙자가 아침까지 방치되다 출근길 사람들에 의해 발견되었다는 이야기가 사람들의 입에 자주 오르내리던 때였다. 재훈이 있던 베를린의 날씨는 더욱 매서웠다. 그곳의 해는 아침 아홉 시가 다 되어서야 뜨고 오후 네 시면 져버렸다. 끝나지 않을 것처럼 어둡고 긴 겨울이었다. 재훈은 마지막 한파를 견뎌내지 못하고 유학을 마무리 지었다.

나 때문에 재훈을 부르지 않은 것일까, 그런 생각이 먼저 들어서 나는 별다른 대꾸를 하지 못하고 괜히 종이컵을 들어올렸다. K가 내 잔에 소주를 따르고 세심한 비율로 탄산수를 섞었다. 재훈은 돌아온 뒤 사람들이 여럿 함께 모이는 자리에는 나타나지 않는다 했다. 실패한 거라고, 인생의 첫 번째 실패를 겪고 있는 거라고 말하며 K는 짐짓 인상을 썼다. 나는 아마 웃었을 것이다. 재훈한테 필요했던 게 그거지, 그런 말을 위악적인 태도로 덧붙인 것 같기도 했다.

그 애들을 처음 만난 건 스무 살때였다. 입시생 시절의 한을 하루빨리 풀어버리겠다는 듯 입학을 한참 앞두고 자취방을 얻어 막

상경한 무렵이었다. 나는 서울에 아는 사람이 없었다. 먼 친척이라든지, 어릴 때 전학을 간 친구라든지 여하간 말 그대로 누구도 없었다는 뜻이다. 고등학교 시절 엎치락뒤치락 순위를 나누던 친구들은 모두 그 지역의 대학에 진학했다. 서울로 가기에는 성적이 어중간했고, 그저 그런 대학에 다니기 위해 유학비를 감당하기에는 집안 사정들이 고만고만하게 어렵기도 했다. 나는 그저 그런 대학에 다니기 위해 좀 더 떼를 쓴 편이었다. 익숙한 것이라면 무엇도 하고 싶지 않았다. 아르바이트를 구할 때도 마찬가지여서 나는 내가 자란 도시에도 있는 패스트푸드점, 대형 마트, 프랜차이즈 카페처럼 시시해 보이는 곳을 먼저 제외했다. 결국 자리를 구한 곳이 바로 클럽 Eeee였다. 클럽이라고는 했지만 술집이라는 명칭이 더 어울릴 법한 작고 퀴퀴한 공간이었다. 재훈과 K, 그리고 그들 무리는 매일같이 그곳에 드나들었다.

평소와 별다를 것 없는 날이었다. 갑자기 나타나 바에 주르륵 자리를 차지하고 앉은 그들에게 병맥주를 팔았고, 얘기를 나누었고, 신청곡을 찾아주다 지쳐 스피커가 연결된 가게 맥북을 내주었다. 새벽 무렵 사장이 퇴근한 뒤에는 진열된 리큐어를 꺼내 칵테일을 만들어 먹기 시작했다. 티가 나지 않도록 여러 종류의 술을 잔에 조금씩 따랐다. 손님들이 킵해둔 위스키와 보드카도 마셨다. 그렇게 이것저것을 마시다 보니 누구도 얼마나 마셨는지 알지 못했다. 모두가 만취하고서야 끝나는 자리였으므로 주량 같은 것을 염두에 두는 것은 아니었지만 말이다. 시간이 흐르면서 아이들의 전화기가 하나둘 울렸다. 그날따라 주변에 공연 뒤풀이와 생일 파티 따위의 술자리가 많았다. 재훈과 나의 만류에도 아이들이 순서대로 자리를 떴다.

재훈은 마감을 도와주겠다고 나섰다. 조명이 어두운 가게여서 바닥을 쓸어도 티가 나지 않았다. 그가 인상을 찌푸리며 테이블 사이를 돌아다니다 빗자루를 집어던졌다. 지상으로 향하는 클럽 Eeee의 계단은 무척 좁았다. 뛰어 올라가는 동안 서로의 어깨가 이리저리 부딪혔다. 재훈과 나는 깔깔거리며 클럽 문을 잠그고 셔터를 내렸다. 술에 취해 잘 되지는 않았지만 말이다. 나는 처음으로 누군가의 옷 아래 감춰진 둥근 배를 만져보았다. 재훈은 헤비메탈 록 밴드의 로고가 커다랗게 그려진 검은색 티셔츠를 입고 있었다.

나는 그 애들과 함께 처음으로 페스티벌에 갔다. 티켓을 사본 적은 없었다. 무작정 행사장 주변을 빙빙 돈 끝에 펜스를 넘은 적도 있고, 밴드를 하는 친구들을 통해 초대권을 얻기도 했다. 페스티벌이 열리는 도시에 도착해서 제일 먼저 한 일은 편의점 앞에 몰려서 콜라병에 소주를 옮겨 담는 것이었다. 가방 안에 몇 개씩 페트병을 숨기고나서야 우리는 걸음을 옮겼다. 미리 페스티벌 자원봉사를 신청하기도 했다. 경쟁률이 무척 셌는데도 잘 붙었다. 자기소개서 덕이었다. 그 애들은 글을 잘 썼다. 몇 가지 노하우를 서로 알려주면서 한껏 자조했다. 일을 하기에 가장 편한 파트가 어딘지도 그 애들은 잘 알았다. 이력서에 한 줄을 채워 넣기 위해 자원봉사를 온 아이들을 비웃는 일도 그 애들은 잘했다. 잘하는 게 많은 애들이었다.

몇 년이 흐르는 동안에도 자원봉사자들로 진행 요원 수를 메꾸는 관행은 변하지 않은 모양이었다. 아일랜드 페스티벌을 진행하는 요원들도 대부분 앳된 얼굴의 자원봉사자들이었다. 주황색 조끼를 입은 그들은 볕 아래 모자도 없이 서 있었다.

재훈과 내가 배정받은 텐트는 강을 따라 둥글게 이어진 캠핑 존의 가장자리였다. 버들이 허리께까지 자라 흔들렸다. 우리는 각자텐트에 짐을 부렸다. 땀에 젖은 티셔츠를 벗고 원피스로 갈아입었다. 바닥에 눕자 강에서 올라오는 서늘한 기운이 느껴졌다. 가까운 사이라면 세 사람쯤 함께 잘 수 있을 법한 크기였다. 땅을 짚고몸을 일으키려는 순간 푹, 하는 느낌과 함께 바닥이 꺼졌다. 손을짚었던 모양대로 동그란 구덩이가 생겼다.

캠핑 존 입구에 서 있던 진행 요원이 내가 손을 흔드는 것을 보고 다가왔다. 그가 텐트에 기어들어가 바닥을 눌러보았다. 그리고는 웅크린 채로 우왕좌왕 반대쪽의 누군가에게 무전을 보냈다. 주변 텐트들에선 벌써 자리를 잡은 사람들이 그늘막을 치고 고기를구워대고 있었다. 이웃한 텐트끼리 인사를 건네고 술잔을 나누느라 왁자했다. 재훈의 텐트 바닥 역시 사정은 마찬가지였다. 강 반대편 쪽 바닥은 딱딱했지만 강에 가까운 쪽 바닥은 가벼운 압력에도 쉽게 무너져 내렸다. 강변을 따라 설치된 텐트는 어림잡아 서른

개쯤 되는 듯 보였다. 기다리라는 듯 손바닥을 내보이며 저 멀리 뛰어갔던 진행 요원은 다시 돌아오지 않았다.

공연이 시작되던 무렵에는 한차례 소란이 일었다. 페스티벌 시작을 알리는 불꽃이 터지기 시작했을 때 펜스 바깥쪽에 있던 관광객들이 몰려들었다. 안쪽에 있는 사람들의 환호가 커질수록 펜스에 매달린 사람들도 늘었다. 땅에 박힌 플라스틱 펜스가 위태롭게 흔들렸다. 진행 요원들이 안쪽에서 펜스를 붙잡고 섰다. 한동안 팽팽한 긴장이 이어졌다. 티켓을 구매하신 분들만 입장이 가능합니다, 누군가 드디어 멘트를 생각해낸 듯 외쳤고, 곧 진행 요원 모두가 그 말을 따라 외쳤다. 그래도 바깥쪽의 사람들은 선뜻 물러나지 않았다. 대부분 유커였으므로 알아듣지 못한 것일 수도 있었다. 시위 현장 같은 풍경이었다. 나는 펜스 가까이에 서서 그 모습을 지켜보았다. 셔터 소리에 돌아보니 재훈이 있었다. 일그러진 바깥쪽 사람들의 표정을 클로즈업하기도 하고, 버티고 선 진행 요원의 발이 잔디를 푹 파내는 순간도 찍었다. 어디선가 세그웨이를 탄 섬의 관리자들이 나타나고 나서야 상황이 정리되었다.

P섬이 폐장을 맞자 페스티벌은 안정을 찾아갔다. 어둠으로 물든 펜스 바깥쪽과 대비되어 한층 아늑한 분위기를 풍겼다. 아무나 남아 있을 수 없는 곳에 있다는 만족 그리고 그곳에 함께한다는 결속을 주는 대비였다. 사람들은 캠핑 존에서 저녁을 만들어 먹거나 스낵바에 기대선 채 맥주를 마셨고, 기다리던 공연이 시작되면 곧장 넓은 잔디밭으로 뛰어나갔다. 사이드 스테이지는 작은 클럽

처럼 꾸며져 있었다. 전체적으로 어두운 가운데 무대에는 밝은 핀 조명이 비쳤다. 메인 스테이지보다는 훨씬 작았지만 폐쇄된 구조 덕에 음향은 더 나은 편이었다. 메인 스테이지에는 멤버가 많은 밴드 단위의 뮤지션이 오르고 사이드 스테이지에는 어쿠스틱 공연이 이어지는 식이었다.

나는 메인 스테이지가 곧장 내다보이는 스낵바에 자리를 잡고 앉아 페스티벌을 지켜보았다. 취재 기사임을 일리는 목걸이를 멘 덕에 혼자 맥주를 주문해 마시며 노래를 듣는 일이 민망하지 않았다. 출연 뮤지션이 부른 노래의 순서와 관객들의 분위기를 휴대폰에 메모했다. 재훈은 이따금 눈에 띄었다. 무대 가까이에서 춤을 추는 사람들을 클로즈업해 찍기도 하고, 비주얼 좋은 남자들을 찾아내 포즈를 취하게 했다.

처음 비가 쏟아지기 시작했을 때 스테이지 앞 관객들은 하늘을 향해 고개를 쳐들고 와아 소리를 질렀다. 빼곡히 살을 맞대고 선 사람들 사이에 고인 열기를 구석구석 씻어내는 비였다. 예보에 따르면 스쳐가는 소나기였다. 스태프들이 무대 뒤편에 나타나 분주히 음향 기기들에 커다란 비닐을 씌웠다. 진행 요원들은 저마다 천막 아래 모여 일회용 우비를 입고 다시 페스티벌장으로 나갈 채비를 했다. 저 멀리에서부터 재훈이 다가오는 것이 보였다. 그는 몸을 웅크려 카메라를 보호한 채 엉거주춤 내가 앉은 스낵바 부스로 걸어 들어왔다. 이름을 부를까 하다가 관두었다. 그가 보조 가방에서 수건을 꺼내 카메라를 조심스럽게 닦았다. 재훈이 고개를 드는 것을 보고 나는 다시 무대를 향해 시선을 옮겼다.

재훈과 나는 함께 말없이 저녁을 먹었다. 배 모양으로 접힌 종이 그릇에 담겨 나온 스낵들은 짜고 달았다. 핫도그와 치즈가 얹어진 감자튀김 따위였다. 천막을 타고 흘러내리는 빗줄기가 이따금 팔에 닿았다. 여름비치곤 차갑다는 생각이 들었다. 내내 뜀박질을 하는 관객들에겐 별문제가 아닌 듯했다. 마침 빠른 비트의 펑크 록 밴드가 무대에 서 있었고, 관객들은 앞사람의 어깨를 붙잡고 기차놀이를 하듯 잔디 위를 내달렸다.

화장실은 더할 나위 없이 지저분했다. 휴지통에서 넘쳐흐른 화장지가 질척하게 바닥에 엉겨 붙었고, 사람들이 묻혀온 흙이 벽이며 세면대까지 뻗쳐 있었다. 진한 암모니아 냄새가 났다. 칸이 다섯 개밖에 되지 않아서 줄이 바깥까지 길게 이어졌다. 나는 힐끗 세면대 거울을 보았다. 빗물에 화장이 번져 얼굴이 얼룩덜룩했다. 손을 들어 눈 아래를 닦아냈다. 화장품은 모두 텐트에 부려둔 가방 속에 있었다. 입장 때 나눠 받은 일회용 우비도 마찬가지였다.

화장실이 있는 수련관은 장내 개방된 유일한 건물이었다. 빗줄기가 거세지면서 홀은 차츰 더 북적였다. 출입금지 팻말이 놓인 계단까지 휴식을 취하려는 사람들로 혼잡했다. 홀 안의 대화 소리가 높은 천장에서 뭉쳐져 웅웅 울렸다. 공연은 중단되었다. 나는 사람들 사이를 지나 입구로 다가갔다. 굵은 빗방울이 떨어져 내리는 기세가 좀 전과는 확연히 달랐다. 야외 부스 역시 비를 피하려는 관객들로 빽빽했다. 자원봉사자들은 비를 맞으며 음료 자판기를 천막 안쪽으로 들여놓았고, 음향 스태프들은 다시 무대 위를 뛰어다니며 장비를 챙겼다.

한 커플이 돌연히 빗속을 향해 뛰쳐나갔을 때 나는 공연이 재개되었다고 생각했다. 홀 안의 사람들이 동요하며 그들이 밀고 나간 문으로 시선을 돌렸다. 그들은 캠핑장을 향해 뛰었다. 웅성거림은 더욱 커졌다. 곧이어 몇 사람이 더 문을 밀고 나갔다. 나는 휴대폰으로 트위터를 켜고 아일랜드 페스티벌 계정에 들어갔다. 마지막으로 올라온 트윗은 사십 분 전이었다. 비가 내리기 시작한 직후 잔디를 뛰노는 관객들을 찍은 사진이었다. 이전의 트윗들은 오 분에서 십 분 간격이었다. 페이스북 계정 역시 마찬가지였다. 잠시 후 커플이 배낭을 등에 메고 돌아왔다. 여자가 홀 입구에 선 채 흠뻑 젖은 머리카락을 꾹꾹 눌러 짰다.

이미 공연 스케줄이 한참이나 지체된 상황이었다. 가로등과 무대 조명이 닿는 곳마다 바늘처럼 쏟아지는 빗줄기를 하얗게 비추었다. 곧 메인 스테이지에 한 팀의 뮤지션이 올랐다. 곡이 끝날 즈음엔 비가 내리기 시작했을 때와 비슷한 수의 관객이 다시 스테이지 앞으로 모였다.

비가 누그러진 틈을 타 나는 캠핑 존으로 향했다. 양팔로 머리를 감싸 쥔 채였다. 조명을 켠 텐트들에서 와자한 웃음소리가 흘러나왔다. 발이 질퍽한 흙바닥 속으로 푹푹 빠졌다. 휴대폰 플래시를 켜고 텐트에 적힌 번호를 확인했다. 나는 한쪽 발을 크게 내

디뎌 강변의 흙을 밀어내 보였다. 아까보다 더 쉽고 빠르게 흙이 무너져 내렸다. 텐트 속에는 가방이 없었다. 몇 걸음 떨어진 재훈의 텐트도 비어 있기는 마찬가지였다.

나는 그의 텐트로 들어가 문을 닫았다. 빗방울이 텐트를 때릴 때마다 조금씩 진동이 일었다. 한참 만에 사람들의 시선이 닿지 않는 곳에 들어섰기 때문인지 맥이 턱 풀렸다. 나는 빗물에 젖은 전화기를 텐트 안쪽에 아무렇게나 문질러 닦았다.

K는 신호가 끊기기 직전 전화를 받았다. 방금 잠에서 깬 듯 나직하고 느린 목소리였다. K의 목소리 뒤로 텔레비전 소리가 들렸다. 재훈의 연락처를 묻자 K가 웃음을 터뜨렸다.

근데 걔 폰 없어. 아니, 폰 있는데 한국 와서 번호 개통을 안 했다던데. 우리 그래서 맨날 걔 집에 전화하잖아. 새끼…… 집 번호 알려줄까?

K가 말끝에 다시 깔깔 비웃음을 덧붙였다.

나는 손을 들어 지퍼를 열었다. 웅웅, 하는 소리가 먼 스피커에서 흘러나오고 있었다. 선명하게 퍼지는 스테이지의 스피커와는 다른 종류의 것이었다. 두어 번 방송이 반복되었지만 나로서는 그것이 어떤 여자의 목소리라는 것밖에는 알아차릴 수 없었다. 나는 샌들을 꿰어 신고 텐트를 기어나왔다. 마찬가지로 안내 방송을 듣기 위해 텐트 밖으로 나와 서 있는 사람들이 보였다. 캠핑 존 입구에 도착했을 때 다시 한 번 방송이 나왔다. 참가자들에서부터 무대에 선 밴드 멤버들까지 고개를 반쯤 기울인 채 허공을 응시하며 그 소리에 귀를 기울이고 있었다.

삼십 분 뒤 섬을 빠져나가는 배 운항이 있을 예정이니 퇴장할 사람들은 시간에 맞춰달라는 내용이었다. 여자의 목소리는 건조했다. 안내 방송이 끝나자 그래서 지금 나가면 환불을 해준다는 거야, 뭐라는 거야, 하고 누군가 소리를 질렀다. 그때 무대에 선 밴드의 보컬이 안내 방송을 비웃듯 뭐라고 한마디를 외쳤다. 무대 앞에 선 사람늘이 그에 말에 환호했다.

재훈이 나를 기다리고 있던 곳은 페스티벌장 입구였다. 내 가방을 손에 든 채였다. 뒤집어쓴 우비 때문인지, 등지고 선 조명 때문인지 재훈의 얼굴에는 깊게 그림자가 졌다. 나는 그에게서 가방을 받아들고 우비를 꺼내 입었다. 빗물에 젖은 비닐 우비는 잘 펼쳐지지 않았다. 재훈이 차분한 시선으로 허둥대는 나를 지켜보았다. 재훈과 나는 출입증을 반납하고 그곳을 빠져나왔다. 거기 이미 열 명쯤 되는 사람들이 줄을 서 있었다. 선두에 주황색 조끼를 입은 남자애가 보였다. 내 텐트 안으로 기어들어 와 바닥을 눌러본 그 진행 요원이었다. 우리는 그들 뒤로 가 섰다.

길은 온통 흙탕물이었다. 샌들 안이 못 견디게 껄끄러웠지만 어떻게 해볼 엄두를 못 냈다. 사위가 어두웠다. 앞장선 사람이 바닥을 향해 비추는 휴대폰 플래시를 따라 걸었다. 서늘한 기운이 들어 고개를 들어보면 아무렇게나 가지를 뻗친 커다란 나무 아래를 지나는 중이었다. 낮 동안 잘 길든 짐승 같았던 섬은 완전한 야생의 공간으로 변해 있었다. 저 멀리서 비틀즈의 노래가 들려왔다.

사이드 스테이지에 선 뮤지션이 부르는 노래였다. 다음 팀이 이미 자리를 뜬 탓에 기약 없이 공연이 이어졌다. 그들은 자신들의 곡을 다 부른 뒤에 유명한 팝송들을 이어가고 있었다. 마이크를 쥔 이가 가사를 외우지 못하는지 첫 소절을 흥얼거리다 멈춰버렸다. 그다음부터는 멀리에서 여럿이 함께 부르는 목소리가 이어졌다. 재훈은 앞 사람의 등을 보며 걸었다.

Eeee의 사장은 종종 비틀즈 베스트 앨범을 틀었다. 나사가 그 노래를 엠피스리 파일로 압축해 우주로 쏘아 보냈다는 것도 사장에게서 들은 얘기였다. 북극성에 도달하기까지 사백이십 년이 걸린다고 했다. 재훈은 감상에 빠진 사장을 몰래 비웃었다. 우주를 가로지른다는 제목이라서 우주로 보냈다는 건 단순하다고 말했다. 그래도 곡은 좋았다. 무엇도 내 세계를 바꿀 수는 없어, 라고 반복되는 후렴구를 입속에서 웅얼거리다보니 우주를 날아가는 게 노래가 아니라 어떤 영혼처럼 느껴졌다. 재훈과 내가 시답잖은 대화를 이어나간 것은 그래서였을 것이다. 앞장선 사람이 낸 발자국을 따라 걷는 동안 나는 재훈과 내가 그때 했던 말들을 또렷이 떠올릴 수 있었는데 그중 무엇이 그의 말이고 무엇이 나의 말인지는 알 수 없었다. 당시 그와 나의 말투가, 그리고 우리가 자주 쓰던 단어가 거의 같았기 때문일 터였다.

북극성에 외계인이 있을까?

아니. 좀 더 큰 별에 있을 가능성이 많지.

만약에 반쯤 왔는데 거기에 아무도 없다는 소식을 들었어. 그럼 돌아가고 싶을까? 계속 가고 싶을까?

그래도 가지 않을까. 이백 년이나 왔는데.

들어줄 사람이 없는데도?

외계인이 엠피스리 파일을 써?

시 같기도 하고 헛소리 같기도 한 그 노래가 점점 작아져서 완전히 들리지 않게 될 때까지 나는 귀를 기울였다. 고개를 들었을 때 시꺼먼 구멍 같은 하늘이 보였다.

초반에 P섬을 빠져나온 관객들은 방을 잡는 대신 선착장 근처에 모여 서 있었다. 오가는 차도, 불이 켜진 간판도 없는 선착장은 스산했다. 한 무리의 사람들이 매표소 앞에 자리를 깔고 앉아 술을 마셨다. 누군가 다가오면 엉덩이를 움직여 원을 넓히고 자기소개를 했다. 그들은 빗줄기가 약해질 때마다 선착장을 기웃거렸다. 여객선은 비정기적으로 섬을 오가며 안쪽의 사람들을 조금씩 태워 나왔을 뿐, 다시 들여보내지는 않았다. 사람들의 항의에 늙은 운전사가 조타실 밖으로 피곤한 얼굴을 꺼내 보였다.

P섬 근처의 민박집들에 불이 켜지기 시작했다. 민박집이라고는 했지만 숙박 영업은 중단한 지 오래인 곳들이었다. 외국인 관광객들을 상대로 판매하는 기념품 좌판이 가게 밖으로 툭 튀어나와 있었다. 그나마도 굳게 셔터가 내려진 곳이 많았다. 섬에서 가까운 곳에서부터 차례로 방이 찼다. 사이드 스테이지 골격 일부가 무너져 내리고 캠핑 존이 불어난 강물에 위태롭게 노출되었다는 소식

이 전해졌다. 페스티벌은 중단되었다 재개되기를 반복했다. 그때까지도 무대 앞에 남아 있던 관객들은 더욱더 격렬해졌다.

섬으로 들어가는 길에서 모텔을 몇 본 것 같았다. 재훈이 동조를 해서 어두운 국도를 따라나서기는 했는데 확신이 서진 않았다. 약간의 설렘과 피곤으로 몽롱하게 택시 안에 앉아 있던 오후가 벌써 먼 옛날처럼 느껴졌다. 별다른 수가 있는 것은 아니었다. P시의 콜택시 전화는 모두 먹통이었고 도로변에 나와 목을 빼고 선 사람들이 이미 한 떼였다. 카풀을 하겠다는 트윗을 보고 연락을 해보기도 했지만 답은 오지 않았다.

가끔 택시가 나타나 빠른 속도로 곁을 스쳤다. P섬을 돌아 나오는 차들은 모두 빈자리 없이 사람들을 태운 채였다. 앞서 걷던 재훈은 가끔 걸음을 늦추어주었다. 물에 젖은 청바지가 무거워 그러는지도 몰랐다. 코너를 돌았을 때 건물 하나가 나타났다. 끝이 나지 않을 것처럼 이어지던 임지에 홀로 우뚝했다. 칸칸이 나뉜 창으로 듬성듬성 불빛이 흘러나왔다. 호텔 같은데, 재훈이 돌아보며 말했다. 나는 고개를 들어올렸다. 빗줄기는 이제 실처럼 가늘었다. 그 건물은 산에서 피어오르는 물안개에 안겨 잠들어 있었다. 그리 멀지 않은 거리였는데도 어쩐지 아득했다.

붉은 벽돌로 외벽을 꾸민 호텔이었다. 정원에서부터 호텔의 나이를 짐작해볼 만했다. 적송들이 서로 뿌리를 엉긴 채 굳게 서 있었고 돌을 쌓아올려 깊고 넓게 판 연못에는 길이가 두 뼘이나 될 듯 커다란 비단잉어들이 떠 있었다. 바닥 군데군데 설치된 엘이디

조명이 길을 밝혔다. 이따금 풀벌레인지 개구리인지 모를 작은 것들이 풀쩍 뛰어오르며 베로니카에 고인 물방울을 사방으로 흩뿌렸다.

도어맨이 주름이 진 얼굴에 미소를 띠며 문을 열었다. 서늘한 에어컨 바람이 젖은 피부에 달라붙었다. 로비에는 페스티벌 참가자들이 많았다. 아이스박스와 색색의 우비, 그늘막 따위가 든 가방을 들고 선 그들은 깔끔한 로비의 풍경과 대소적이있다. 고동색 가죽 소파와 테이블이 놓인 널찍한 카페 공간 너머로 리셉션이 보였다. 재훈은 그곳으로 성큼성큼 걸음을 옮겼다. 프런트 직원이 고개를 숙여 인사했다. 그가 입은 유니폼 상의는 호텔 내부의 회색 데커레이션 타일과 이상하리만큼 똑같은 색이었다. 그 위에서 이름이 적힌 금배지가 빛났다. 그는 그 호텔만큼이나 나이가 많아 보였다.

내 수중에는 스탠다드 룸의 숙박비와 디포짓을 결제할 돈이 없었다. 재빠르게 따져보았지만 그 돈의 반도 없기는 마찬가지였다. 내가 망설이는 사이 그가 지갑에서 카드를 꺼내 데스크에 내려놓았다.

로비 입구에 서 있던 한 커플이 잰걸음으로 재훈과 내가 선 쪽으로 다가왔다. 스무 살 정도로 보이는 어린 커플이었다. 엘리베이터를 기다리는 동안 나는 등 뒤에서 그들이 내는 기척을 알아차렸다. 결국 먼저 용기를 낸 건 여자 쪽이었다.

저기, 죄송한데요.

여자가 우리 곁에 선 호텔 직원을 의식하느라 소곤거렸다. 재훈이 놀란 듯 그들을 바라보았다.

혹시 룸 셰어 하실래요? 돈은 드릴게요.

괜찮으시면 같이 한잔해도 되고요.

남자가 덧붙였다.

엘리베이터가 곧 도착했다. 서로 의견을 묻는 듯 눈을 마주보며 서 있던 재훈과 나는 직원의 안내에 따라 엘리베이터에 올라섰다. 죄송해요, 내가 말했다. 어린 커플의 걱정 어린 얼굴 위로 문이 닫혔다.

싱글 침대가 두 개 놓인 작은 방이었다. 시트가 지나치다 싶게 하얗다. 재훈과 나는 서먹하게 불을 켜고 방 안으로 들어섰다. 거슬리지 않을 정도로 약하게 방향제 냄새가 났다. 바닥에는 두터운 카펫이 깔려 있었다. 저녁 내내 커다란 소리에 시달린 탓인지 마치 진공 속으로 들어온 듯했다. 나는 물이 뚝뚝 떨어지는 우비를 벗고 안쪽 침대 곁에 조심스럽게 가방을 내려놓았다. 오래되었지만 정성을 들여 관리한 데서 오는 기품이 느껴지는 방이었다.

뜨거운 물 아래에 서자 뭉쳐 있던 근육들이 일순간 노곤하게 풀어졌다. 아직 옷을 갈아입지 못한 재훈이 아무래도 신경 쓰여서 가능한 빨리 모든 과정들을 마쳤다. 하수구에 걸린 몇 가닥의 머리카락을 치우고 욕실을 정리했다. 새 티셔츠를 입자 기분이 한결 나았다. 욕실 안에 고여 있던 짙은 수증기가 방 안으로 흩어져 나갔다. 재훈은 테라스에 서서 담배를 피우고 있었다. 크림색 커튼에 가려져 있던 공간이었다. 그가 인기척에 나를 돌아보고 손짓했다.

뜻밖에 호텔에서는 P섬이 내려다보였다. 사위가 어두운 탓에 조명이 켜진 P섬이 더욱 선명했다. 지도에서 본 것과 마찬가지로 길쭉한 초승달 모양이었다. 그 꼬리 쪽에서 좀 더 짙은 불빛이 모여 흘러나왔다. 페스티벌장이었다. 이따금 무대 조명을 허공으로 쏘아 올리기도 했다. 재훈과 나는 말없이 P섬을 바라보았다. 귀를 기울이자 음악소리가 들려오는 것 같기도 했다.

재훈은 맥주 한 캔을 채 다 비우지 못하고 자기 몫의 침대 속으로 들어갔다. 그러고는 이불을 턱까지 끌어올렸다. 나는 테라스에 앉은 채로 맥주를 마시며 그가 잠드는 모습을 지켜보았다. 선선한 풀냄새 끝에 비릿한 강 냄새가 실려왔다. 재훈은 이내 낮게 코를 골았다. 나는 재훈이 테이블 위에 올려둔 담배를 꺼내 물었다. 연기가 묵직하게 목을 타고 몸속으로 퍼져나갔다.

잠이 오지 않을 것 같다는 생각은 착각이었다. 침대에 몸을 기대자 바람에 나부끼는 책장처럼 금방이라도 의식 저편으로 부드럽게 넘어가버릴 듯했다. 나는 에어컨 온도를 조절하고 누웠다.

재훈이 나고 자란 수유동의 작은 집에서 우리는 많은 시간을 보냈다. 영화를 보고 책을 읽고 낮잠을 잤다. 내가 살던 도시에서도 흔하게 볼 수 있는 작고 평범한 이 층 주택이었다. 하지만 그 집에는 불어로 된 「르몽드 디플로마티크」가, 비닐 음반으로 가득 찬 선반이 있었다. 여행지에서 사 온 홍차가 있었고, 블루레이 컬렉션이 있었다. 나는 그곳에서 책을 읽는 어른을 처음으로 보았다. 재훈의 부모였다. 그들은 아들의 여자친구를 상냥하게 대했다. 밥을 차려주거나 과일을 깎아주지는 않았지만 내 옷차림을 훑어보지 않는다는 점이, 이것저것 묻는 대신 몇 시간이고 단둘이 틀어박혀 있어도 기척을 하지 않는다는 점이 그랬다. 재훈은 그들이 캠퍼스 커플 시절에 쓰던 클래식 카메라를 물려받아 사진을 찍었다. 그들이 대학원 시절 읽던 책들을 읽었다. 강한 진보 성향의 대안학교에서 함께 자란 재훈의 친구들 역시 대부분 그런 것을 가진 부류였다. 나는 어느 순간 아이들과 함께 집회에 나가 외쳤던 문구들이, 불렀던 노래들이 다름 아닌 그들 부모들이 만들어 온 것임을 알게 되었다. 깨달은 뒤로 점점 어려워만 가는 것들도 있었다. 그 시절 배운 대부분이 그랬다.

이제 나는 계속 밤을 건너가겠네.

재훈은 그날 그렇게 말했다. 흡연 부스 안에 들어찬 연기 때문에 그의 얼굴이 부옇게 흐려져 보였다. 밤의 공항은 처음이었다. 비행을 기다리는 사람들이 벌써 지쳐버린 얼굴로 띄엄띄엄 의자를 차지하고 앉아 있었다. 이따금 체크인 마감을 알리는 목소리가 공항을 울렸다.

처음 만났을 때부터 그쯤으로 계획되어 있던 유학이었다. 연애를 하는 내내 느리지만 착실하게 유학 준비가 진행되었다. 그러니 출국 심사장으로 들어서는 재훈의 뒷모습을 지켜보던 그때까지도 나는 슬픔을 느끼지 못했다. 슬프지 않았다는 것은 아니다. 너무 천천히 차올랐기 때문에 둑을 넘을 듯 수위가 높아진 뒤에도 알아차릴 수 없는 감정이었다. 나는 혼자서 밤의 공항을 나섰다. 어둠 속에 선 채 이리저리 다리를 늘리며 스트레칭을 하던 택시 기사가 나를 발견하고 운전석으로 올라탔다. 재훈과 내가 한나절을 함께 보낸 호텔은 공항에서 오 분 거리였다.

깨끗하고 작은 비즈니스호텔이었다. 마지막으로 서로를 안았던 더블베드 위로 시트가 엉켜 있었다. 욕실은 그가 샤워를 마쳤던 때와 같이 군데군데 젖은 채였다. 재훈이 씻어둔 흰 커피 잔이 화장대 위에 놓여 있는 것이 보였다. 나는 재훈이 문고리에 걸어둔 수건을 펼쳐 의자 등받이에 널고 시트를 정리했다. 방을 오가며 룸 어메니티를 원래 놓여 있던 모양대로 놓아보았다. 텔레비전을 켰다가 다시 껐다. 창밖으로 저 멀리 공항이 건너다 보였다. 거대한 공터 위로 이륙 지점을 알리는 불빛이 어떤 경고처럼 점멸했다.

재훈이 한 말의 의미를 깨달은 것은 다음 날 아침이 되어서였다. 그는 그때까지도 여전히 시차를 거슬러 밤하늘 속을 비행하고 있을 것이었다. 밤새 잠을 설치게 한 꿈이 눅진하게 달라붙어 몸을 무겁게 했다. 그가 가는 곳이 얼마나 먼 곳인지 그때 나는 정확히 알게 되었다. 그 아침 어느 순간에 소리 없이 둑이 무너졌다.

재훈이 발걸음을 죽여 카펫 위를 걷는 기척에 잠에서 깨어났다. 문 너머로 그가 오줌을 누는 소리가 들렸다. 꿈도 없이 훌쩍 온 아침이었다. 커튼 사이로 환하게 아침 빛이 새어 들어오고 있었다.

식당에는 차분한 활기가 돌았다. 성조가 많아 어딘가 삐죽삐죽 튀어오르는 이국의 말소리가 여기저기서 울려 퍼졌다. 유커들이었다. 그들은 벌써 외출 준비를 마친 복장으로 활기차게 홀을 오갔다. 음식을 나눠먹고 웃으며 대화를 나눴다. 셀카를 찍고, 서로가 밥을 먹는 모습을 찍고, 무심하게 창밖 정원을 내다보는 포즈를 취하고 찍고, 식탁 위의 음식을 찍었다. 이따금 해외를 여행하고 있는 사람들 특유의 호기심을 눈에 담고 식당 내부를 두리번거리기도 했다. 한 여자가 식탁 사이를 뛰어다니는 아이의 팔을 붙잡고 입안으로 삶은 달걀을 밀어넣었다. 아이는 볼을 불룩하게 한 채 친구를 따라 다시 홀을 뛰기 시작했다.

아일랜드 페스티벌은 예정대로 아침까지 진행되었다. 페스티벌 참가자들의 SNS 후기는 확연히 갈렸다. 주최 측의 대처 능력에 대한 분노가 들끓는 한편 어느 페스티벌보다 참가자들 간의 결속력이 대단했던 밤으로 평가하는 사람들도 있었다. 주최 측은 공식적으로 텐트 대여료만 환불하겠다는 입장을 내놓았다가 빈축을 샀다. P섬을 빠져나왔던 사람들을 중심으로 피해 보상 소송 이야기가 번졌다.

재훈과 나는 창가 자리에 앉았다. 한 테이블 건너에 젊은 여자가 앉아 아침 식사를 하고 있었다. 여자의 발목까지 길게 내려오는 비치 원피스에 흙 얼룩이 진 것이 보였다. 그녀는 어딘가 멍한 표정으로 창을 응시했다. 밤새 쏟아진 비에 깨끗이 씻겨나간 대기 위로 고루 햇빛이 퍼져나갔다. 재훈과 나는 모닝 번과 잼, 버터, 정방형으로 잘린 과일들, 삶아 물기를 뺀 햄과 샐러드를 조금씩 먹었다. 커피는 너무 옅어서 거의 아무런 맛도 나지 않았다. 색이 바래 누런빛을 띠는 타일 위로 샹들리에 빛이 떨어졌다. 흘러나오던 음악은 드뷔시였다.

내가 짐을 챙겨 로비로 내려왔을 때 그는 더블베드 룸으로 방을 바꾸는 중이었다. 재훈은 P시에 와본 것이 처음이라고, 온 김에 좀 놀다 갈까 한다고 했다. 정문 앞에 관광버스가 멈춰 서더니 오늘의 투숙객들이 줄을 지어 내려섰다. 도어맨은 예의 반듯하게 미소를 지으며 문을 열었다.

택시는 부드럽게 호텔을 빠져나와 점점 속력을 높였다. 경사진 도로를 지나자 다시 넓은 임지가 펼쳐졌다. 왼편으로는 강과 P섬이 보였다. 나는 지나온 길을 향해 고개를 돌렸다. 호텔은 더 이상 보이지 않았다.

민달팽이

· 김혜나

김혜나

2010년 《제리》로 제34회 오늘의작가상을 수상하며 등단. 《나의 골드스타 전화기》로
제4회 수림문학상 수상. 장편소설 《정크》, 중편소설 《그랑 주떼》, 산문집 《나를 숨 쉬
게 하는 것들》이 있다.

응달에 잘 마른 기름 냄새가 난다.

유화(油畵)는 완성된 그림의 물감이 다 굳은 뒤에도 기름 냄새를 숨기지 못했다. 그래서일까? 기름을 원료로 한 물감이 덩어리진 채 말라붙은 그림들은 어딘가 모르게 위태로워 보였다. 마치 갓 죽은 자의 몸피처럼 차갑고 단단하게 굳어 있는 모습, 그러나 가까이 다가가 보면 굳은 상태에서도 훅 피어나는 냄새와 같았다.

사랑하는 사람과 만날 때면 언제나 똑같은 향수만 뿌리고 나간다는 사람을 본 적이 있다. 언젠가 연인과 헤어져 서로 다른 사람을 만나게 되어도 과거의 연인에게서 맡았던 향수 냄새를 맡으면 그 기억이 되살아나는 까닭이라고 했다. 그렇게까지 타인에게 자신이 각인되기를 바라는 인간의 미련과 집착이 나는 두려웠다.

나는 유화물감 냄새를 좋아하지 않았다. 닭이나 새우, 오징어,

야채 등속을 튀길 때 나는 기름 냄새에는 침이 고이기도 하지만 유화물감 냄새는 머리를 지끈거리게 만들었다. 후각보다는 촉각과 육감으로 다가오는 냄새. 그런데 왜 하필 그림 그리는 남자를 만났을까? 유화물감 냄새를 너무나 싫어했기 때문일까? 좋다고 생각하면 멀어지고, 싫다고 생각하면 가까워지는 일들. 피하려고 노력하기 때문에 절대로 피해가지 못하는 자기주문인지도 모르겠다.

이제 막 불혹의 나이에 접어든 그는 나선 형태의 문양만 그렸다. 사람들은 그런 그를 '달팽이 화가'라고 불렀다. 시작도 끝도 없는 나선들은 모두 매한가지인 모양이었지만, 가까이에서 마주 보면 꽤나 다채롭게 다가오기도 했다. 그래서일까? 그림 보는 취미는 오래전에 버렸음에도 나는 그의 그림들을 계속 바라보게 됐다. 눈동자가 뻐근하게 아파올 만큼 오래도록 바라본 적도 있었다. 머릿속이 어지럽고 속까지 메스꺼워지는 나선형의 문양들을 계속 바라보고 있다 보면, 그것이 어쩐지 싫지만도 않았다.

그가 달팽이 화가로 불리는 것은 꼭 그 그림 때문만은 아니었다. 그는 말도 느리게 하고 밥도 느리게 먹었다. 모든 말과 행동이 다 달팽이처럼 느릿느릿하고 흐물흐물했다. 그와 함께 밥을 먹을 적이면 나는 밥알을 최대한 천천히 씹었다. 하지만 아무리 천천히 먹어도 밥숟가락을 먼저 내려놓는 사람은 항상 나였다. 그와 밥 먹는 속도를 결코 맞출 수 없다는 사실을 안 뒤부터 나는 그와 함께 밥을 먹지 않았다. 혼자서 밥을 먹고 난 뒤 그를 만나서 곧바로 술을 마시든가, 안주를 대충 집어 먹는 것으로 끼니를 때웠다. 그러나 최근에는 그와 함께 술을 마시는 일조차도 거의 없어져버렸다. 그와 함께 술을 마시며 대화를 나누는 것이 너무 힘든 까닭이었다. 그의 말투는 단순히 느리기만 한 것이 아니었다. 그는 말을 더듬듯이 뚝뚝 끊는 습관이 있었다. 나는 한마디 말을 듣기 위해 그 기나긴 공백을 묵묵히 참아줄 만큼 여유로운 성격의 소유자가 아니었다.

곰곰 돌이켜보면 그와 나의 관계에 있어 대화라는 것이 그다지 필요하지도 않았다. 만난 지 얼마 되지 않았을 때 나누던 대화라봤자 일일드라마 속 인물들의 갈등처럼 뻔하디뻔한 것들뿐이었다. 그는 나에게 사는 곳과 학교, 전공, 나이 따위를 물었고, 부모님은 무얼 하는지, 앞으로 무얼 하며 살아가고 싶은지에 대해서 물었지만 나는 딱히 뭐라 대답하지 않았다. 나는 그에게 왜 가족들과 떨어져 혼자서 지내는지, 앞으로도 계속 혼자 살 것인지, 그림은 언제부터 그렸는지에 대한 것들을 물어봤다. 그도 딱히 이렇다 할 대답은 하지 않았다. 대답을 듣지 않아도 대충 짐작할 수 있는 것들이고, 생각하고 싶을 대로 생각해도 그만일 것들이었다. 그런 것들은 어차피 다 허상이었다. 우리의 존재에, 우리의 삶에, 아무런 흔적도 의미도 남기지 못하는 것들이었다. 우리는 서로에 대해 자세히 알아갈 필요가 없는 사람들, 알아봤자 더 가까워지거나 멀어질 만한 관계도 아니었다. 마치 이 호텔에 드나드는 사람들처럼 그저 잠시 잠만 자고 나가면 그뿐, 이곳이 언제 만들어졌는지, 무엇으로 이루어져 있는지, 무엇을 가지고 있는지에 대해서 조금도 알 필요가 없는 것이다.

그런 그에게 꼭 한 가지 대답을 듣고 싶었던 게 있었다면 이 호텔에 있는 작업 공간뿐이었다.

그는 나에게 명동역으로 오라고 했다. 명동역 어디요? 내가 묻자 그는 그저 '명동역'이라고만 말했다. 그의 말대로 명동역에 가서 전화를 걸자 어디선가 그가 툭, 튀어나왔다. 조금 전까지만 해도 이 거리에 없었는데 어디서 나타난 것일까? 물어볼 틈도 없이 그가 '여, 여기로'라는 말을 하는 것처럼 뒤돌아 손짓했다. 그가 손을 내밀어 가리키는 곳은 명동역 바로 앞에 있는 호텔의 레스토랑 측문이었다. 검은색 시트지를 붙여놓은 유리문 위로 '이곳은 호텔 레스토랑으로 통하는 측문입니다. 고객 분들께서는 가급적 호텔 정문을 통하여 입장해주시길 바랍니다'라는 팻말이 붙어 있었다. 여기 왜 가요? 지금 밥 먹을 거예요? 그럼 정문으로 들어가야 하는 거 아니에요? 내가 연이어 물었지만 그는 내처 문 쪽으로 손짓만 할 뿐 아무 대답도 하지 않았다. 별수 없이 그가 가리키는 문을 향해 걷자 그가 먼저 나아가 문을 열어젖혔다.

측문 너머 호텔 레스토랑으로 올라가는 대리석 계단이 이어져 있었다. 그는 레스토랑으로 오르는 계단이 아닌 그 아래쪽으로 난 회색 계단을 밟으며 내려갔다. 나는 더 이상 아무것도 묻지 않고 그의 뒤를 따랐다. 그러자 곧 어두컴컴한 지하 복도가 나왔다. 복도 안으로 이어지는 커다란 철문마다 '전산실' '기계실' '비품실'이라고 쓰인 문패들이 붙어 있었다. 그 복도의 제일 끝에 있는 철문을 열자 기름 냄새가 훅 풍겨 왔다. 방 안에는 붓을 빨아내는 데쓰는 백등유통이 바닥 여기저기에 놓여 있고, 커다란 나무판에 아무렇게나 짜놓은 유화물감이 꾸덕꾸덕 말라붙어 있었다. 이젤 위에 놓인 캔버스 속에는 아직 마르지 않은 유화물감들이 흡사 돼지고기의 희멀건 비곗덩어리처럼 붙어 있고, 벽과 면한 바닥마다 세워둔 수많은 캔버스들 속에서 형형색색의 유화물감으로 그린 그림들이 서서히 굳어가는 중이었다.

만약 이 방에 문패를 붙인다면 '화실'보다는 '연료실'이라고 적어 넣는 게 더 어울리지 않을까 싶었다. 곳곳에 세워진 나무 이젤은 물론 캔버스의 틀, 붓, 팔레트, 나무 의자와 선반 등 거의 모든 것들이 다 장작처럼 보였다. 천장에 가까운 나무 선반 위에도 서너 개의 석고상을 비롯해 정물화를 위한 도구들이 올라와 있었다. 마른 꽃, 운동화, 테니스공, 인형 등 모든 것들이 다 불에 타기 좋아 보였다. 털이 북슬북슬한 곰 인형마저도 기름때에 잔뜩 찌들어 있으니 말이다. 누군가 불을 제대로 끄지 않은 담배꽁초를 무심코 바닥에 툭 떨어트리면 순식간에 불길이 일어 모든 것을 다 집어삼킬 것 같았다. 애초에 아무것도 없었다는 듯, 흔적 하나 없이, 빠르고 간단하게, 모든 것을 다 태울 수 있을 것 같았다. 타오를 것 같았다.

어떻게 이런 곳에 작업실을 얻었어요?

내가 묻자 그는 더듬더듬, 사업을 하는 어릴 적 친구가 삼 년 전에 이 호텔을 인수했다고 말했다. 그리고 작업실을 구하고 있던 자신에게 지하의 이 공간을 흔쾌히 내주었다. 뿐만 아니라 호텔 직원들이 이용하는 식당에서 식사도 무료로 할 수 있게 배려해줬다. 하지만 자신은 아직 한 번도 그곳에 가본 적이 없다고 했다.

왜요, 라고 묻자 처음에는 자신의 식사 시간이 불규칙해 정해진 시간에만 이용할 수 있는 식당에 가서 밥을 먹기가 불편하다고 대답했다. 그게 뭐 불편해요? 혼자서 사 먹는 게 불편하지. 내가 통명스럽게 말하자 그는 다시, 사, 사실은……이라고 말했다. 그에게서 들을 수 있는 진짜 이야기는 이런 것들이었다. 자신은 이 호텔의 투숙객이 아닌데 투숙객들이 머무는 공간에 있는 것, 그리고 직원이 아닌데 직원들이 일하는 공간에 있는 것, 오, 올라가면…… 나, 나만…… 아무것……, 아니…… 그, 그것……은, 모두……내 것 아니…… 그래요. 하지만 그것은 그들의 것도 아니죠. 그냥, 어느 누구의 것도 아닌 거예요.

그럼 돈은 하나도 내질 않아요?

내가 다시 물으니 그는 그렇다는 의미로 눈꺼풀을 끔벅이며 고개를 끄덕였다.

대, 대신……그, 그럼…… 주, 췄……

완전히 준 것은 아니고, 팔리지 않는 그림들을 호텔 객실과 복도마다 전시하듯 걸어두었다는 이야기였다. 그러다가 사람들의 눈에 띄면 종종 팔리기도 하지 않을까 기대했지만 여태껏 그런 일은 한 번도 일어나지 않았다고 덧붙였다.

작업실 구석 한편에 누군가 쓰다 버린 듯한 낡은 가죽 소파와 나무 탁자, 책꽂이가 놓여 있었다. 그곳에서 우리는 마치 오래된 부부처럼 습관적으로 옷을 벗었다. 몸을 달아오르게 하는 식의 섹스는 해본 적이 없었다. 서로를 흥분시키기 위한 애무도 키스도 없는 정사가 짧게 이어질 뿐이다. 심지어 그의 성기는 너무도 자그마해 나는 단 한 번도 그와의 섹스에서 만족을 하거나 흥분을 해본 적이 없었다. 그와의 관계에 이끌리는 건 그래서인지도 모르겠다.

나에게 섹스는 아프고 지루한 것이었다. 아마도 그 애, 경태 때문일 것이다. 삼 년 전 여름, 열아홉 살 때 만난 연하의 남자친구. 그 애와 만난 지 한 달쯤 되던 날 나는 처음으로 섹스를 했다. 처음이었던 나와는 달리 나보다 두 살 어린 그 애가 섹스에 더 능숙했다. 그래서인지 경태와의 섹스를 떠올려보면 '했다'기보다는 '배웠다'는 느낌만 들었다.

누나, 다리 좀 접어봐. 가만히만 있지 말고 조이기 좀 해봐. 거기에 힘 좀 줘봐. 뒤로 돌아봐. 이제 허리를 좀 들어야지. 위에 올라가봐. 입으로 해봐.

첫 경험이 이루어진 뒤부터 나는 매일 경태에게 섹스를 배웠다. 극장, 놀이동산, 카페 따위를 전전하던 데이트 코스도 노래방, 디브이디방, 룸 카페, 모텔 등으로 옮겨갔다. 그 애는 섹스를 할 때마다 굉장히 오랜 시간을 끌었고, 한 번 사정을 하기까지 중간중간 성기를 빼내어 쉬었다가 다시 삽입하기를 반복했다. 나에게는 경태가 사정을 할 때까지 기다리는 일이 너무 버거웠다. 무엇보다 아팠고, 익숙지도 않았다.

시간이 지날수록 나에게는 버거움보다 지루함이 더 크게 다가왔다. 도대체 언제 끝나는 것일까? 왜 이렇게까지 열심히 하는 것일까, 라는 궁금증마저 사라질 즈음 나는 지칠 대로 지쳐 있었다. 섹스를 할 때마다 점점 아무것도 하지 않고 일자로 누워 있기만 하자 경태는 나를 채근하며 어떻게든 섹스를 더 가르쳐보려 들었다. 그럼에도 나는 한없이 무기력해질 뿐이었다.

경태는 그 나름대로 이런 나와의 섹스에 적응해갔다. 그러나 그애가 이런 식의 섹스에 익숙해졌을 즈음 나는 그만 이별을 통보했다. 경태가 싫은 건 아니었다. 돌이켜보면 그 애는 지금껏 내가 만났던 남자들 중에 가장 출중한 외모를 가진 연하 남자친구인 데다 돈도 많고 섹스까지 잘하는 애였다. 경태 이후에 만났던 사람들 중에는 그만한 남자가 없었다. 그러나 나는 그, 섹스를 빼어나게 잘하는 것이 싫었다. 그것이 정말이지 너무나도 싫었다.

달팽이 화가인 그와의 섹스에서 나는 늘 그가 더 깊이 들어와주길, 더 오래 해주길 바라곤 했다. 끝나고 나면 한없이 부족한 느낌. 섹스를 계속, 더 많이 하고 싶은 느낌. 그래서 그 화실로 자꾸만 빨려 들어갈 수밖에 없는 그런 느낌들. 그러나 아무리 섹스를 많이 해도 그는 나에게 조금도 더 깊이 들어오지 못했다. 그런 일은 절대로 일어나지 않았다. 그리고 절대로 일어나지 않을 것이다.

섹스가 끝난 뒤 서둘러 화실에서 빠져나왔다. 피자나 치킨이라도 시켜서 먹고 가라는 그의 제안을 뿌리친 채 서둘렀다. 그리고 화실에서 나오자마자 온몸에 향수를 뿌렸다. 집 앞에 도착해서도 한 번 더 향수를 잔뜩 뿌린 뒤 현관문을 열었다. 그와 만나기 시작한 뒤로 오십 밀리리터 향수 한 병이 한 달 만에 동이 나곤 했다. 엄마는 나의 향수 냄새 때문에 머리가 아프다고 말하지만 별수 없었다. 그 화실의 눅눅한 기름 냄새를 달고 집으로 돌아올 수는 없었다.

당신, 그림 다시 그려보는 건 어때?

뚝배기 속 순두부찌개가 보글보글 끓고 있을 때 아빠가 말했다. 엄마는 식탁으로 날계란을 가지고 와 뚝배기의 모서리에 툭 갖다 댔다. 날계란의 껍데기가 갈라지자 양손으로 그것을 잡아 벌렸다. 콧물 덩어리처럼 몽글몽글한 계란 속이 찌개 속으로 흘러 들어갔다. 반숙은 싫은데.

그림이라뇨?

당신 대학 다닐 때 부전공으로 미술 했잖아. 집에만 있지 말고 화실에 나가서 그림 다시 그리고 친구들도 사귀고 그랬으면 좋겠네. 이제 애도 다 컸는데.

투명하던 계란 흰자가 하얗게 익어갔다. 나는 숟가락을 들어 뚝배기 속의 계란을 건져냈다. 그러자 아직 다 익지 않은 계란노른자가 식탁 위로 죽 흘러내렸다. 역시 반숙은 싫었다.

다음 날 엄마는 바로 화실을 알아보러 다녔다. 그러나 막상 마음의 갈피를 잡지 못하고 내처 망설였다.

전공도 아니고, 취미나 교양처럼 배웠던 건데, 게다가 이십 년이나 지났는데.

괜한 소리였다. 엄마가 떠들어대는 걱정은 다 별 무리 없이 해결됐다. 엄마는 어차피, 아빠가 시키는 일이면 뭐든지 할 수 있는 사람이었다. 엄마가 시내에 있는 화실을 다니며 그림을 그리기 시작한 뒤로 집 안 곳곳에 캔버스가 널렸다. 완성한 그림이 완전히 굳을 때까지 햇볕이 잘 들지 않는 쪽으로 놓아두었기에 유화물감의 기름 냄새는 금세 집 안 곳곳으로 퍼져나갔다. 밖에서 현관문을 열 때마다 코를 찌르듯이 훅 끼쳐오는 기름 냄새. 코뿐만 아니라 눈과 귀와 입, 피부의 모공까지 속속들이 파고들던 냄새……그 냄새에 중독이라도 된 듯 엄마는 유화를 그리는 재미에 푹 빠져 살았다. 화실 사람들과 함께 지방으로 스케치 여행을 다녀오기도 하며 사나흘씩 집을 비우는 일도 잦았다. 그런데 엄마가 화구를 모두 가지고 나가는 날에도 집에서는 유화물감의 냄새가 가시질 않았다.

기름 냄새가 유난히도 진동하던 날 아침, 학교에 가려고 교복을 입고 있던 나에게 엄마가 다가와 난데없이 아빠한테 가자고 말했다. 황태죽을 끓였는데 아빠는 아침 회의가 있다면서 먹지 않고 나가버렸다는 것이었다. 내일 먹으면 되잖아. 내가 퉁명스럽게 대답하자 이미 너무 많이 끓였다는 둥, 뜨거울 때 바로 먹어야 한다는 둥, 지금 당장 갖다주어야 한다는 둥의 말만 반복했다. 엄마 혼자 가. 내가 다시 말하자, 엄마는 내가 함께 가야 아빠가 좋아할 것 같다며 자꾸만 나를 앞세웠다.

학교는?

아프다고 전화해줄게.

엄마의 차를 타고 아빠의 사무실로 향했다. 엄마는 식은땀을 흘리며 초조하게 운전을 했다.

엄마, 왜 이렇게 땀을 흘려?

말 시키지 마, 운전하는데.

나는 머쓱해져 손으로 안전벨트를 채운 뒤 슬며시 눈꺼풀을 닫았다. 철컹철컹, 자동차는 마치 철도 위를 달리는 기차처럼 불안정하게 움직였다. 차 안에서 자면 멀미가 나는데, 라는 생각을 하면서도 나는 곧 잠이 들었다. 그리고 눈을 떠보니 어느 건물의 지하 주차장 안에 있었다. 엄마는 나를 깨우지도 않고 그저 운전대에 고개를 푹 처박은 채 앉아만 있었다. 언제 도착했던 걸까? 내가 일어나 안전벨트를 풀자 엄마도 고개를 들고 차에서 내렸다. 엄마와 나는 나란히 승강기에 올라탔다. 십일 층. 십일 층의 사무실. 하지만 건물 구조는 혼자 살기 딱 좋은 원룸 오피스텔 같아 보였다. 십일 층에 도착하자 엄마는 나에게 사무실의 문을 열어보라고 말했다. 손잡이를 돌려 문을 열자, 어제 경태가 일시정지 버튼을 클릭했던 장면에서 보았던 것이 눈앞에 드러났다.

누나 이 장면이야. 옆치기 이거 아무나 하는 거 아니다. 앞치기나 뒤치기면 모를까, 웬만한 포르노에서도 안 나오는 거야. 보통 애들은 하기도 힘들고. 우리 오늘 이거 해보자, 응?

경태는 정지된 화면을 마우스로 드래그해 확대시켰다. 어제 처음으로 경태와 시도해봤던 그 자세로 섹스를 하고 있는 아빠와 여자가 그 안에 있었다. 저렇게 하는 거였구나. 나는 동영상을 보며 아무리 따라해봐도 잘 안 돼서 경태가 내내 짜증스러워했는데.

엄마는 죽을 담아온 보온병을 떨어트리고 소리를 질렀다. 그 순간 내 귀에는 엄마가 내지르는 소리보다 보온병 속 유리가 깨지는 소리가 더 크게 들렸다. 모든 게 정지했다. 수저앉아 소리를 지르는 엄마도, 섹스를 하고 있던 아빠도, 이런 상황을 예감했을 법한 여자도, 모든 상황을 서서 지켜보는 나까지도. 마우스 클릭 한 번이면 일시정지되는 모니터 속 동영상처럼 우리의 삶도 이렇게 멈추는 것이었다. 멈출 수 있는 것이었다. 삶은, 그런 것이었다.

정지 화면을 가장 먼저 작동시킨 건 아빠였다. 아빠는 서둘러 옷을 입고 엄마와 내가 서 있는 현관으로 걸어왔다. 엄마는 내가 구겨 신은 운동화처럼 찌그러져 있었다. 아빠가 복도를 둘러보더니 경찰은 안 왔구나, 라고 중얼거렸다. 아직까지도 이 상황이 정리가 되지 않는 듯한 세 사람들 틈에서 나는 괜히 담담했다. 마치 나만 투명인간이라도 된 듯 아무렇지 않게 그들을, 그 상황을 바라보았다.

화장기 없는 맨얼굴에 허리까지 늘어지는 긴 생머리를 가진 여자였다. 하얀색 슬리브리스 속옷을 서둘러 페어 입은 여자는 한눈에 보기에도 매우 어려 보였다. 나보다 대여섯 살 정도나 많을까 싶은 정도였다. 키도 작고 몸도 깡말라 청순해 보이는 인상이지만 얼굴 생김새 자체는 못생긴 편이었다. 살이 좀 찌긴 했지만 키가 크고 이목구비가 또렷해서 미인이라는 소리를 자주 듣는 엄마와는 전혀 다른 느낌을 주는 여자였다.

소리를 지르던 엄마는 기어이 울기 시작하며 그 여자에게 다가갔다. 도대체 어쩌자고, 뭘 어쩌려고, 라는 말들을 하는 것 같은데 울음소리에 가려 잘 들리지 않았다. 여자는 마치 이런 날을 기다려 오기라도 한 것처럼 강단 있게 대답했다. 죄송해요, 하지만 난 안 헤어져요. 아니, 못 헤어져요.

드라마에나 나올 법한 대사였다. '죄송해요'라는 말에 제법 악다구니가 들어 있기까지 했다. 그 말이 상대방에게 내미는 화해의 손짓이 아니라 상대방의 가슴을 찌르는 칼날이기도 하다는 사실을 그때 처음 알았다. 미리 준비하고 별러오지 않고서야 어떻게 저렇게 또박또박 내뱉을 수 있을까? 물론, 엄마의 대사도 마찬가지긴 했다.

같은 여자로서 어떻게 이럴 수가 있어! 나이도 어린 년이, 어떻게, 너는 에미도 없어? 너희 부모님도 너 이러는 거 알아? 너 나중에 결혼해서 네 남편이 너처럼 새파랗게 젊은 년이랑 바람났다고 생각 좀 해봐.

여자는 고개를 돌린 채 미안해요 소리를 내뱉으며 눈물을 한 방울 떨어뜨렸다. 진부한 장면이었다. 채널을 돌려 뉴스라도 보고 싶을 만큼 지루하게 다가오는 시간이었다. 엄마는 결국 그 여자의 긴 머리칼을 붙들고 흔들기 시작했다. 여자는 더욱더 불쌍하게 보이기 위해 엄마의 공격을 묵묵히 받아내며 눈물을 떨구었다. 아빠는 엄마를 말릴 엄두가 나지 않는지 둘에게서 등을 돌린 채 아무 말 없이 서 있기만 했다.

애비 닮은 년.
아빠와 헤어지고 난 뒤로 엄마는 그저 멍한, 그러나 노려보는 것이 분명한 눈으로 나에게 애비 닮은 년이라고 말하기 시작했다.
코가 어쩜 이렇게 높을까? 아주 그냥 제 애비랑 똑 닮았네. 이마가 왜 이렇게 반듯하고 넓지? 아 맞다, 넌 네 아빠 닮았지.
엄마는 하루에 두세 번 정도 나에게 그렇게 말했다. 그러나 내 얼굴이 아빠를 닮았다는 건 모두 거짓말이었다. 내 얼굴은 누가 뭐래도 엄마와 판박이였다. 어릴 적에 엄마가 공연한 장난삼아 "너는 다리 밑에서 주워온 아이야"라고 말하면 주변 사람들이 피식피식 웃을 만큼 내 얼굴은 엄마를 빼다박았다. 그런데도 엄마는 나의 코와 이마가 아빠랑 꼭 닮았다고 중얼거렸다. 그래서 엄마의 얼굴을 자세히 뜯어보니 엄마는 확실히 나보다는 코가 좀 낮고 이마가 좁았다.
그런 엄마는 아빠와 이혼을 하고 난 뒤 지극히 정상적으로 살아갔다. 자다가도 깜짝 놀랄 만큼 혼자서 살아가는 생활에 잘 적응해가는 것이었다. 마치 태초부터 혼자서 살아온 사람처럼, 남편이라는 존재는 애초부터 없었던 것인 양 말이다. 그래서 사람들은 엄마가 혼자서도 꿋꿋이 잘 살아가고 있다고 여겼다. 엄마가 비정상적으로 변해가고 있다는 사실을 아는 사람은 오로지 나 하나뿐이었다. 그랬다. 엄마는 비정상이었다. 엄마라는 사람은, 아빠라는 사람 없이 단 하루도 제대로 살 수 없어야 정상인 사람이었다.

겉보기에는 무척 정상적인 사람처럼 살아가고 있는 엄마가 사실은 비정상적으로 살아가고 있다는 사실을 증명할 수 있는 단 하나의 단서는 바로 음식이었다. 엄마는 요리를 매우 잘하는 여자였다. 잘하는 건 밥 짓는 것밖에 없잖니, 라고 말하던 엄마가 어느 때부터인가 음식의 간을 전혀 맞추지 못했다. 겉모양은 예전 그대로였지만 속맛은 전혀 달라져버린 음식. 나는 엄마의 음식을 꿋꿋이 먹었다. 간이 안 맞아서, 맛이 없어서 못 먹겠다는 말 같은 건 하지 않고 모두 다 깨끗이 먹어치웠다. 그것들을 삼키며 나는 절대 사랑을 하지 않겠다고, 어느 누구도 절대로 사랑하지 않겠다고 다짐했다. 그것이 가족이든 친구든 애인이든, 나는 어느 누구도 사랑하지 않을 것이다. 간이 맞지 않는 엄마의 음식을 먹으면 먹을수록 나는 점점 더 결연해지고 단호해졌다.

중년의 나이에 딸 같은 계집애에게 홀려 아내와 자식을 버리고 떠난 아빠를 나는 미워하지도 원망하지도 않았다. 내가 미워하고 원망하는 대상은 바로 엄마였다. 어째서 엄마는 아빠가 아니면 그 흔한 섹스 한번 하지 못하는 여자로 살아왔을까. 대학 동기로 만나 졸업 뒤 바로 결혼한 엄마와 아빠. 엄마의 사랑은 이십 년 동안 한 번도 변함이 없었고, 그 한결 같은 사랑에 숨이 막혀서 아빠가 떠난 거라는 사실을 나는 잘 알고 있었다. 나는 절대로 엄마처럼 한 남자만 사랑하지 않겠다고, 정말 소중한 사람이라면, 내 곁에 붙잡아두고 싶은 사람이라면 더더욱 그래서는 안 되겠다고 다짐했다. 엄마는 이런 내가 자신을 사랑하지 않음을 잘 알고 있었다. 그리고 내가 아빠를 너무 많이 닮아서 자신을 사랑하지 않는 것이라고 생각한다는 사실을 나는 알고 있었다.

제 애비 닮아서 차가운 년.

제 애비 닮은 년. 제 애비 닮아서 머리숱도 없고, 제 애비 닮아서 귓바퀴도 뒤집어지고, 제 애비 닮아서 팔도 길고, 제 애비 닮아서 발도 크고, 제 애비 닮아서 냉정한 년…… 나는 엄마의 그 말을 한 번만 더 들으면 정말이지 머리가 터져버릴 것 같았다.

나도 알아, 나도 알아, 나도 안다고. 그래, 나 아빠 닮았어. 아빠 닮아서 성격도 더럽고, 차갑고, 뻔뻔해. 더 알려줄까? 손톱도 아빠를 닮아서 반달형이고, 목 뒤에 사마귀 점이 있는 것도 아빠를 닮아서 그래. 아빠 닮아서 운동도 싫어하고, 아빠 닮아서 글씨체도 괴발개발이야. 나도 다 아니까, 알고 있으니까, 제발 그 소리 좀 그만해! 그렇게 시시때때로 각인시켜주지 않아도 알아, 다 알고 있어, 다 안다고! 나는 부엌에 있는 식기와 조리 도구들을 집어 거실 바닥에 내던지며 마구 소리 질렀다.

그렇게 싸운 날이면 엄마는 내가 자고 있는 방에 들어와서 울었다. 울면서 더듬더듬 내 얼굴을 만졌다. 엄마의 얼굴과 내 얼굴이 닮지 않은 부분, 코와 이마를 만지는 것이었다. 엄마는 나의 반듯하고 넓은 이마와 높은 코를 항상 부러워했다. 아빠 닮아서 좋겠어, 라면서 말이다. 엄마의 손은 이마에서 코로, 코에서 귀로 넘어갔다. 바깥쪽으로 벌어진 귓바퀴는 복이 달아난다고 했던가. 외할머니는 아빠의 귓바퀴가 바깥쪽으로 헤벌어진 것이 마음에 들지 않아 둘의 결혼을 반대했다. 네 어미처럼 안쪽으로 똘똘 말려 있어야 하는데. 그래야 복이 달아나지 않는데.

다른 곳은 몰라도 귀를 만지는 것은 못내 간지럽고 기분이 이상했다. 나는 엄마가 그만 나가주기를 간절히 바랐다. 그러나 엄마는 언제나 떠날 줄을 몰랐다. 엄마는 어디로도 떠나지 않는 사람이었다. 언제나 남들이 정해놓은 자리에 그대로 붙박여 있는 것만이 엄마의 최선이었고, 나는 어디라도 좋으니 제발 떠나는 것만이 나의 최선이었으나, 어디로 가야 할지에 대해서는 알 수가 없었다.

옷을 갈아입고 그가 있는 호텔로 향했다. 수없이 많은 사람들, 인종도 다르고 언어도 다르고 나이도 다른 무수한 사람들이 들어가는 곳이지만, 나 외에는 아무도 열지 않는 그 문, 그 어두컴컴한 복도에 있는 철문을 열어젖혔다. 가장 먼저 다가오는 기름 냄새, 그리고 뒤이어 따라오는 알코올 냄새. 나는 구석진 자리 소파 위에 앉아 혼자 술을 마시고 있던 그에게 다가갔다. 내가 그 옆에 앉자 그가 기다렸다는 듯 내 브래지어 후크에 손을 갖다 댔다. 그의 손가락이 내 가슴을 주무르자 조그맣게 말라붙어 있던 젖꼭지가 단단하게 부풀어 올랐다. 그가 입으로 내 젖꼭지를 물고 빨아 당겼다. 나도 그의 자그마한 성기를 손에 쥐고 단단하게 일으켜 세운 뒤 그의 허벅다리 위에 다리를 벌려 앉았다. 그리고 아무리 노력해도 젖지 않는 메마른 질 속으로 그의 성기를 꾸역꾸역 밀어넣었다. 그의 몸이 움직이기 시작했다. 나는 손바닥으로 점자를 읽는 맹인처럼 그의 몸을 더듬었다.

섹스가 끝나고 난 뒤 나는 평소처럼 곧바로 호텔에서 나가지 않고 그의 낡은 가죽소파 위에 주저앉았다. 그리고 그가 대충 조립해 만든 나무 탁자 위에 놓인 술병을 집었다. 술을 마셔도 좀처럼 취하지 않는 나를 보며 엄마는 애비 닮아서 술까지 잘 마신다고 말했었다. 나는 병에 절반 정도 남아 있는 술을 커다란 컵에 모두 따른 뒤 벌컥벌컥 들이마셨다. 몸속에 불이 붙고, 모든 것이 다 타오르는 듯했다. 술이라도 못 마셨더라면 그놈의 애비 닮은 년 소리 한 번은 덜 들었을 텐데.

귓속의 달팽이관이 흔들려서 멀미를 하는 거야. 정신력이 흐려져서 그래. 무언가에 집중하면 괜찮아져.

이래서 여행 가는 게 싫다고 했잖아. 아빠, 나 아직도 더 토할 것 같아.

차는 구불구불한 고갯길을 넘어가고 있다. 발밑에 놓은 까만 비닐봉지 안에는 내가 게워낸 토사물이 가득하다. 나는 멀미가 심해 버스나 지하철 안에서도 자주 속이 울렁이곤 했다. 어릴 적에는 내 옆에 꼭 붙어 뒤치다꺼리를 해주던 엄마도 점차 나를 더럽고 귀찮게만 여겼다. 엄마는 내가 늘 주변 사람을 힘들게만 한다며 짜증을 냈다.

잠을 좀 자봐.

이렇게 토할 것 같은데 어떻게 잠을 자. 아무래도 봉지가 더 있어야겠어. 아빠, 아빠.

봉지 하나를 다시 가득 채우고 나자 곧 피곤이 몰려왔다. 잠이 들었던 걸까? 아빠가 운전하고 있는 차는 또 다른 고개를 넘어가고 있다. 속이 또 울렁, 하려는데 아빠가 뭐라고 중얼거리듯 말했다. 뭐라고? 뭐라고 하는 거지? 잘 안 들려 아빠. 더 크게, 크게 말해 줘.

어른이 되면, 멀미를 안 하게 될 거야. 어른이 되면, 다 괜찮아질 거야. 어른이 되면.

아빠는 룸미러를 통해 내 눈을 빤히 들여다보며 말했다. 나도 그 거울을 바라보았다. 눈꺼풀 속의 눈동자는 유난히도 크고 까맣다. 나를 바라보는 거울 속 그 눈동자를 나는 바라보고 또 바라보았다.

눈을 떴다. 아빠의 눈동자가 나를 보고 있다. 눈을 감았다. 거울에 비친 눈동자. 눈을 떴다. 아빠, 아빠, 그만 쳐다봐. 운전해야지. 그러다 사고 나겠어, 안 그래도 좁다란 길에서, 아빠, 아빠……?

커다랗고 새까만 눈동자가 나를 내려다보았다.

이, 일어…… 났어…… 아, 아빠……라……

나는 소스라치게 놀라 자리에서 벌떡 일어섰다. 그리고는 옷조차 제대로 꿰어 입지 못한 채 철문을 향해 뛰었다. 내 행동에 놀란 그가 서둘러 쫓아와 내 팔뚝을 붙잡았다.

가, 갑자……왜…… 어……, 오, 옷……

그의 한 손은 내 팔을 붙잡고, 다른 한 손은 내가 벗어두었던 양말을 붙들고 있다. 나는 그의 손을 강하게 털어내고 도망치듯 뛰었다. 그가 완성해놓고 말리는 중이던 캔버스가 발에 걸려 미끄러졌다. 아직 덜 마른 기름 덩어리들이 신발에 다 달라붙었다. 그의 그림은 형태를 알아볼 수 없게 뭉개져버렸다. 그러나 나는 그에 대한 미안함도 외면한 채 서둘러 자리에서 일어나 작업실 밖으로 뛰쳐나갔다. 이어 회색 철문이 이어진 복도 위를 달려가는데, 철문은 하나가 사라지면 하나가 나타나고, 하나가 사라지면 또 하나가 나타나는 형식이라 아무리 뛰고 또 뛰어도 나는 계속 그 자리에 있는 것이었다. 순식간에 현기증이 일어 나는 잠시 이마에 손을 짚고 멈춰섰다가 다시 발걸음을 뗐다. 신발에 묻은 유화물감이 바닥에 끈적하게 눌어붙어 나의 흔적을 고스란히 남겼다.

스파게티가 먹고 싶어.

엄마는 아침부터 스파게티가 먹고 싶다고 중얼거리더니 어느새 마트에 다녀온 모양이었다.

스파게티는 네가 잘 만들잖아.

그렇게 말하며 식재료가 잔뜩 들어 있는 장바구니를 나에게 내밀었다.

스파게티는 엄마가 아니라 아빠가 좋아하는 음식이었다. 아빠는 일요일 오후가 되면 으레 스파게티가 먹고 싶다고 말했다. 엄마도 물론 스파게티를 만들 줄 안다. 그러나 엄마는 미트 소스 스파게티를, 나는 해산물 스파게티를 잘 만들었다. 그리고 아빠는 미트 소스 스파게티보다 해산물 스파게티가 깔끔하고 개운해서 입에 잘 맞는다며 항상 나에게 만들어달라고 말했다.

나는 능숙하게 조개의 해감을 빼고 끓는 물에 스파게티 면을 삶았다. 그의 눈동자가 머릿속에서 지워지질 않았다. 그는 어째서, 자고 있던 나를 그런 눈으로 바라보았을까? 뜨거워진 프라이팬에 올리브기름을 두르고, 다 삶은 스파게티 면을 건져 팬 속에 집어넣었다. 그리고 토마토퓌레와 해물을 차례로 넣고 볶았다. 중간중간 조개 육수로 간을 맞춘 뒤 이내 완성된 스파게티를 크고 둥그런 접시에 담았다. 말린 파슬리 가루까지 뿌려 식탁으로 가져가 내려놓자 엄마의 표정이 밝아졌다. 엄마는 포크로 스파게티를 둘둘 말아 입안 가득 집어넣으며 말했다.

맛있다, 너도 먹어봐.

엄마는 입안 가득 말아 넣은 스파게티를 오물오물 씹어 삼킨 뒤 환하게 웃었다. 나도 엄마처럼 포크를 들어 스파게티 면을 둘둘 감았다. 이탈리아 사람들은 스파게티를 포크로 감을 때 시계 반대 방향으로 돌려야만 복이 오는 것으로 여긴다고 한다. 그 사실을 알면서도 손은 좀체 왼쪽으로 돌아가질 않았다. 습관적으로 오른쪽으로 돌아가던 포크를 억지로 왼쪽으로 돌리자 스파게티 면이 다 풀어졌다. 나는 다시 오른쪽으로 스파게티를 둘둘 감아 입안 가득 밀어 넣었다. 엄마는 그런 나를 빤히 쳐다보았다. '맛있다'라는 말이라도 기다리는 사람처럼 쳐다보았다. 미간에 힘이 꽉 들어갔다. 나는 스파게티 면을 씹기도 전에 그대로 다시 접시 위에 내뱉었다.

왜 그래? 맛있잖아. 우리 딸이 만든 거잖아.

나는 자리에서 일어나 접시를 들고 화장실로 갔다. 화장실 문을 열고 양변기 속에 스파게티를 보소리 쏟아버린 뒤 물을 내렸다.

뭐 하는 짓이야!

엄마가 등 뒤에서 소리쳤다. 어쩔 수 없는 일이었다. 내가 만든 스파게티는 간이 맞질 않았다. 그 역시 어쩔 수 없는 일이라고 생각했다. 삼 인분이 아닌 이 인분을 만든 것은 오늘이 처음이었다. 엄마는 스파게티 접시 위에 고개를 처박고 제 애비 같은 년, 이라고 말하며 울기 시작했다. 나는 찬장에서 아빠가 종종 꺼내 마시곤 하던 위스키를 꺼내어 유리잔 가득 따른 뒤 단숨에 들이켰다.

여…… 여보, 여보……

몸이 무거웠다. 가위에 눌리기라도 한 것처럼 손가락 하나 움직일 수 없었다. 엄마는 바닥에 주저앉아 상체를 내 가슴에 묻은 채로 엎드려 있었다.

엄마, 좀 일어나봐.

나는 고개를 세우며 엄마의 상체를 밀어봤다. 그러자 잠에서 깬 엄마가 부스스 일어나더니 소리를 팩 내질렀다.

여보!

엄마, 그만 방으로 가서 자.

어? 여, 어 그래.

나는 그대로 다시 베개 위에 머리를 대고 누웠다. 머리맡에 놓아둔 휴대전화를 집어 시간을 확인해보았다. 새벽 두 시였다. 그에게서 전화가 와 있었다. 통화 버튼을 길게 눌러 그에게 전화를 걸었다. 띄엄띄엄한 그의 말투가 휴대전화 저편에서 울렸다.

어디……?

집이요.

오, 오늘 안……?

지금 갈게요.

택시를 타고 그가 있는 호텔의 이름을 말했다. 새벽이라 그런지 도로에는 차가 별로 없었다. 덕분에 대중교통으로 한 시간 정도가 걸리는 퇴계로까지 십 분 만에 도착했다. 나는 택시비를 지불하고 차에서 내려 퇴계로를 바라보았다. 드넓은 왕복 팔 차선 도로 위로 차들이 드문드문, 그러나 매우 빠르게 지나쳐 갔다. 도로 위로 차들이 빠르게 달려오고 또 달려 나가는 모습을 바라보고 있자니 마음이 텅 비는 듯했다가 곧바로 다시 꽉 차오르는 듯했다. 낮에는 이국의 사람들이 발 디딜 틈도 없이 몰려들어 북적이다가도 밤이면 이렇게 텅 비어 있는 곳. 아무도 보이지 않는 이 거리의 모습을 나는 오래도록 바라보았다. 길 건너편의 또 다른 호텔과, 전철역 출입구와, 쇼핑몰까지도 그저 하염없이 바라보았다.

나오면 안 돼요?

그에게 전화를 걸어 말했다.

……

좀 씻고 싶어서요.

이내 그가 호텔의 측문을 열고 빠져나오는 모습이 보였다. 그와 나란히 서서 텅 빈 거리를 걸어 나갔다. 길을 건너고, 또 건너고, 또 건너다보니 어느덧 종로 거리에 다다랐다. 술집이 줄줄이 이어진 거리와 이미 문을 닫은 상점들이 늘어선 대로변을 지나 인사동 뒷길에 자리한 모텔로 들어갔다.

콘돔 한번 써볼까요?

그가 피식 웃었다. 왜 자꾸 안 하던 짓을 하느냐고, 그의 얼굴이 말했다.

나는……

말을 하고 싶었다. 너무나 많은 말을, 수없이 많은 말을, 퍼내고 또 퍼내도 영원히 다 퍼낼 수 없을 말들을 쏟아내고 싶었다.

있잖아요, 나는 말이에요.

그가 멀뚱하게 눈을 뜨고 나를 바라보았다. 나는 콘돔의 포장지를 벗겨 그것을 손가락 안에 끼우고 움직여보았다. 나는 계속 말했다. 무슨 말을 하고 있는지는 나도 잘 알 수가 없는데.

왜 자꾸 나를…… 아빠가요, 우리 아빠가. 그러니까 나는…… 어른이 되면, 아, 왜 이렇게 속이…… 꼭 토할 것 같아요. 어른이 되면, 멀미 안 한다고, 우리 아빠가 그랬는데, 벌써 스물두 살인데,

왜 이렇게 계속 토할 것 같……

그가 어느새 다가와 버릇처럼 내 티셔츠 속으로 손을 집어넣었다. 나는 그만 손가락에서 콘돔을 빼내고 그의 손을 밀어냈다.

잠깐만요, 씻고 올게요. 씻고 싶어서 온 거잖아요. 씻고, 해요, 우리.

나는 방문을 닫고 현관과 면한 욕실의 문을 열었다. 그리고 세면대 가득 물을 받아 세수를 했다. 그가 방에서 텔레비전을 켠 모양인지 제대로 알아들을 수 없는 소리들이 웅웅 울렸다. 나는 샤워기 꼭지를 열어 물을 틀었다. 쏴아 물발이 떨어지는 소리에 귀가 울렸다. 나는 샤워기 물이 계속 흐르도록 놔둔 채 화장실에서 나와 홀로 현관문을 열었다.

바깥은 새파란 새벽이었다. 피부에 와 닿는 공기가 서늘했다. 찬 공기를 내뱉고 다시 들이마셨다. 기름 냄새가 훅 빨려 들어왔다. 나는 습관적으로 주머니 속에 있는 향수를 꺼내려고 집었다가 이내 손바닥을 폈다. 그리고 고개를 어깨 언저리로 돌려 기름 냄새를 맡아보았다. 그저 유화물감 냄새라고만 생각했는데, 그렇지만도 않았다. 이젤과 팔레트에서 퍼져 나오는 나무 냄새, 목 언저리까지 바르던 스킨 냄새, 하루에 두 갑씩 태우는 담배 냄새, 삶 냄새.

내가 항상 뿌리고 다니던 향수 냄새도 그 사람의 몸에 배어 있을까? 먼 훗날 나와 같은 향수를 쓰는 여자를 만나게 되면 정말로 나에 대한 기억이 떠오를까?

플라타너스가 줄지어 서 있는 가로수 길을 걸어 나갔다. 아직 가을 초입인데 벌써부터 플라타너스 잎이 하나둘 떨어져 내리고 있었다. 이제 얼마 지나지 않아 온 거리마다 플라타너스 나뭇가지를 자르고 다듬는 작업이 시작될 것이다. 앙상한 가지 하나 남겨 놓지 못한 채 장승처럼 어둡고 습하게 서 있겠지. 그리고 봄이 되면 언제 그랬냐는 듯 무성한 가지와 잎을 자랑스럽게 꺼내놓는, 생과 사를 미친 듯이 반복해댈 것이다.

메스껍던 속이 울렁이며 갑자기 현기증이 일었고, 나는 그만 플라타너스 나무 밑에 쭈그리고 앉았다. 꺽꺽 소리와 함께 안에 든 것들이 쏟아져 나왔다. 물인지 기름인지 알 수 없는 것들. 너무나 많은 냄새가 풍겨오는 것들. 사실은 하나도 다르지 않은 것들. 그 것들을 모두 다 쏟아두고, 둥그렇게 말린 플라타너스 이파리 위를 나는 다시 걸어나갔다.

순환의 법칙 · 안보윤

안보윤

2005년 《악어떼가 나왔다》로 제10회 문학동네작가상을 수상하며 등단. 《오즈의 닥터》로 제1회 자음과모음문학상 수상. 장편소설 《사소한 문제들》 《우선 멈춤》 《모르는 척》, 중편소설 《알마의 숲》이 있다.

아무래도 수상쩍은 일이었다. 호텔 무료숙박권, 이라는 단어를 들었을 때 미주는 자연스럽게 사기를 떠올렸다. 미주는 행운과 거리가 먼 사람이었고, 그녀에게 허락된 건 마지못해 남겨진 것들— 이를테면 시트에 커피 얼룩이 선명하게 남은 심야버스 좌석이라든가 거리에서 나눠주는 판촉용 화장품 샘플 정도—이 전부였다. 자판기 아래 떨어진 백 원짜리 동전 하나 주워본 일이 없었다. 그런 미주에게 도심 복판에 위치한 호텔의 일주일 숙박권이 주어지다니.

—사기가 분명해.

몇 번씩 되뇌면서도 미주는 부산하게 손을 움직였다. 찜질방 캐비닛과 신발장에서 꺼내온 옷 뭉치에서 곰팡이가 슨 것을 골라내 왼편에 쌓았다. 겨드랑이 쪽이 노랗게 물든 반팔 티셔츠와 보풀이 일어난 니트들은 작게 접어 오른편에 쌓았다. 습기에 전 옷들은 무거웠고 어딘가 부자연스럽게 비틀려 있었다. 미주는 오른편 옷들을 돌돌 말아 커다란 비닐봉투 두 장에 나눠 담았다. 식당에서 얻어온 비닐봉투는 널판 모양으로 말린 미역이 가득 담겨 있던 것이라 가장자리가 조금씩 뜯겨 있었다. 검고 질긴 비닐에서 찝찔한 비린내가 흘러나왔다. 익숙한 냄새였다. 미주는 최근 두 달간 찜질방에서 한 발자국도 나가지 않았다. 그동안 먹어치운 식당 미역국만 백 그릇이 넘을 터였다.

— 호텔, 호텔이란 말이지.

울퉁불퉁해진 봉투 옆면을 쓰다듬으며 미주는 전화 내용을 곱씹었다.

전화가 걸려온 건 오전 아홉 시 정각의 일이었다. 상대방은 무료숙박권이 이벤트 당첨 경품이라고 설명했다. 어디서 진행한 이벤트의 몇 등 경품인지는 설명하지 않았다. 호들갑 떠는 목소리를 기대한 건 아니지만 판결문을 읽는 것처럼 뚜렷하고 억양 없는 목소리가 미주를 당혹케 했다. 숙박권은 언제든 *사용하실 수 있습니다.* 그 말을 끝으로 전화는 끊겼다. 장난전화인가 생각할 즈음 호텔 이름과 약도가 문자로 전송됐다. 미주는 약도 속 무성의하게 교차하는 너덧 개의 직선을 들여다보았다. 선불 기간이 끝나 마침 찜질방을 나가야 하는 날짜에 날아든 숙박권이라니 우연치고는 섬뜩했다.

그러나 경품이라면 불가능한 일만도 아니었다. 원체 이벤트에 대한 집착이 심한 미주였다. 응모한 곳이라면 차고 넘쳤다. 지금껏 세상에서 온당히 받아내지 못한 것들을 한꺼번에 수거하겠다는 듯 미주는 각종 복권을 사들이고 성심성의껏 설문에 응하고 응모권마다 이름과 연락처를 써넣었다. 해외여행 상품권과 경차, 온수 매트, 냉동실용 플라스틱 용기 세트와 감자 칩 한 봉지. 경품이 무엇이든 상관없었다. 절실했기 때문이었다.

그랬다. 절실했다. 미주는 당장 손에 쥘 수 있는 한 가지를 원했다. 단단하고 모서리가 있고, 들어올릴 때마다 미주의 근육 다발을 빠듯하게 잡아챌 수만 있다면 무엇이든 좋았다. 그러려면 우선 뻔뻔한 인간이 되자고, 교활하고 뻔뻔한 인간이 되자고 결심한 참이었다. 미주는 도운과 함께 만취한 채 훔친 차로 도로를 내달리던 어느 저녁을 떠올렸다. 발작하듯 울어대던 구급차의 사이렌도, 앞차를 두 대나 들이받은 뒤 퍼진 차도 그들을 막지 못했다. 미주는 다음 날 새벽 보란 듯이 도운의 돈을 훔쳐 도망쳤다. 고작 두 달 전 일이었다.

*

호텔은 전송받은 약도에 표시된 대로 전철역 가까이 위치해 있었다. 대로를 따라 상점들이 들어차 있고 팔 차선 도로가 보이지 않는 곳까지 뻗어 있었다. 남다른 높이의 관광버스가 수시로 나타나 사람들을 토해냈는데, 짧고 두툼한 하관이 쌍둥이처럼 닮은 사람들이었다. 미주는 쇼핑몰 건물과 편의점을 지나 약도에 실금처럼 그어진 골목으로 접어들었다. 대로에서 열 발자국쯤 물러났을 뿐인데 주변이 눈에 띄게 차분해졌다. 호텔 유리벽을 타고 흘러내린 햇빛이 나른한 표정으로 골목을 채웠다. 체에 걸러낸 것처럼 잘고 부드러운 빛. 자동차 경적조차 끼어들지 않는 우묵한 공간. 호텔 부근은 마치 그곳만 진공 속으로 접혀 들어간 것처럼 적요했다.

미주는 조심스럽게 호텔 회전문을 밀었다. 짧고 두툼한 하관을 가진 사람 서넛이 로비에 흩어져 있었다. 여행 가방과 면세점 봉투들을 테이블 위와 의자 옆에 아무렇게나 부려놓은 모습이 더없이 여유롭고 편안해 보였다. 미주는 손에 쥔 검은 비닐봉투 두 개를 등 뒤로 숨겼다. 데스크에 다다를 때까지 봉투들이 부딪치고 비벼지는 소리가 로비를 울렸다. 걸음마다 묵은 미역 냄새가 퍼지는 것 같았다.

— 저기, 이벤트요. 이벤트에 당첨됐다는 연락을 받았는데요. 무료숙박권을 주신다고, 그게…… 이 호텔에서요.

— 강미주 씨 되십니까?

매니저가 허리를 곧게 펴며 물었다. 기다렸다는 듯 이름을 댄 것치고 건조한 목소리였다. 미주는 뒤에 선 사람들이 보지 못하도록 데스크와 자신의 다리 사이에 봉투들을 끼워 넣었다. 뜯긴 자국투성이인 봉투가 찢어질까봐 새삼 두려워졌다. 구질구질한 옷가지와 조악한 플라스틱 통에 담긴 화장품들이 대리석 바닥에 널

브러지는 건 상상만으로도 끔찍했다. 신분증이 필요한가요? 미주가 빠르게 물었다. 매니저는 대꾸 없이 미주를 바라보았다. 무례하다고 느낄 만큼 곧은 시선이었다. 매니저의 마른 뺨과 긴 콧날, 열기 없는 무표정한 시선이 사람이라기보다는 목각인형의 그것 같았다.

— 룸이, 준비되어 있습니다. 아주 특별한 곳이죠.

매니저가 얇은 종이에 싸여 있는 카드키를 내밀었다. 또박또박 눌러쓴 숫자 아래 굵은 직선이 죽 그어져 있었다. 미주는 곧바로 엘리베이터를 향해 걸었다. 뭔가 설명하려는 듯 매니저 입술이 달싹였으나 그리 적극적인 모양새는 아니었다. 궁금한 게 있다면 전화로 물어도 될 일이었다. 예를 들어 숙박이 정말 공짜인지, 세금을 포함해 미주가 부담해야 할 금액은 정말 없는 건지, 기간은 정확하게 일주일이 맞는지 하는 것들을.

엘리베이터 문이 닫히고 온전히 혼자가 된 뒤에야 미주는 크게 숨을 내쉬었다. 아라베스크 문양이 새겨진 은색 벽면에 미주의 모습이 비쳤다. 정확하게는 미주의 윤곽선과 새까맣고 커다란 비닐봉투였지만. 칠 층에 도착해 복도로 발을 내딛는 순간 비닐봉투가 터지며 내용물이 쏟아졌다. 카펫이 깔린 바닥 위로 소리 없이 구르는 옷가지들을, 미주가 신경질적으로 긁어모았다.

705호는 간결한 선으로 이루어져 있었다. 희고 반듯한 침대와 간이 테이블, 목재 의자와 화장대 모든 것이 자를 대고 그은 선처럼 또렷했다. 불규칙하게 구부러지고 일그러진 선은 미주가 유일

했다. 미주는 멈칫했지만 그러안은 옷가지가 툭툭 떨어지는 통에 생각을 멈추었다. 터진 봉투와 터지기 직전 상태인 봉투를 테이블 옆과 의자 위에 부려놓은 뒤엔 곧바로 침대로 파고들었다. 제대로 된 침구는 오랜만이었다. 미주는 확인하듯 몇 번이고 주위를 둘렀다. 적어도 이곳엔 잠든 미주를 함부로 넘어 다니는 어린애와 슬그머니 엉덩이를 붙여 오는 취객은 없을 터였다. 캐비닛 열쇠를 도둑맞지 않기 위해 손바닥에 쥐가 나도록 움켜쥐고 있을 필요도 없었다. 눈을 떴을 때 털이 부숭부숭한 누군가의 발등 대신 아늑한 빛을 뿜어내는 스탠드와 협탁 위에 놓인 은백색 라디오가 시야를 채울 것이었다. 일단은, 그것만으로 충분했다.

*

⋯⋯개구리 말입니다. 고백이라고 하긴 좀 우습겠습니다만, 이제 와 숨길 것도 없지요. 내 생애 최초의 악행은 개구리 튀기기였습니다. 내가 어릴 때만 해도 많았거든요, 개구리가. 작은 개울이나 비 온 뒤 저절로 생긴 웅덩이 같은 데 틀림없이 있었습니다. 새파랗고 배가 빨간 개구리보다는 거무죽죽한, 엎드려 있으면 흙바닥과 잘 구분이 안 되는 것들이 많았습니다. 기껏해야 손톱만한 크기였어요. 돌멩이처럼 흔한 개구리니, 게다가 시커멓고 미끄덩한 개구리니 신기할 것도 아끼고 싶은 마음도 없었습니다. 다들 본체만체하며 다녔죠. 개구리 튀기기가 유행하기 전까지는

누구도 그것에 시선을 두지 않았습니다.

미주가 눈을 뜬 건 목소리 때문이었다. 방 안은 완만한 어둠으로 채워져 있었다. 커튼 새로 약간의 빛이 새어들었으나 그마저도 성기게 부푼 어둠의 일부처럼 보였다. 빛과 어둠의 결이 같다니 이상한 일이었다. 미주는 천천히 눈을 깜박였다. 어느 곳에나 유별난 아이가 하나씩은 있지 않습니까. 미주의 귀 바로 옆에서 목소리가 들려왔다. 비스듬히 몸을 세우자 파란 불빛이 점멸하는 라디오가 보였다. 시간이 되면 자동으로 켜지게끔 설정되어 있는 모양이었다. 그렇다 해도 방송은 확실히 낯선 종류의 것이었다.

한번은 그 유별난 애가 솜사탕처럼 부푼 분홍색 개구리를 들고 학교에 왔습니다. 신기했죠. 그런데 가까이서 보니 선천적인 분홍색이 아니었습니다. 개구리 살갗이 전부 터져서 뒤집어 깐 곱창처럼 울퉁불퉁해진 거였어요. 빛나는 분홍색은 밖으로 터져 나온 개구리 속살이었습니다. 계집애들은 비명을 지르며 피하고 사내애들은 개구리에 달라붙었습니다. 그 애가 자랑스럽게 말하더군요. 팔팔 끓는 물에 개구리를 던져 넣으면 순식간에 껍질을 벗고 알맹이가 튀어나온다고요. 개구리 튀기기는 그렇게 시작되었습니다. 사내애들은 터진 개구리를 선생님 실내화 안이나 계집애들 가방 속에 집어넣었어요. 모두들 개구리 잡기에 혈안이 되었습니다. 나도 마찬가지로, 개울가를 뒤져 개구리를 잡고, 냄

비에 물을 끓였지요. 주먹 안에 꽉 쥐고 있었으니 당연히 개구리가 죽었을 거라고 생각했습니다. 개구리는 사람 손에 닿기만 해도 화상을 입어 죽는다고, 그땐 그 이야기가 진짜라고 믿었거든요. 끓는 물에 집어넣자마자 개구리가 펄쩍 튀어 오르더군요. 냄비 가장자리에 부딪쳐 도로 물속으로 떨어졌습니다만 죽을 만큼 놀랐습니다. 개구리는 금세 사지를 쫙 뻗고 죽었습니다. 검은 껍질이 터지고 살이 부풀었지만 유별난 애가 가져온 것처럼 분홍색이 되진 않았습니다. 나중에야 사내애들이 죽은 개구리 껍질을 벗겨 분홍 속살만 남긴 거라는 걸 알게 됐어요. 아무튼 제겐 하나도 재미있지 않았습니다. 죽기 직전까지 진저리치던 개구리와 부글부글 끓어오른 피부가 오랫동안 잊히지 않았습니다. 끔찍한 장면이었지요.

불쾌한 이야기였다. 미주는 서둘러 라디오를 껐다. 이전 투숙객이 어떤 사람이었는지 몰라도 악취미임에 분명했다. 아예 주파수를 바꿔놓을 셈으로 라디오를 살폈으나 전원 버튼 외에 어떤 것도 달려 있지 않았다. 미주는 매끄러운 은백색 표면을 몇 번이고 더듬다 라디오를 내려놓았다.

생애 최초의 악행이라. 미주의 경우에 그것은 울음과 배변이 될 터였다. 의식적으로 한 악행은 아니었으나 결과적으론 그랬다. 미주의 부모는 유리관처럼 얇고 섬세한 신경을 가진 사람들이어서 갓 태어난 미주가 울어대는 걸 견디지 못했다. 똥 범벅이 된 미주를 욕조에 뉘어놓고 화장실 문을 잠가버린 일도 있었다. 미주는 조부모 손에 자랐으나 특별히 부모를 원망하지 않았다. 가끔 찾아온 부모는 숨을 참느라 시뻘겋게 부푼 얼굴로, 손을 덜덜 떨며 미주의 어깨나 팔꿈치를 만져보곤 했다. 솜사탕처럼 부푼 분홍색 개구리를 대하는 것처럼. 그래, 그들은 미주가 껍질 벗겨진 개구리라도 되는 양 손끝을 대보고는 두려움에 찬 얼굴로 곧장 물러섰다. 십수 년 후 도운이 미주의 손을 잡아왔을 때 미주는 도운이 아니라 자신의 손을 골똘히 살폈다. 그 순간만큼은 자신이 몹시 예쁘고 부드러운 가죽에 싸여 있는 것 같아서였다.

배가 고파왔다. 미주는 객실 카드키와 돈을 챙겨 일어섰다. 편의점에서 뭐라도 사 올 작정이었다. 남은 비닐봉투가 기어코 찢어져 테이블 주변이 쏟아진 짐들로 엉망이었다. 미주는 그것들이 자아낸 사나운 선을 한참 바라보다 방을 나섰다. 복도는 텅 비어 있었다.

*

미주는 하루의 대부분을 잠을 자는 데 썼다. 잠에서 깨면 시간과 상관없이 냉장고에 넣어둔 삼각김밥과 커피우유를 먹었다. 가끔 커튼을 걷고 팔 차선 도로를 지그재그로 빠져나가는 자동차를 구경했다. 커다란 가방을 메거나 끌고 호텔로 들어서는 사람들 정수리를 헤아리기도 했다. 호텔을 나서는 사람은 드물었다. 골목은 여전히 아늑하고 상냥한 빛을 띠고 있었다.

별다른 일이라면 편의점에서 돌아올 때 복도를 좀 헤맨 정도였다. 당연히 칠 층이라 생각한 객실이 다른 층에 위치했던 것이다. 혹시나 싶어 계단을 짚어 내려갔던 미주는 육 층 중앙 엘리베이터 맞은편에서 705호를 발견하고는 의아함과 안도감에 휩싸였다. 어떤 건물은 사 층을 생략하고 객실 번호를 매긴다더니 이 호텔이 그런가보다고, 미주는 쉽게 결론지었다.

도운은 어떻게 된 걸까.

미주가 테이블에 올려둔 휴대폰을 이리저리 뒤집었다. 그날 이후 도운에게선 어떤 연락도 오지 않았다. 찜질방에서 지내는 동안 미주는 도운이 뛰어 들어와 자신을 마구 걷어찬 뒤 머리채를 끌고 나가는 꿈을 몇 번이고 꾸었다. 이제 병신처럼 당하고 살지만은 않을 거야! 운전대를 거칠게 돌리며 악을 쓰던 도운이었다. 돈 봉투를 들고 도망친 뒤 미주는 캐비닛 옷가지 틈에 휴대폰을 처박았다. 부재중 전화와 온갖 욕설이 담긴 메시지를 각오하고 전원을 켠 건 보름이나 지나서였는데, 도운의 연락은 한 통도 없었다. 경찰에 잡혀간 걸까. 마지막 날의 전적을 살펴보면 그럴 법도 했다. 다급하게 울어대던 사이렌 소리가 관자놀이를 들쑤셨다. 백미러에 번쩍번쩍 비치던 붉은빛이 꿰맨 것처럼 망막에 달라붙어 있었다.

—나는 싱글벙글맨이야.

도운은 돈 봉투의 출처에 대해선 설명하지 않았다. 노래주점이었는데 미주도 도운도 선곡을 하지 않아 방 안은 부자연스러운 침묵에 짓눌려 있었다. 노래방 기계가 가끔 발작하듯 울려댔다. 도운이 봉투에서 오만 원권 지폐를 꺼내 테이블에 길게 깔았다.

—홀에는 매트가 깔려 있어. 아줌마랑 할머니들이 그 위에 잔뜩 모여 앉아 있지. 우리가 투입되기 전에는 팀장이 온돌매트의 효능이나 프로폴리스의 기적 같은 걸 설명해. 상품 종류라면 끝도 없이 많아, 우리는 다국적 기업이니까. 그러다 문득 싱글벙글송이 울려 퍼지면 아줌마들이 어깨를 들썩이며 박수를 쳐대. 신나는 음악이거든. 우리는 폴짝 걸음으로 뛰면서, 한껏 웃는 얼굴로 박수를 치면서 뛰어 들어가. 어린애들이 재롱잔치 하는 거 본 적 있어? 해맑게 천진난만하게 즐겁게, 그게 우리 모토야. 그런 얼굴로, 그런 표정으로 들어가야 해. 세상 더러운 꼴은 상상해본 적도 없다는 듯이 신나게. 아줌마랑 할머니들이 앉아 있는 틈새에 우린 마구 끼어 앉아. 그러라고 일부러 의자 대신 매트를 깐 거거든. 신체 부위가 많이 닿을수록 우리에 대한 호감도와 믿음이 높아져. 아줌마 팔짱을 끼고 할머니 어깨를 마구 주무르면서 이렇게 애교를 떠는 거야. 이모, 나 안 보고 싶었어? 어제는 왜 안 왔어? 누나, 지난번에 사 간 원적외선 돌침대 효과 짱이지? 뺨이 다 보들보들해졌네, 한 번 만져봐도 돼? 앞에선 강사가 노래를 가르치거나 요가를 가르쳐. 우리는 누나 손을 조물거리고 이모 허리를 감아 안고서 달라붙어 있어. 명품 가방을 든 사람? 보석을 주렁주렁 매단 사람? 그런 거 필요 없어. 우리가 노리는 건 외로운 사람이야. 외로

운 사람한테선 쿰쿰한 입 냄새가 나. 잘못 말린 생선 냄새, 상한 청
국장 냄새 같은 거. 거기 달라붙어서 아들처럼, 애인처럼 굴면 돈
은 어떻게든 튀어나와. 대출을 받든 전세금을 빼든 알 게 뭐야. 싱
글벙글맨은 촉매제야. 상품을 더 빨리, 더 많이 팔려는 데 사용되
는 것뿐이야. 담당한 누나들의 상품 구매 금액이 클수록 나한테
떨어지는 돈이 많아져. 나는 열심히 일해. 열심히 일해야 돈을 벌
고, 돈을 벌어야 학자금 대출을 갚고 방 월세를 내고 냉난방비랑
건보료를 내고 식비를 해결할 수 있으니까. 그런 최소한의 것들
을 위해 이가 시릴 때까지 웃고 박수를 쳐. 열심히 일하는 게 잘못
이야? 전세보증금을 빼고 사채를 써서 노숙자가 된 할머니가 내
책임이야? 딸 결혼자금을 홀랑 날리고 이혼당한 아줌마가 내 책
임이야? 나는 그냥 싱글벙글맨이야. 해맑고 천진난만하고 즐거운
싱글벙글맨이야.

　미주는 자신의 앞에 놓인 지폐를 돌돌 말아 양주잔에 꽂았다.
몇 개를 더 겹쳐 꽂으니 돈이라기보다 조악한 장식품처럼 보였다.
도운이 그 안에 담뱃재를 털었다.

　오 년 전, 대학을 졸업할 즈음에도 비슷한 일이 있었다. 술에 취
한 미주와 도운은 서로에게 비스듬히 몸을 돌린 채 앉아 있었다.
사방이 탁 트인 포장마차였고, 불어터진 우동 대접에 경쟁하듯 담
뱃재를 털어댔다. 플라스틱 테이블 위엔 상당한 금액이 찍힌 카
드 영수증이 쌓여 있었다. 나는 좆밥이야. 도운은 술에 취하면 말
투와 행동이 과격해지곤 했다. 씨근대며 안주 대신 영수증을 씹어

먹던 도운이 소리쳤다. 존나 좋은 대학에 다니는, 등록금 졸라 비싼 학교에 다니는 대형 좆밥이야. 상품을 먼저 내 돈으로 산 다음에 팔기만 하면 백오십 퍼센트 수익이 난다고? 회원 다섯 명을 데려오면 관리직에 오를 수 있다고? 사기치려고 작정한 새끼들 앞에서 내가 뭘 할 수 있었겠어? 씨발, 개좆밥인 내가 뭘 할 수 있다고 이게 전부 내 책임이라는 거야?

도운은 술에 젖어 눅눅해진 지폐들을 도로 봉투에 담았다. 오년 전에도 메고 다녔던 백팩 안에 돈 봉투와 남은 술을 쓸어 담고 자리에서 일어섰다. 미주는 양주잔에 돌돌 말려 꽂혀 있던 지폐를 꺼내 자신의 주머니에 넣었다. 주점을 나선 것은 이제 막 저녁 어스름이 깔리기 시작한 무렵이었다. 퇴근하는 사람들이 큰길가로 몰려들고 있었다. 도운은 주변을 두리번대더니 인도에 차체를 반 이상 걸친 중형차에 시동을 걸었다.

— 웬 차야?

— 너 만나러 오는 길에……

도운이 술에 취해 반들거리는 눈으로 미주를 돌아보며 천진하게 웃었다.

— 훔쳤어.

                              *

구우웅, 하고 낡은 레일이 가동하는 소리가 들렸다. 바닥과 벽면이 잘게 진동했다. 어긋나기 시작한 단층에 말려든 것처럼 홧홧한 열기와 압력이 미주의 허리께를 찍어 눌렀다. 환기를 시켜야겠다고 미주는 생각했다. 객실 문 바깥쪽에 내건 팻말 덕분에 호텔 룸 메이드는 한 번도 방문을 두드리지 않았다. 덕분에 방 안의 사물들은 정확한 위치에, 그림자도 덧붙지 않을 만큼 완고한 무게로 굳어 있었다. 두껍게 퇴적된 공기가 가까스로 몸을 일으킨 미주의 팔다리에 엉겨붙었다.

창문을 열자 휘파람 소리를 내며 바람이 밀려들어 왔다. 동시에 라디오가 켜졌다. 잠결에 몇 번 더 들은 기억이 있었지만 내용은 흐릿했다. 라디오는 새벽에도 한낮에도 불쑥 켜졌다 꺼지곤 했다. 누군가 일부러 설정해두었다기보다 단순한 고장인지도 몰랐다. 미주는 바람에 부풀어 얼굴에 휘감기는 커튼을 잡아 묶었다. 남자의 목소리는 이전보다 빠르고 강한 억양으로 이루어져 있었다.

　　　……는 겁니다. 내가 잘못 살았구나, 하고 말입니다. 한결같이 성실한 삶을 살아왔는데 나는 왜 여전히 가난하지, 누구도 속이지 않고 정직한 삶을 살아왔는데 나는 왜 천덕꾸러기가 되었지. 그런 의심이 들다 문득 깨닫게 되는 겁니다. 잘못 살았구나. 이 세상은 더 이상 정직하고 성실한 사람을 원하지 않는데 나 혼자 촌스럽게 그딴 걸 자랑스러워하면서 살았구나. 개구리 튀기기 이후 나는 어떤 악행도 저지르지 않았습니다. 찝찝하고 비겁한 일을 멀리하며 그저 열심히 살았습니다. 평범한 학창 시절을 보내

고 그럭저럭 대학을 졸업했습니다만 취직은 할 수 없었습니다.
대기업은 독보적인 능력을 원했고 중소기업은 센스를 원했고 영
세업체는 인맥을 원했습니다. 나는 어디에도 속하지 않는 어중간
한 인간이었어요. 계약직으로 채용되더라도 정규직 전환은 어려
웠습니다. 요령 좋고 사교적인 사람들이 자리를 얻었지요.

라디오를 끄려고 다가가던 미주가 걸음을 멈췄다. 그것은 미주
의 이야기였다. 동시에 도운의 이야기이기도 했다.

엉거주춤, 갈팡질팡하는 새에 나는 너무 나이 들어버렸습니다.
이렇다 할 경력 없이 서른이 되고 서른다섯이 되자 신입사원 입
사지원서조차 낼 수 없게 되었습니다. 취업 준비를 하는 동안 사
기도 여러 차례 당했습니다. 취업 브로커는 대개 사기꾼이었고,
절박한 사람일수록 많은 금액을 잃었습니다. 마이너스 통장에 대
출금 통장이 몇 개씩 붙고 나니 머릿속이 냉정해지더군요. 잘 살
아보자고 결심했습니다. 정말 잘 살아보자. 그래서 나는 취업 브
로커가 됐습니다. 절박한 낙오자라면 주변에 얼마든지 있었지요.
그들을 구슬려 돈을 우려내는 건 식은 죽 먹기였습니다. 나는 누
구보다 그들의 심정을 잘 알았습니다. 인터넷 사이트에 구인 공
고를 낸 뒤 전화를 걸어오는 사람들에게 내가 당했던 수법을 그
대로 썼어요. 대단한 매뉴얼도, 그럴듯한 사무실도 필요 없었습
니다. 이십오만 원씩 내는 고시원 침대에 누워 근엄한 목소리를

흉내내는 게 전부였어요. 내가 특별히 나쁜 인간이었던 게 아닙니다. 그동안 당해온 것들을 대갚음한 것뿐이에요. 남들은 되고 나는 안 된다니 그런 게 어딨습니까. 나는 그들이 했던 그대로 했고, 또 다른 그들도 내가 한 그대로 했습니다. 세상의 순환 논리를 비로소 깨달은 거죠. 실제로 나는 점점 더 잘살게 되었습니다.

대학 시절 도운이 다단계로 제일 먼저 끌어들인 사람은 미주였다. 미주는 조부모의 적금 통장과 마지막 학기 대학 등록금과 보험 담보대출금을 다국적기업에 쏟아부었다. 돌려받을 수 있는 것은 아무것도 없었다. 내가 너였어도 그랬을 거야, 어쩔 수 없었을 거야. 도운에게 그렇게 말하면서 미주는 속으로 이를 갈았다. 언젠가 기회가 오면 네게 똑같이 갚아줄 거야, 네 믿음을 깨뜨리고 네 사랑을 짓밟고 네 돈을 전부 빼앗아줄 거야. 오 년 뒤 미주는 정말 그렇게 했다. 돈 봉투를 훔쳐낸 뒤에도 후회라든가 미안한 감정은 조금도 들지 않았다. 남자의 말마따나 그건 단순하고 명백한 '순환논리'일 뿐이었다.

……그런데 말입니다. 내가 이해한 대로 세상은 정말 순환하더라 이겁니다. 졸업 예정자인 한 여대생에게 비서 채용 면접을 보러 오라고, 신분증과 통장과 도장을 꼭 가져오라고 약속을 정하고 고시원에서 나서려던 길이었습니다. 옆방 문이 덜컥 열리더군요. 고시원 주방에서 몇 번 마주친 일이 있는 여자였습니다. 유

기견처럼 비쩍 마르고, 여러 감정이 뒤엉킨 눈을 하고 있었어요.
빈말로라도 예쁘다고는 할 수 없었는데 이상하게 눈이 갔습니다.
나락에 떨어진 사람들끼리는 비슷한 냄새를 풍기거든요. 흠뻑 젖
은 낙엽이 썩어가는 냄새, 덜 익은 은행이 터지면서 풍기는 비리
고 구릿한 냄새요. 여자는 다짜고짜 나를 향해 망치를 휘둘렀습
니다. 근데 그게 참, 애들 장난감 상자에나 들었을 법한 허접한
망치였어요. 덕분에 눈자위가 찢어지긴 했지만 핏방울도 제대로
안 맺힐 만큼 미미한 상처였습니다. 내 돈 내놔! 여자가 소리쳤어
요. 고시원은 벽이 얇으니까, 여자는 내가 방에서 하는 통화들을
전부 엿들은 상태였습니다. 여자의 돈을 뜯어낸 건 내가 아니지
만 큰 의미에선 나이기도 했습니다. 임용고시 준비만 칠 년을 하
다 뒤늦게 취업 준비를 하고 있던 여자는 세상에 대해 끔찍할 정
도로 무지했어요. 나는 여자를 내 방으로 끌고 들어가 세상의 순
환 논리에 대해 설명했습니다. 여자는 순진했지만 머리가 나쁘
지는 않았어요. 우리는 좀 더 큰 순환 속에 몸을 맡기기로 했습니
다. 잘 살고 싶어서요. 그거 말고 다른 이유가 뭐가 있겠습니까.

라디오는 예고 없이 꺼졌다. 더 큰 순환이라니, 둘이 손잡고 대
단한 사기라도 쳤다는 건가. 아무 때나 켜지고 꺼지는 라디오도,
남자의 뜬금없는 고백도 미주로서는 달가운 일이 아니었다. 미주
는 아무것도 생각하고 싶지 않았다. 그게 도운에 대한 것이라면
더더욱. 냉장고를 여니 반쯤 남은 생수 외에 아무것도 없었다. 미

주는 입구가 너덜너덜해진 봉투에서 오만 원짜리 한 장을 꺼냈다. 눈에 띄게 얇아진 봉투를 보자 기분이 나빠졌다. 맥주를 사 오자. 크로켓이나 감자튀김처럼 짜고 따뜻한 것을 사는 거야. 미주는 카드키를 들고 방을 나섰다.

몇 번을 눌러도 엘리베이터 버튼에 불이 들어오지 않았다. 호텔이라면서 관리가 엉망이네. 계단을 걸어 내려가며 미주가 투덜거렸다. 여기 며칠쯤 있었더라, 사흘? 나흘? 무료숙박 기간이 끝나면 이제 어디로 가야 하나. 찜질방이라면 지긋지긋한데. 사납게 머리를 흔들던 미주가 부자연스럽게 멈추었다. 로비였다. 계단을 따라 코너를 딱 두 번 돌았을 뿐인데 벌써 로비에 도착해 있었다. 어째서? 여섯 개 층을 걸어 내려온 것치고 조금도 숨이 차지 않았다. 미주가 멈춰 있자 호텔 직원이 다가와 문제가 있는지 물었다.

— 방이…… 그러고 보니 전에도, 칠 층에 있던 방이 육 층으로 내려와 있었고. 지금은 바로 위에…… 말이 안 된다는 건 알지만 방이, 뭔가 이상한데요.

— 아, 705호 고객님이시죠?

직원이 대수롭지 않다는 듯 고개를 끄덕이며 덧붙였다.

— 놀라실 것 없습니다. 방이 좀 변덕스러운 것뿐이에요.

*

미주는 목재 의자에 멍하니 앉아 있었다. 테이블 위에서 감자튀

김이 뻣뻣하게 식어가고 있었지만 손대고 싶지 않았다. 맥주와 튀김을 사 호텔로 돌아온 미주는 칠 층부터 이 층까지 복도를 헤매다녔다. 705호는 어디에도 없었다. 육 층 중앙 엘리베이터 맞은편에는 당연하다는 듯 605호가 있었다. 카드키를 대자 요란한 경고음이 울렸다. 미주는 방문에 달린 팻말을 하나하나 확인하며 복도를 걸었다. 비닐봉투 안에 담긴 것들이 미주의 종아리를 뜨겁게 달구었다가 차게 식히길 반복했다. 이 층 복도 끝까지 확인한 뒤에야 미주는 일 층 데스크로 향했다. 제 방이 사라졌어요. 얼빠진 고백이 될 테지만 달리 방법이 없었다. 미주의 짐도, 얄팍한 돈 봉투도 모두 그 방 안에 있었다. 어쩌면 이건 호텔 측의 악질적인 장난일지도 몰랐다. 그렇지 않고서야 방이 사라질 리 없지 않은가.

안내데스크에는 처음의 목각인형 같던 매니저가 서 있었다. 미주가 뭔가를 묻기도 전에 매니저가 팔을 들어 왼편을 가리켰다. 반사적으로 시선을 돌리자 계단 옆에 바짝 붙은 방문이 보였다. 처음보다 삼분의 일쯤 줄어든 크기의, 투박한 갈색 나무문이었다. 705호. 팻말에는 분명 그렇게 적혀 있었다.

— 이건 무슨 장난인가요? 제가 외출할 때마다 팻말을 바꿔 다는 건가요?

— 그럴 리가요.

— 아무리 공짜라지만 고객을 조롱하는 것도 아니고. 혹시 방이 모자란가요? 그래서 제 방을 창고랑 바꿔놓은 건가요?

— 아닙니다. 저건 틀림없이 고객님의 방입니다. 705호요. 다

만······

―다만?

―방이 좀 움직이는 것뿐입니다. 이를테면, 순환이지요.

미주는 미지근해진 맥주를 따 한 모금 마셨다. 호텔 직원들이 단체로 미쳤거나, 미주를 바보 취급하면서 놀리고 있거나 둘 중 하나였다. 필시 방이 모자란 거겠지. 비싼 방을 내주고 나니 아까 웠던 거야. 몰래 방을 바꿔놓고는 순환이니 어쩌니 헛소리를 해대다니. 빠르게 맥주를 마시고 새로운 캔을 땄다. 바보 취급이라면 얼마든지 당해왔으니 새삼스러울 것도 없었다. 미주는 서른 명의 직원과 똑같이 오전 여덟 시부터 오후 일곱 시까지 일한 뒤 다른 스물아홉 명의 직원보다 삼십 퍼센트 적은 월급을 받았다. 놀랄 것 없어, 계약직은 원래 그렇게 받는 거야. 미주가 야근 수당도, 휴일 근무 수당도, 후생 복지금도 받지 못했다는 걸 깨달았을 때도 사람들은 똑같이 말했다. 조직이란 게 원래 이렇게 순환하는 거야. 알 만한 사람이 왜 그래?

이후에 취직한 회사들도 모두 똑같았다. 도운을 다시 만난 건 미주가 일곱 번째 회사에 사직서를 낸 뒤였다. 다단계 사건 이후 흔적도 찾을 수 없었던 도운이었다. 대학 내에는 미주 외에도 도운에게 휘말려 돈을 뜯긴 동기와 선후배가 일곱이나 되었다. 도운은 오 년 전 일은 기억에도 없다는 듯 해맑게 웃으며 미주에게 말했다. 나는 싱글벙글맨이야.

……아이가 생긴 뒤에 여자는 말했습니다. 똑바로 살아야 하지 않을까요, 아이를 위해서라도. 나는 솔직히, 웃겼습니다. 똑바로, 올바르게라는 말은 국어사전에나 있는 겁니다. 현대 사회에선 이미 지워진 말이다 이겁니다. 순환을 아무리 설명해줘도 여자는 미련을 버리지 못했습니다. 언젠가 벌을 받게 될 거예요. 당신 말대로 세상이 순환한다면, 내가 당신을 발견한 것처럼 누군가 당신의 악행을 발견하겠지요. 여자에게 화를 낼 기분은 들지 않았습니다. 자신 있었으니까요. 그즈음에 나는 발견한 겁니다. 순환의 고리가 일그러져 있다는 사실을요. 돈이 돈을 좇는 것처럼 가난은 가난을 좇습니다. 불행을 맹렬히 뒤좇는 건 불행뿐이죠. 보이스 피싱에 당한 사람은 취업 사기에도 당하고 다단계 사기에도 당하고 투자 사기에도 당합니다. 오로지 마이너스로 순환되는 인간들이 존재한다는 겁니다. 반대로 플러스로만 순환되는 인간들이 있지요. 소위 금수저를 물고 태어나는 인간들 말입니다. 나는 뒤늦게, 순전히 노력으로만 플러스 궤도에 오른 참이었습니다. 절대 내려오고 싶지 않았어요. 올바른 순환이란 건 말입니다, 무한히 마이너스 궤도를 돌고 있는 사람을 내 옆에 붙여두면 완성되는 겁니다. 그럼 나는 끝없이 플러스 궤도를 돌게 되죠. 여자는 내 말을 궤변이라고 했지만 내가 이뤄낸 결과까지 무시하진 못했습니다. 나는 점점 더 잘살고, 점점 더 부자가 되고 있었으니까요.

지긋지긋한 말이라고, 미주는 생각했다. 대체 뭐길래 모든 사람들이 순환 순환 하는 걸까. 두 번째, 세 번째 맥주 캔을 따는 사이 손끝이 점점 무거워졌다. 라디오를 끄려는 생각도 않은 채 미주는 침대로 옮겨 가 누웠다. 희고 깨끗한, 푹신하진 않지만 잘 마른 침구가 미주의 몸에 닿았다. 룸 메이드가 다녀간 건지 방 안은 처음처럼 반듯하고 간결한 선으로 되돌아가 있었다.

여자의 말을 들었다면 뭔가 달라졌을까요. 최소한 이런 지리멸렬한 고백을 할 필요는 없었을지 모르겠습니다. 나는 자주 주거지를 옮겼습니다. 한동안 여자는 나를 따라다녔습니다만 아이가 유치원에 입학한 뒤부터는 한곳에 정착했습니다. 친정 부모가 살고 있는 작은 동네였어요. 나는 성공한 사위, 출장이 잦은 바쁜 사위 그런 역할을 이어갔습니다. 남쪽 도시의 작은 인쇄소 하나가 망했고 철물점 하나가 사라졌습니다만 흔한 일이었어요. 여자와 아이를 만나러 가는 내 뒤를 철물점 주인이 쫓고 있다는 걸 나는 몰랐습니다. 장모인가 장인의 생일이었고, 여자와 아이는 대문 앞으로 나와서 나를 기다리고 있었습니다. 차에서 내려 그들에게 걸어가는데 누군가 등 뒤에서 내 돈 내놔! 하고 소리쳤습니다. 언젠가 여자가 했던 것과 똑같은 상황이었습니다. 하지만 철물점 주인이 들고 있는 건 장난감 망치 같은 게 아니라 염산이 든 병이었고, 나는 나도 모르게…… 몸을 피했습니다. 몇 번이고 비슷한 상황이 있어왔고, 나는 순발력이 좋은 편이었으니까요. 그

런데 내 앞엔 다섯 살배기 아이가 있었습니다……

— 훔친 차라고? 진심이야?

— 아까 널 만나기 전에 말이지. 도로 복판에 이걸 세워놓고 웬 아줌마가 슈퍼로 쑥 들어가버리잖아. 개념 챙기라는 의미에서 내가 몰고 왔지.

도운의 운전은 서툴고 거칠었다. 차가 그릉그릉 발작하듯 차체를 흔들며 도로 위를 달렸다. 훔친 차에 만취 운전자라니, 어이가 없으면서도 한편으론 유쾌했다. 옆 차선에는 반듯한 차림새지만 얼굴은 거뭇하게 시든 운전자들이 달리고 있었다. 필시 저들에게는 직장이 있겠지. 할부금과 보험금을 꼬박꼬박 내고 있는 차로 얌전히 차선을 지키며 퇴근하는 길이겠지. 내일이 오면 고통스러운 얼굴로 출근하겠지만 그럼에도 때가 되면 월급을 받고 세금을 내겠지, 최소한 아직 버틸 만한 회사에서 아직 사표 같은 건 내지 않은 상태로. 미주가 잔뜩 얼굴을 찌푸렸다. 도운이 사납게 액셀을 밟으며 중얼거렸다. 병신 취급 당하는 건 이제 지긋지긋해.

사이렌 소리가 끼어든 건 그때였다. 경찰차인 줄 알고 바짝 굳었던 도운은 번쩍이는 붉은 빛의 주인이 구급차라는 걸 깨닫고 비루하게 웃어보였다. 퇴근 시간이라 사 차선 도로에 차들이 가득했다. 구급차는 도운의 차 바로 뒤에서 사이렌을 울려대고 있었다. 양옆 차들이 움찔대며 바퀴를 틀었으나 쉽사리 틈이 나지 않았다.

— 너 그거 아냐? 저런 거 다 개뻥이다. 길 막히니까 빨리 가려고

꼼수 피우는 거야, 요령 좋고 양심에 털 난 개새끼들이. 언젠가 인 터넷에서 봤는데 사이렌 울리며 뛰는 앰뷸런스 대부분이 빈 차라더 라. 저 새끼도 그러는 거야, 날 호구로 보고, 날 좆밥으로 보고, 씨발.

도운이 핸들을 이리저리 틀어 구급차 앞을 막았다. 오른편 차가 속도를 줄여 틈을 내주면 얼른 거기로 차머리를 들이밀었다. 왼 편에 틈이 나면 또 그리로, 구급차가 차선을 바꾸려 할 때마다 앞 을 가로막았다. 구급차 운전자가 창밖으로 머리를 내밀고 뭐라 외 치는 소리가 들려왔다. 도운은 술기운이 올라 붉어진 눈으로 킬킬 거렸다.

— 쇼하고 있네. 난 이제 아무한테도 안 속아. 지금껏 날 속여먹 고 병신 취급한 새끼들한테 전부 똑같이 갚아주면서 살 거야.

급기야 옆 차선 차들이 창문을 열고 소리치기 시작했다. 미주는 슬그머니 얼굴을 가렸지만 도운을 말리진 않았다. 미주의 시선은 오로지 뒷좌석에 놓인 도운의 검은 백팩에 머물러 있었다. 오만 원짜리가 빼곡히 차 있던 돈 봉투. 그거라면 오 년 전 도운에게 사 기당했던 돈 전부는 아니더라도 일부는 될 것이었다. 너는 너대로 잘 살면 돼. 나는, 나대로 갚아줄 테니까. 굉음과 함께 도운의 차가 앞차를 들이받았다. 당황한 도운이 크게 핸들을 돌리자 옆 차를 다시 한 번 들이받으며 차가 멈췄다. 사이렌 소리와 백미러에 들 어찬 번쩍번쩍한 붉은빛이 절규처럼 울려 퍼졌다.

— 도망치자.

도운이 뒷좌석에서 백팩을 잡아채며 말했다.

— 어차피 훔친 차야, 아무도 몰라. 튀자.

도운은 차 문을 활짝 열어놓은 채 도로를 가로질러 뛰기 시작했다. 엉망으로 뒤엉킨 차들이 도로를 꽉 메운 채 멈췄다. 미주는 도운의 뒤를 따라 뛰었다. 오로지 검은 백팩에만 집중해 다리를 움직였다. 사이렌 소리와, 사람들이 퍼붓는 비난 소리는 깨끗이 무시했다. 지금 벌어진 이 모든 상황은 도운 때문이었다. 미주의 책임은 단 한 톨도 없었다.

······차들이 엉망으로 뒤엉킨 도로······ 우리 앞을 대각선으로 가로막은 세단과, 범퍼가 기울고 옆구리가 찌그러진 주변 차들······ 그 사이를 또 밀고 들어가려는 견인차······ 아이를 실은 구급차는 꼼짝할 수 없었습니다. 나는 아이를 안아주지도 못했습니다, 살갗이 전부 녹고 터져서······ 어린 시절 분홍색 개구리처럼 내 아이는, 부글부글 끓어오른 피부 때문에 진저리를 치면서······ 끔찍한 비명을 질러댔습니다. 나는······ 멈춰 선 구급차 안에서 그 모든 걸 지켜봐야만 했습니다. 내 아이는 제대로 된 치료도 받지 못한 채 도로 위에서 죽었습니다.

미주가 몸을 벌떡 일으켰다. 구우웅, 하고 방이 깊이 가라앉는 소리가 들려왔다. 거대한 압력이 미주의 몸을 터뜨릴 것처럼 짓눌렀다. 방 안은 여전히 차갑고 명백한 선으로 이루어져 있었다. 남자의 목소리는 자주 끊기고 톤이 낮아져 헐떡이는 신음소리처럼 들렸다. 폐가 터질 것처럼 저려왔다. 미주는 문을 향해 기다시피 움직였다. 남자의 목소리에서, 이 이상한 방에서 그만 벗어나고 싶었다. 시선 끝에 돈 봉투가 닿자 숨이 막혀왔다.

　　남의 탓을 하려는 게 아닙니다. 내 아이가 그렇게 죽어버린 건 나 때문입니다. 내 순환 궤도에 말려든 탓입니다. 플러스로 돌리느라 내가 억지로 비틀고 짜깁기한 궤도가 나를 씹어 먹는 대신 내 아이를…… 여자는 망치를 휘둘렀습니다. 내 아이 내놔! 이번에는 진짜 망치였습니다. 나는 광대뼈가 주저앉았고 여자는 손가락뼈가 부러졌습니다. 내줄 수 있다면 얼마나 좋을까요. 여자에게 아이를 내줄 수만 있다면, 돌려줄 수만 있다면…… 나는 이제 압니다. 이게 얼마나 끔찍한 순환인지 말입니다. 그리고 이제…… 당신도 알 겁니다. 당신도…… 이미 궤도 위에……

　방이 끝없이 가라앉았다. 그건 감각만으로도 알 수 있었다. 미주가 목 언저리를 긁을 때마다 깊고 질긴 상흔이 남았다. 도운은 어떻게 되었을까. 왜 아무런 연락도 오지 않는 걸까. 처음보다 훨씬 작아진 갈색 나무 문이 멀리 놓여 있었다. 그러나 문을 연다 해도 아무것도 달라지지 않을 것임을, 결코 도망칠 수 없을 것임을 미주는 깨달았다. 부풀어 오른 어둠 속으로 명료한 선과 거칠게 구겨진 선이 마구 뒤섞였다. 방은 끝없이, 끝없이 가라앉고 있었다. 그저 순환일 뿐이었다.

때아닌 꽃 · 전석순

전석순

2008년 강원일보 신춘문예에 〈회전의자〉가 당선되며 등단. 《철수 사용 설명서》로 제
35회 오늘의작가상 수상. 장편소설 《거의 모든 거짓말》이 있다.

매캐한 냄새가 창을 타고 스멀스멀 기어 올라왔다. 며칠 사이 늦더위가 맥없이 몰려왔다. 그렇다고 에어컨을 켤 정도는 아니었다. 창을 열어두는 것만으로 충분했다. 하지만 어제는 아침저녁으로 선선하다 못해 제법 쌀쌀하기까지 했다. 다시는 열지 않을 것처럼 창을 닫았지만 오늘 밤엔 다시 열어야 했다. 밤공기는 순식간에 표정을 바꾸었다.

처음에는 다른 객실에서 누가 뭐라도 태우는 줄 알았다. 얼마 전엔 복도에서 구린내가 진동하기도 했다. 남자는 뭔가 썩는 냄새와 소독약 냄새가 뒤섞인 것 같다고 했지만 여자는 구린내 쪽에 더 무게를 뒀다. 지배인은 같은 층을 쓰고 있는 외국인이 자기 나라의 음식을 꺼내 먹은 것 같다고 했다. 목소리는 어쩔 수 없다는 듯 축 늘어져 있었다. 가만히 두면 한국인들도 외국에 갈 땐 고추장을 가져가지 않느냐고 물을 것만 같았다. 지배인의 한쪽 손에는 통조림이 들려 있었다. 아무래도 구린내를 풍기는 음식이 담긴 통조림인 것 같았다. 지배인이 통조림을 들어 보이기 전 여자는 목례를 하고 문을 닫았다.

프런트에 전화를 걸어보고 나서야 냄새의 원인이 모기향인 걸 알 수 있었다. 전화를 받은 직원은 아직 누가 모기향을 피웠는지 알아내지 못했다고 덧붙였다. 남자는 여자에게 냄새에 대해 일러주려고 고개를 틀었다. 여자의 시선은 거울에 고정되어 있었다. 그사이 전신 거울 앞으로 바짝 붙어 섰다가 뒤로 성큼 물러나기를 반복했다. 남자는 거울 뒤에 서서 여자를 바라봤다. 여자의 움직임은 일정한 속도를 유지했다.

"이 정도면 괜찮지 않을까? 이젠 알아보지도 못하시는 것 같던데……"

여자는 남자와 멀어지면서 물었다. 표정이 절반쯤 숨었다.

호텔에 머물면서 옷장에 검은색 옷이 많다는 것을 알았다. 무난하고 어느 색에나 잘 어울린다는 생각에 무심코 산 게 대부분이었다. 여자는 세탁하기 번거롭다는 이유로 흰옷을 꺼렸다. 검은색이 아닌 옷은 대체로 칙칙했다. 다른 색이라봐야 짙은 초록색이나 갈색 정도였다. 어두운 데서 보면 검은색이나 다름없었다.

지금까지는 그나마 밝은 걸 골라 입는 것으로 버텼다. 하지만 이제는 그것도 바닥났다. 겉옷은 아무거나 입고 가서 벗어두면 그만이었지만 안에 입는 건 사정이 달랐다. 여자는 예전에 입었던 옷을 또 입고 갈 순 없다고 했다. 제법 단호한 목소리였다. 이어서 여자는 그게 꼭 자기만을 위한 건 아니라고 꼬집어 말했다. 남자의 체면을 세워주기 위한 것이기도 했다. 그들은 명절이나 결혼식 때나 보던 사람들을 지난 몇 주 동안 거의 매일 만나고 있었다.

남자는 몇 가지 옷을 골라 여자에게 내밀었다. 그때마다 여자는 예전에 입었던 옷이라며 고개를 저었다. 남자는 언제 입었던 건지 떠올리려 애써봤지만 소용없었다. 이건 입은 적이 없을 거라는 확신으로 다섯 번째 옷을 골라줬을 때에도 여자의 반응은 다르지 않았다. 다시 옷장을 연 남자는 형수가 몇 번은 같은 옷을 입고 오더라는 얘기를 흘리듯 말했다. 여자는 한숨을 섞어 "그러게 말이야. 어쩜 그럴 수 있지?"라고 되물었다. 뒤에는 혼잣말로 "한 번씩 다 입기 전엔 끝날 줄 알았는데……"라고 덧붙였다. 남자는 뭐가 끝난다는 것인지 헷갈렸지만 캐묻진 않았다.

여자가 겨우 고른 것은 어두운 회색이었다. 얼핏 보면 검은색인 것 같았지만 자세히 보면 아니었다. 검은색 옷과 같이 놓고 보면 분명 다른 색이었다.

"겨우 정신이 들었는데 또 놀라시면 어째."

여자가 거울 가까이로 다가오자 남자가 말했다. 여자는 뒷걸음질 치다가 침대와 침대 사이에서 멈췄다. 침대 사이는 생각보다 좁았지만 불을 끄고 누웠을 때는 아득하게 느껴졌다.

"밝은 데서 보면 그럭저럭 회색으로 보이지 않아?"

여자가 옷을 내려다보자 남자는 조도 스위치를 만지작거렸다.

객실 조명의 밝기는 열두 단계로 조절할 수 있었다. 남자는 그중 세 번째 단계에 맞췄다. 열두 단계의 밝기 중에서 딱 맞아떨어지는 건 없었지만 그나마 세 번째가 가장 비슷했다. 여자는 네 번째라고 우겼지만 아무리 봐도 남자가 보기에는 세 번째가 더 비슷했다. 남자는 허공을 더듬거리며 여자 옆으로 가 나란히 섰다. 방에는 음소거된 텔레비전에서 나오는 희미한 빛이 도드라졌다. 둘의 얼굴에는 그림자가 얼룩덜룩 내려앉아 자못 기괴해 보였다. 그래도 누워 있는 어머니의 얼굴만큼은 아니었다. 그림자는 어머니의 콧등이나 볼을 제멋대로 헤집어놓았다.

"병실 밝기가 이 정도잖아? 이러니까 아예 까만 옷처럼 보여."

남자의 말에 여자는 입을 비죽 내밀었다.

"그건 너도 마찬가지야."

남자는 시선을 아래로 향했다. 정말 검은색처럼 보였다. 불을 꺼서 그렇지 알고 보면 검은색이 아니라고 해주고 싶었지만 원래 무슨 색이었는지 떠오르지 않았다. 결국 둘은 예전에 입었던 밝은 옷 중에 그나마 덜 더러운 것을 입기로 했다. P호텔에 머문 지 거의 한 달이 지나고 있었다. 기대했던 신혼과는 거리가 멀었다.

남자는 여자가 외투를 다 챙겨 입기도 전에 문부터 열었다. 여자가 싫어하는 습관 중 하나였다. 모기향 냄새는 복도 안에도 가득했다. 코를 벌름거리며 남자가 엘리베이터 버튼을 눌렀을 때 전화가 울렸다. 남자는 양손에 가방을 들고 있었다. 남자의 눈짓에

212

뒤따라 나온 여자가 대신 전화를 받았다. 형님이었다. 필요한 게 있으니 사 오라거나 좀 더 일찍 올 수 없냐는 전화일 것이었다. 통화하는 사이 엘리베이터가 도착했다. 엘리베이터 안으로 들어서면서 여자 쪽으로 시선을 틀던 남자는 멈칫했다. 여자의 표정이 심상찮았다. 얼룩덜룩 내려앉았던 그림자가 아직 가시지 않은 듯했다. 모기향 때문인지 시야도 뿌옇게 흐려졌다.

"빨리 오래…… 위독…… 하시다는데……"

여자는 목소리를 점점 낮췄다. 아무래도 긴가민가한 모양이었다. 그럴 만도 했다. 위독하다는 얘기는 이것으로 다섯 번째쯤 됐다. 마음의 준비를 하고 있어야 할 것 같다거나 오늘 밤이 고비라는 말까지 합치면 더 많았다.

처음에는 자다가 전화를 받았다. 형은 의사가 따로 불러 은밀하게 했던 말을 전했다. 아무래도 오늘은 가족 모두 모여 있는 게 좋겠다고. 남자와 여자는 겨우 겉옷만 걸치고 서둘러 나섰다. 남자는 운전을 제대로 할 수 없을 것 같아 택시를 잡았다. 삼십 분도 안 되어 도착해보니 형은 그만 돌아가라고 했다. 남자는 그 말이 이미 돌아가셨다는 뜻인 줄 알았다. 하지만 뒤에 이어지는 말은 "위험한 고비는 넘긴 것 같대"였다. 남자는 온 김에 얼굴이나 볼 겸 병실에 들어섰다. 간호사가 막 주사를 놓고 있었다. 주삿바늘이 들어갈 때 어머니가 미간을 찡그리는 걸 보니 비로소 마음이 놓였다. 그제야 슬리퍼만 꿰어 신고 나온 발이 시렸다. 뒤에서 형은 "내일 우리랑 교대하려면 들어가서 쉬어"라고 했다. 남자는 호텔에 들어갔다가 다시 나오는 게 나을지 아니면 그냥 있는 게 나을지 망설였다. 그러는 사이 형은 "여기 있을 거면 나 밥 좀 먹고 올게" 하고 겉옷을 챙겨 나섰다. 남자가 대답할 틈도 없었다. 형도 대답을 기다리는 눈치는 아니었다. 아무래도 불러 세워야겠다고 결심했을 때쯤 형이 먼저 돌아섰다.

"근데 어떻게 일찍 왔어? 주말이라 평소보다 더 걸릴 줄 알았는데."

남자는 형에게 호텔에 머물고 있다는 사실을 숨겼다. 형이 안다면 그다지 달가워할 것 같지 않았다. 어쩌면 그럴 여유가 있으면 병원비나 더 보태라고 할지도 몰랐다. 남자는 병실에서 하루에 들어가는 돈과 트윈 룸 숙박비를 저울질해봤다.

그러고 보니 꼭 한 번 어머니와 호텔에서 하룻밤을 지낸 적이 있었다. 입영 전날이었다. 아버지가 돌아가신 지 얼마 되지 않아 떠밀리듯 결정한 입대였다. 어머니는 아직 대학생이던 형을 친척 집에 맡기고 남자가 군대에 있는 동안 어떻게든 자리를 잡겠다고 했다. 남자는 군말 없이 따랐다. 그래도 어머니는 못내 미안했는지 여관 대신 호텔로 남자를 이끌었다. 호기롭게 이끈 것과는 달리 어머니는 프런트에서 트윈 룸과 더블 룸 사이를 머뭇거렸다. 침을 몇 번 삼키고 나서야 겨우 트윈 룸으로 결정했다. 건너편 침대에서 어머니가 돌아누울 때마다 그 떨림이 남자의 몸으로 고스란히 번지던 방이었다. 남자가 거의 잠들 때쯤 어머니는 잠꼬대처럼 말했다. 네 형에게는 비밀이다. 남자는 자세를 고쳐 누웠다.

남자는 슬리퍼에 새겨진 호텔 이름이 떠올랐다. 다리를 비꼬며

주춤하는 사이 형은 대답도 듣지 않고 돌아섰다. 꼼짝없이 병실에 머무는 수밖에 없었다. 여자는 형과 어머니와 남자를 골고루 쳐다봤다. 그때마다 다른 표정이 얹혔다가 사라졌다.

　세 번째까지는 조식 뷔페를 먹다가도 부랴부랴 올라갔다. 하지만 네 번째부터는 조금 느긋해졌다. 여전히 서두르긴 했지만 옷을 제대로 못 입을 정도는 아니었다. 생수를 넉넉히 채워달라는 메모도 잊지 않았다. 로비를 나설 땐 침구류 세탁에 신경 좀 써달라고도 했다. 그사이 혹시 마지막 가는 길에 자식들 골탕 먹이려고 일부러 그러시는 건가 싶은 의심마저 끼어들었다. 그리고 이번이 다섯 번째 연락이었다. 남자는 확실하냐고 묻고 싶었지만 이번엔 정말 확실하다고 할까봐 두려웠다.

　"이번엔 정말인 것 같은데. 그럼, 상복…… 챙겨 가야 하나?"

　남자는 옷장 안쪽에 걸어둔 상복이 떠올랐다. 아니라면 다행이었지만 정말이라면 바빠질 것이었다. 상복을 챙기러 다시 호텔을 오갈 시간은 없을 게 분명했다. 그런데 이번에도 고비를 넘긴다면 알뜰하게 상복까지 챙겨 가는 게 모종의 불효를 저지르는 것만 같았다. 여자도 생각이 비슷한지 남자만 빤히 쳐다보고 있었다.

　"그냥 갔다가 거기서 빌리든가 하자. 요즘엔 다 빌려준대."

　"찜찜하게 남이 입던걸? 그리고 빌리면 그게 다 돈인데. 상복이 없는 것도 아니고."

　여자의 목소리는 예전과 좀 달랐다. 얼마 전까지만 해도 위독하다는 소식에 상복을 챙기려 드는 남자를 두고 그런 일은 절대 없을 거라고 선을 그었다. 만약 일이 생긴다면 장례식장에서 빌려도 된다고도 덧붙였다. 그러니 그냥 가자고. 남자는 문득 연애할 때 여자가 버릇처럼 했던 말이 떠올랐다. 너 같은 남자랑 결혼할 일은 절대 없을 거야.

기어이 여자는 상복을 챙겨 왔다. 형수가 무슨 얘기를 했는지 몰라도 이번엔 진짜 위독한 것일지도 몰랐다. 예전에도 진짜였지만 이번에도 역시 진짜인 게 걸렸다. 여전히 모기향 냄새는 가시지 않았다. 외려 점점 농밀해지는 게 숨이 턱 막힐 것 같았다. 엘리베이터 안도 다르지 않았다. 로비를 나오자마자 남자는 주차장 쪽으로 성큼성큼 걸어갔다. 호텔 밖에 나오자 온몸에 끈끈한 열기가 들러붙었다. 남자가 몇 걸음 내딛기도 전에 여자가 남자의 손목을 잡았다. 손바닥에는 벌써 땀이 맺혀 있었다.

"오늘은 운전하지 말고 기차 타고 가자."

전철은 저렴했지만 너무 오래 걸렸고 택시는 비쌌다. 기차가 다니는 시간이라면 기차를 타는 게 나았다. 게다가 차도 밀리기 시작할 때였다. 여자가 기차를 타자고 한 건 그 때문이었을까. 남자는 여자가 숨기고 있는 게 있을지도 모른다고 생각했다.

*

어머니는 이틀 만에 눈을 떴다. 숨이 거칠어지거나 웅얼거릴 때는 있었지만 눈을 뜬 건 처음이었다. 먼저 알아본 건 형수였다. 어머니의 손을 닦고 막 잔머리를 정리할 때쯤이었다. 형수는 누구에게 알릴 새도 없이 "어머니이이임!" 하고 소리쳤다. 고함에 가까울 정도로 우렁찬 목소리였다. 그사이 어머니는 형수를 보자마자 기겁하면서 몸을 비틀었다. 목소리 때문인지도 몰랐다. 그래도 그땐 혼자서 몸을 뒤척일 정도는 됐다.

간이침대에서 선잠을 자던 형이 일어났을 때 어머니는 눈을 꾹 감고 있었다. 그래도 형은 눈을 떴다는 형수의 말이 거짓말이 아니라는 걸 알 수 있었다. 어머니가 눈에 힘을 주고 있었기 때문이다. 형이 서너 번쯤 불렀을 때에야 어머니는 다시 슬금슬금 눈을 떴다. 몇 번 망설이는가 싶던 눈꺼풀은 형을 보자마자 활짝 열렸다. 그제야 미소 비스름한 것이 얼굴에 드러났다. 밤새 꿈에 시달리다 깨어난 아침, 형을 바라보던 표정과 비슷했다.

어머니는 종종 꿈에 시커먼 것들이 나온다고 했다. 형수가 시커먼 게 뭔지 물으면 집채만 한 어둠이 등을 떠민다거나 검은 개가 아가리를 벌리면서 달려든다고만 했다. 꿈은 꾼 날이면 어머니는 종일 일어나질 못했다. 오죽하면 비싸게 주고 맞춘 자개농을 색이 검다는 이유로 바꾸자고 하셨을까. 처음엔 나이가 드니 가구도 색이 화려한 걸 찾으시는 건가 싶었다. 하지만 꿈 얘기랑 이어보니 매듭이 다른 방향으로 틀어졌다. 그러자 여유가 생기면 바꿔드린다고 해놓고 몇 년째 농이 그대로인 게 떠올랐다. 몇 년째 여유가 없었다는 생각과 그래도 농은 바꿔드릴 수 있지 않았나 싶은 생각이 뒤섞였다. 농이 관처럼 보인다거나 밤마다 거기서 누가 나오는 것 같단 어머니의 말은 꺼내지 않는 게 좋을 것 같았다. 농을 꼭 장남이 바꿔줘야 하냐는 거친 목소리도 그 안에 같이 묻혔다.

형수는 어머니가 눈을 떴을 때 검은색 카디건을 입고 있었다. 보풀이 일어나지 않은 부분을 찾기 어려운 카디건이었다. 다들 그게 문제였다는 것에 이견이 없었다. 형수는 처음엔 보풀이 문제라고 하는 줄 알았지만 이내 검은색을 두고 하는 얘기임을 알았다. 그날 이후 어머니는 다시 눈을 뜨지 않았다. 게슴츠레 뜨다가도 도로 감아버렸다. 그때부터 병원에 올 땐 되도록 밝은색 옷을 입고 오기로 했다. 처음에 남자와 여자는 화려한 꽃무늬 셔츠를 입고 갔다. 호텔 근처에서 싼 가격에 파는 셔츠였다. 호텔 주변을 어슬렁거리는 관광객이라면 그 셔츠를 흔하게 입고 다녔다. 어떤 날에는 같은 셔츠를 입은 사람을 서너 명쯤 만날 수 있었다. 그래서인지 호텔을 나설 때만큼은 관광객과 뒤섞여 남자와 여자를 따로 구분하기 어려웠다. 하지만 병원의 방향은 관광지와 정반대였다. 위에서 내려다보면 큼지막한 꽃에서 꽃잎 두 장이 떨어져 나와 바람에 휘날리는 것처럼 보였다.

얼마 지나지 않아 일교차가 큰 날이 이어졌다. 낮에는 겉옷이 필요 없었지만 새벽에는 바람이 제법 사나웠다. 교대를 새벽마다 하다 보니 귀찮더라도 겉옷은 챙겨야 했다. 그렇다고 겉옷까지 밝은 걸로 준비할 필요는 없었다. 병실 안은 훈훈해서 겉옷을 입지 않아도 견딜 만했다. 그러니 안에 입는 옷만 밝고 화려하면 됐다. 남자와 여자는 병실에 들어설 때마다 우중충한 겉옷부터 벗었다.

그러면 안에 입고 있던 샛노란 니트 혹은 연두색 셔츠 같은 게 드러났다. 야자수가 그려진 티셔츠나 기하학적인 무늬가 들어간 원피스일 때도 있었다. 그러다 다음 날 교대할 때가 되면 누가 볼세라 벗어두었던 겉옷을 단단히 입고 나섰다.

어머니가 깨어나서 처음으로 한 말은 "물, 물 줘"였다. 알아듣는 데는 오랜 시간이 걸렸다. 목소리에 쇳소리가 많이 끼어 있었기 때문이다. 쇳소리에 익숙해진 다음에는 겨우 '줘'만 알아들을 수 있었다. 한나절이 지나고 나서야 온전히 알아들을 수 있었다. 하지만 끝까지 못 알아듣는 척해야만 했다. 어머니는 금식이었다. 물조차도 마시면 안 됐다. 신장도 문제였지만 폐에도 물이 찼다. 물을 잘못 넘겼다간 당장 큰일 날 수도 있었다. 그러니 물을 주더라도 숟가락으로 조금씩 흘려주는 정도여야 했다. 그래도 계속 달라고 하면 "냉장고 갔다 올게요"나 "지금 약수터에서 떠 오는 길이래요" 하는 식으로 버텼다. 그러면 어머니의 목소리는 조금 잦아들었다. 물 달라는 걸 못 들은 척하는 일은 생각보다 괴로웠다. 하지만 어느새 조금씩 익숙해지고 있었다. 그쯤 셔츠 위에 새겨진 꽃무늬도 조금 바랬다. 한 번만 입고 내내 옷장 안에 넣어뒀는데도 그랬다.

한번은 의사 몰래 물을 한 대접 갖다 주고 싶었던 적이 있었다. 어머니가 눈을 감은 채로 "물 좀, 물 줘…… 엄마" 할 때였다. 형수는 여자에게 그때 상황을 장황하게 늘어놓았다. 여자는 말이 다 끝나기도 전에 싱겁게 고개를 끄덕였다. 여자가 있을 때도 어머니는 몇 번쯤 엄마를 찾았기 때문이다. 남자는 어머니의 입에서 나오는 "엄마" 소리가 낯설었다. 마치 그렇게 부를 수 있는 건 세상에 남자 혼자뿐인 것처럼, 그것이 오로지 혼자만의 단어인 것처럼.

*

남자는 창밖으로 시선을 뒀다. 잠시 눈을 붙이려 했는데 끝내 잠을 이루지 못했다. 온몸을 덮치는가 싶다가도 겨우 발끝만 적시고 물러났다. 선잠에서 깨자 여기가 어딘가 싶어 어리둥절해졌다. 그 사이 창밖으로 전봇대가 지나가고, 이어서 불을 밝힌 비닐하우스가 줄줄이 지나갔다. 터널 안으로 들어서자 창에 남자의 얼굴이 물처럼 끼얹어졌다. 남자는 자리에서 엉덩이를 들썩였다. 남자와 몸이 닿자 얼굴을 반대 방향으로 트는 여자가 창에 비쳤다. 남자는 여자에게 시선을 돌리는 대신 자신의 얼굴을 하나하나 뜯어봤다. 얼굴이 선명해지는 사이 어머니가 위독해서 떠나는 길이라는 생각이 서서히 떠올랐다.

언제부턴가 실내에 있는 불은 모두 꺼져 있었다. 창밖엔 이제 전봇대나 비닐하우스 같은 것도 보이지 않았다. 그저 어둡고 그보다 더 어둡거나 덜 어두울 뿐이었다. 그 안에서 여자가 규칙적으로 내는 숨소리만 또렷했다. 기차가 덜컹거리는 소리 속에서도 집요하게 남자의 귓속을 파고드는 소리였다. 어느새 숨소리는 마치 남자의 옆구리를 바늘로 콕콕 찌르는 것 같았다. 듣다 보니 여자는 코까지 골았다. 남자는 깊이 잠든 여자가 괜히 서운했다. 호텔에서 지배인이 트윈 룸밖에 남아 있지 않다고 할 때도 그랬다. 남자는 조금이나마 난처한 표정을 지었고 지배인은 그 표정을 흡수하듯 얼굴을 일그러뜨렸다. 성수기니까 그럴 만도 했다. 그사이 여자는 "상관없어요" 하면서 카드키를 낚아챘다. 경쾌한 목소리만큼이나 날쌘 동작이었다. 지배인은 남자를 향해 "성수기가 지나면 객실에 여유가 있을 겁니다. 그때 방을 바꿔드릴게요"라고 했다. 그제야 남자의 표정은 조금 묽어졌다.

방을 따로 쓴 지 오래되긴 했다. 처음에는 둘 다 다음 날 일찍 출근해야 하니 잠은 편하게 자자는 생각이었다. 대신 주말에는 꼭 같이 자자고 다짐했다. 하지만 주말은 주말대로 일주일 동안 밀린 잠을 한꺼번에 몰아서 자야 했다. 그러다 보니 어느 순간 같이 자는 일은 흐지부지됐다. 하지만 남자는 호텔에서까지 따로 잘 줄은 몰랐다. 여자의 발랄한 걸음을 따라가다 보니 처음부터 여자는 트윈 룸을 염두에 둔 게 아닌가 하는 생각마저 들었다. 생각은 며칠 후 조금 더 견고해졌다. 지배인이 찾아와 곧 성수기가 끝나니 그때 방을 옮겨드리겠다고 했지만 여자는 그럴 필요 없다고 딱 잘라 말했다.

병원을 나오면서 여자가 이것도 오래 할 짓이 못 된다고 할 때도 남자의 심정은 비슷했다. 그때마다 남자는 장인 장모가 한꺼번에 돌아가셨다는 거나 여자가 갖고 싶다고 한 걸 사준 적이 별로 없었다는 걸 떠올리려 애썼다. 간병을 하는 동안은 호텔에서 머물기로 한 것도 그 때문이었다. 어차피 왕복 여섯 시간을 오갈 순 없었다. 그렇다고 형네 집에서 머무는 건 내키지 않았다. 병원에서 너무 가까운 호텔은 금세 들통날 수도 있었다. 남자는 서울과 경기도의 경계에서 조금 벗어난 곳에 있는 호텔을 잡았다. 호텔에서는 서울로 진입하기에도 남자의 집으로 내려가기에도 수월했다. 형에게는 한두 시간 거리에 있는 친구네 집에서 머물 거라고 해뒀다. 형은 어떤 친구냐고 꼬치꼬치 묻지 않았다. 그러고 보니 남자가 차를 바꾸거나 이사를 해도 형은 딱히 뭘 물어보지 않았다. 월세인지 전세인지, 자가라면 대출은 얼마나 받았는지 물어볼 만도 했지만 고작 "그러냐?"가 전부였다.

남자는 결혼기념일에 여행을 가기 위해 모아놓은 돈을 호텔 숙박비로 쓰는 것도 나쁘지 않다고 생각했다. 가만히 뒀다면 병원비에 보탰을 돈이었다. 여자에게 이 정도쯤은 아깝지 않았다. 형수보다 먼저 나서서 병원에서 신을 슬리퍼나 담요 같은 걸 살뜰하게 챙겼던 것도 여자였다. 형수는 "뭐든 해본 사람이 잘 안다고. 역시 동서야"라고 하다가 고개를 돌렸다. 여자는 "내일 어머니가 평소 베시던 베개나 좀 가져오세요" 했을 뿐이었다.

그래도 서운함이 풀리지 않을 때면 그날의 아침을 떠올렸다. 어머니가 병원에 계신 지 일주일쯤 되는 날이었다. 둘은 뒤늦게 나타난 형수에게 어머니를 맡기고 호텔로 향하던 길이었다. 객실에 들어가면 둘 다 그대로 잠들어버릴 것이 분명했다. 그러니 아침은 근처에서 먹고 가는 편이 나았다. 보름쯤 지나서야 둘은 객실에 들어가서 샤워도 하고 아침 드라마까지 챙겨본 후 잠이 들었다.

가끔은 돌아가면서 반신욕을 하기도 했다. 그러자 호텔과 병원을 오가는 일상에 좀 적응한 기분이었다. 그것은 여행과 비슷한 구석이 있었다. 잠깐은 괜찮지만 평생 하고자 들면 피곤하기만 한 일이었다. 같은 층에 묵고 있던 관광객이 남자와 여자를 향해 "오늘은 어디를 돌아볼 생각이세요?"라고 물었을 땐 정말 매일 여행을 떠난다는 생각이 들었다.

병원 앞 식당 안에는 별다른 소리가 나지 않았다. 뜨거운 국물을 넘기는 소리만 오갈 뿐이었다. 둘은 서로 얼굴을 보지 않고 밥만 먹었다. 여자는 남자의 눈곱이나 입에서 풍기는 군내를 모르는 척했다. 남자도 여자의 헝클어진 머리나 푸석해진 얼굴에 눈길을 주지 않았다. 침대에 붉은 글씨로 붙어 있는 '금식'도 차츰 신경 쓰이지 않을 때였다. 처음에는 온몸을 휘어잡는 것 같은 단어였는데 어느새 그저 쓰레기를 버리지 말라는 정도의 가벼운 경고문처럼 느껴졌다. 그쯤엔 코를 찔러대는 냄새에도 심박수나 산소포화도를 나타내는 모니터에도 무심해졌다.

먼저 다 먹은 남자는 신문이라도 볼까 싶어 두리번거렸다. 그러다 물을 숟가락으로 떠먹는 여자를 봤다. 왜 그러나 싶어서 물어보기도 전에 여자가 속삭이듯 먼저 "어머! 나 좀 봐" 했다. 병실에서 어머니께 숟가락으로 조금씩 물을 떠먹이던 것이 몸에 밴 모양이었다. 남자는 여자를 계속 보고 있었다. 여자는 모르는 건지 아니면 알면서도 모르는 척하는 건지 다시 밥 먹는 일에만 열중했다.

얼마 지나지 않아 숟가락은 티스푼으로 바뀌었다. 그러더니 지난주부터는 물을 약간 넘기는 것만으로도 위험하다고 했다. 정 물을 찾으면 적신 손수건을 입안에 넣어주는 수밖에 없었다. 형수는 물렁물렁한 목소리로 간호사가 한 말을 전했다. 가리키는 쪽을 보니 손수건이 있었다. 벌써 한쪽 끝이 누렇게 번져 있었다.

여자는 손수건에 생수를 묻혔다. 한참 머뭇거리다가 숨을 몰아쉬며 어머니 입술을 닦더니 조금씩 안쪽으로 손가락을 밀어 넣었다. 처음에는 어머니가 입을 벌리지 않아 애를 먹었다. 입술에 말라붙은 딱지가 떨어지는 바람에 피가 나기도 했다. 몇 번 반복하고 나서야 어머니는 알아서 입을 벌렸다. 그때마다 금방이라도 닫힐 것만 같아 부리나케 입안 구석구석 물을 묻혔다. 여자는 남자에게 손가락이 들어갔을 때 어머니가 짓는 표정이나 혀의 질감 같은 걸 얘기했다. 그러면 남자도 손을 잡아드렸을 땐 슬쩍 힘을 주셨다는 얘기를 보태곤 했다. 마치 오늘 점심에 무엇을 먹었는지, 마트에 갈 때 빠뜨리지 않고 사 와야 하는 것을 일러주는 듯한 말투였다. 어지간해선 오가는 대화가 더 이어지지 않았다. 그럴 때면 형수와 교대할 시간이 영원히 오지 않을 것처럼 멀게 느껴졌다.

처음 며칠간은 교대 시간이 되어서도 바로 자리를 뜨지 않았다. 서로 잠깐이나마 머물며 얘기를 나누다 느릿느릿 일어났다. 어머니에 대해 딱히 할 말이 없으면 옆방 환자나 간호사에 대한 얘기라도 했다. 병실에는 종일 별다른 일이 없을 것 같으면서도 얘기를 하다 보면 꼭 그렇지만도 않았다. 하지만 그나마도 얼마 전부

턴 길게 이어지지 않았다. "별일 없었죠?" 하는 인사 정도면 충분했다. 대답까지 이어지지도 않았다. 피곤한 얼굴을 새빨갛거나 연보라색 옷과 함께 숨기며 곧 사라졌다.

다시 여자가 손가락을 넣을 차례였다. 남자는 여자가 손수건에 생수를 적시는 것까지 보고 간이침대에 누웠다. 처음에는 이런 곳에서 어떻게 잠을 자나 싶었다. 형은 간이침대에서 잠이 오지 않는다면 그건 자리가 불편해서가 아니라 그만큼 덜 피곤하기 때문이라고 했다. 형의 목소리는 마치 간병을 제대로 하지 않는다고 따지는 듯했다. 돌이켜보면 형이 복도가 너무 환해서 밤새 못 잤다고 했을 때 남자도 비슷한 얘기를 했다. 형은 남자를 잠깐 노려봤지만 별다른 말을 잇진 않았다. 간병을 하는 일처럼 동생을 꾸짖는 일도 어쩐지 남의 일인 것만 같았다.

잠이 오지 않더라도 틈날 때마다 조금이라도 누워 있는 게 나았다. 운이 좋으면 삼십 분쯤 잠들 수도 있었다. 누운 지 십 분쯤 지났을 때 여자의 비명이 들렸다. 남자는 누군가 밀어낸 것처럼 벌떡 일어났다. 어머니가 여자의 손가락을 깨문 모양이었다. 다행히 금방 놔줬지만 여자의 표정은 잇자국만큼이나 쉽게 가라앉지 않았다. 남자가 여자 대신 입안을 휘저었다. 거칠고 투박한 손길이었지만 입은 내내 열려 있었다. 남자는 며느리한테 미안해서 그랬을 거라고 얼버무렸다. 어쩌면 잠결에 그랬을지도 모르고. 급히 만들어낸 말이었는데 뱉고 보니 제법 그럴싸했다. 여자는 고개를 내밀어 어머니의 얼굴을 띄엄띄엄 건너봤다.

"내가 아니라 형님 손가락인 줄 아셨을 수도 있잖아."

남자의 손가락은 어금니를 막 지나고 있었다.

*

얼마 전 형은 장례를 자신의 종교 방식으로 치르자고 나섰다. 형을 빼곤 딱히 종교를 갖고 있는 사람이 없었다. 그래서인지 대꾸하는 사람이 없었다. 그러고 보니 남자는 이제껏 그래왔던 것처럼 형이 자기가 원하는 대로 은근슬쩍 밀어붙이려는 것 같았다. 올바른 선택도 많았지만 괜히 형의 말에 따랐다가 후회했던 순간도 적지 않았다. 형수와 여자는 끝까지 별다른 의견을 내놓지 않았다. 낯선 나라의 방식대로 하자고 해도 그냥 그러자고 할 것 같은 표정이었다. 둘은 음식을 어디서 맞춰야 할지 몇 명이나 오실지에 대한 것을 속닥거릴 뿐이었다. 여자는 아랫사람인 게 다행이었고 형수는 그래도 동서가 경험이 있는 사람이라 다행으로 여겼다.

남자가 이대론 안 되겠다 싶어 몇 마디 쏘아붙이려는데 불쑥 어릴 때 어머니가 했던 말이 떠올랐다. 이 세상엔 너희 둘뿐이니 형제끼리 싸우지 말고 사이좋게 지내라. 어느 집 부모라도 했을 법한 말인데 그게 왜 갑자기 떠오르는 건지 알 수 없었다. 그때 형은 다른 말이 떠올랐다. 장남이 아니면 누가 내 속을 알아주겠니. 언제 들은 말인지는 가물가물했다.

남자가 겨우 입을 열었다.

"무슨 소리야? 어머니 얘기는 들어보지도 않고."

"이제 와서 어머니가 어떻게……"

형은 말끝을 흐렸다. 남자는 형이 뱉은 말보다 우리 모두 장례 절차를 의논한다는 게 생경했다. 그사이 침대에서 거친 숨소리 사이로 어눌한 발음이 들려왔다. 예전 같았으면 누구랄 것도 없이 일어나 침대를 둘러쌌겠지만 이제는 그러지 않았다. 누가 일어설 것인지 눈치를 보는 사이 발음은 좀 더 굵직하게 울렸다. 여자와 형수는 여전히 눈치를 보고 있었다. 남자와 형은 어머니가 누굴 부르는지 알 것 같았다. 그러자 병실에서는 시간이 다른 무늬를 그리며 흘러간다는 생각이 들었다.

어머니의 숨소리가 고르게 퍼지자 형이 헛기침을 섞으며 말했다.

"그래도 혼자 사시게 안 한 건 잘한 일이야. 그랬으면 지금……"

목소리는 가습기에서 내뿜는 연기 사이로 금세 흩어졌다.

형이 새집을 마련하고 나서도 어머니는 굳이 혼자 살겠다고 했다. 거기에 토를 달 때마다 어머니는 형제를 먹이고 입히고 키운 세월을 늘어놓았다. 남자와 형이 보증금을 모으면 그럭저럭 괜찮은 방은 구할 수 있을 터였다. 근처에 방을 구하고 수시로 드나들면 남들 보기에도 나쁘지 않을 것 같았다. 월세나 공과금 정도야 반반씩 나눠 내면 그만이었다. 형편이 다른데 반반씩 내야 하는 거냐는 얘기가 나왔지만 어머니에게 내색하진 않았다. 일단 방을 구하고 나서 의논해보자는 걸로 마무리 지었다.

방을 구하는 건 생각보다 만만찮은 일이었다. 문제는 노인이 혼자 산다는 것이었다. 거의 계약이 성사되는가 싶을 때쯤에도 노인 혼자 산다고 하면 집주인은 고개를 저었다. 몇몇은 그러다 무슨 일이라도 생기면 어쩔 거냐고 따져 물었다. 대체 무슨 일이 생기 냐고 되물었을 때 대부분 집주인은 일그러진 얼굴로 떠듬거렸다. 그중 콕 집어 말하는 사람도 있었다. 아무리 근처에 사는 자식들 이 자주 드나들 거라고 사정해도 소용없었다. 사정할수록 그럴 거 면 왜 따로 방을 구하는지 수상쩍게 쳐다볼 뿐이었다. 복덕방 여 자의 얼굴에도 난감한 표정이 여과 없이 드러났다. 어머니에게는 "방이 다 좋은데 습기가 좀 있네요"라거나 "여긴 언덕이 있어서 위 험해요"라고만 했다. 더 만들어낼 핑계가 없을 땐 "뭔가 기분 나쁜 집이네요" 했다. 그때마다 어머니는 아무 말도 없었다.

결국 어머니는 못 이기는 척 형네 집으로 들어갔다. 남자의 집 은 칠 층이어서 어머니를 모시기엔 마땅찮았다. 어머니는 엘리베 이터만 타도 속이 울렁거린다고 했다. 게다가 칠 층에서 내려다 보는 것만으로도 종일 가슴이 벌렁거린다고 덧붙였다. 대신 병원 을 모시고 가는 일이나 보양식 같은 걸 챙겨드리는 건 남자 쪽에 서 맡기로 했다. 거기에 용돈을 조금 보태는 정도로 의견을 모았 다. 형수는 일단 몇 년간 버텨보기로 했다. 어머니가 육아와 집안 일을 거들어주실지 모른다는 기대도 조금 섞여 있었다. 이걸로 잘 마무리된 것 같았지만 곧 문제가 생겼다. 형과 형수 둘 다 출근한 뒤 어머니는 종일 혼자 있었다. 조카는 이제껏 외할머니 손을 타 서 그런지 어머니 곁에는 가려고 하지 않았다. 결국 한나절도 지나지 않아 다시 외갓집으로 떠났다. 그러자 어머니에게는 너무 많은 시간이 생겨버렸다. 아무도 예상치 못한 일이었다. 그들 모두에게 시간은 늘 부족하기만 했지 남아돌 때는 없었다.

집안일도 한두 번이지 종일 할 일은 못 됐다. 아무리 천천히 해도 어느 순간 다 끝나버렸다. 이 층에서 일 층까지 계단을 오르내리는 일도 수고스러워 밖에 나가는 건 엄두도 못 냈다. 그러니 집 안에만 머무는 날이 이어졌다. 처음 며칠간은 남자와 여자가 번갈아가며 전화를 했다. 어떤 날에는 여자의 전화를 끊자마자 남자에게 전화가 걸려와 한바탕 웃기도 했다. 그쯤 어머니는 어떻게든 웃으려고 애쓰는 사람 같았다. 조금이라도 우스운 일이 생기면 득달같이 달려들어 쩌렁쩌렁하게 웃었다. 마치 할 수 있는 거라곤 그것뿐인 사람처럼.

비가 퍼붓고 천둥까지 치는 날이면 남자와 여자는 거의 동시에 전화를 걸었다. 하지만 그마저도 이사 가면서부터 뜸해졌다. 이제 사는 지역이 달라 신경 쓰지 않으면 어머니가 있는 곳에 비가 내리는지 천둥이 치는지 몰랐다. 여자는 형님에게 이사 갈 집이 일 층이라거나 외진 곳이라는 걸 숨겼다. 여자에겐 외져서 어머니에게 위험하고 불편할 곳이었지만 형수는 공기 좋고 조용해서 어머니 모시기엔 안성맞춤인 곳일 수도 있었다. 대신 용돈을 조금 더 얹어드리기로 했다.

어머니가 누워 있는 동안 낯선 사람들이 몰려왔던 적이 있었다. 남자가 모르는 얼굴들이 병문안을 온 것은 처음이었다. 그때 남자는 처음으로 어머니의 시간에 대해 생각해봤다. 어머니가 시간에 맞서는 방식은 겨우 텔레비전이었다. 어제 본 연속극을 케이블 방송으로 다시 보고 있을 때쯤 그들이 찾아온 모양이었다. 이미 봤던 연속극인지 아닌지 헷갈려 하다가 그저께 본 거라고 막 단정 짓던 참이었다. 처음에는 개를 내쫓듯 돌려보냈다. 하지만 다음 날 다시 찾아왔을 땐 또 그러기가 계면쩍었다. 들어와서 커피나 한잔하는 사이 오가는 말이 길어졌다. 그들은 내내 무릎을 꿇고 어머니의 말을 귀담아들었다. 사이사이 "그러셨어요?"나 "이런!" 같은 추임새도 잊지 않았다. 그러다 저녁이 우르르 몰려오는 건 순식간이었다.

문병 온 무리는 그게 시작이었다고 했다. 무리 중 누가 말하는 건지 알 수 없었다. 말이 끝나면 모두 고개를 끄덕였다. 그럼 또 누군가 말을 이었다. 매번 다른 사람이 말을 하는 것도 같았고 한 사람이 계속 말하는 것도 같았다. 남자는 그들이 건네준 사진을 내려다보고 있었다. 내일 제출할 인증 사진이라고 했다. 사진 속에서 어머니는 처음 웃어보는 사람처럼 얼굴 한쪽이 일그러져 있었다. 얼핏 보면 울상인 것처럼 보이기도 했다. 어머니 주변을 한 무리의 사람들이 둘러싸고 있었다. 남자는 사진과 무리의 얼굴을 하나씩 대조해봤다. 비슷한 것 같기도 했고 한편으론 전혀 다른 얼굴 같기도 했다.

입을 여는 사람은 끝내 보이지 않았다. 그때 맨 앞에 선 사람이 어머니의 이름을 부르며 참 좋은 분이었다고 했다. 남자는 좋은 분이 아니라 좋은 분이었다고 하는 게 거슬렸다. 처음에는 병실 밖에서 들려오는 간호사들의 웃음소리에도 날이 섰다. 간밤에 영안실로 내려간 환자가 쓰던 침구를 정리하면서 슬쩍 짓는 희미한 미소에도 괜히 화가 치밀어 올랐다. 마주칠 때마다 생글생글 웃는 간호사보다 여기선 차라리 무뚝뚝한 간호사가 더 낫겠다는 생각도 들었다. 저들은 병실에서 일어나는 죽음과 무관한 사람이라고 생각해봐도 한동안은 소용없었다.

어느새 무리는 거의 동시에 눈을 감고 고개를 숙였다. 남자도 괜히 눈을 감았다. 그러다 답답한 마음에 잠깐 실눈을 뜨고 그들을 살펴봤다. 모두 형광색 조끼를 걸치고 있었다. 그들에게 검은색이라곤 운동화나 벨트가 고작이었다. 등에는 자원봉사단이라는 글씨가 반쯤 지워져 있었다. 누구라도 어떤 글씨인지 알아채는 데에는 시간이 필요할 것 같았다.

그들이 몰려나갈 때까지도 남자는 말하는 사람을 찾지 못했다. 그들이 모두 빠져나가자 또 다른 노인을 찾아 골목을 기웃거릴 모습이 그려졌다. 하루라도 빨리 시간을 채워야 하는 사람들이었다. 병실에 방문한 시간은 포함되지 않는 모양이었다. 그래선지 병실에서는 인증 사진을 찍으려고 하지 않았다. 고마운 거라곤 그뿐이었다.

*

"어디쯤이야?"

형의 목소리는 얼마간 날카로웠다. 하지만 끝에 가서는 뭉툭해져서 툭툭 잘려나갔다. 이어서 얼마나 걸릴지, 뭐를 타고 오는지 차례차례 물었다. 묻는 동안 감정이 몇 번은 뒤바뀌는 것 같았다. 남자는 시계를 한 번 힐끔거리곤 삼십 분 남짓 남았다고 대답했다. 그사이 별일이야 있겠냐 싶었지만 한편으론 수많은 일이 벌어질 수도 있겠단 생각이 들었다.

"아직 아무도 안 왔어."

형의 대답에 생각은 좀 더 단단해졌다.

어머니가 병원에 있고 나서부터 남자와 형은 거의 비슷한 걱정에 휩싸였다. 어머니와 단둘이 있을 때 돌아가시면 어쩌지. 남자는 지금 형이 혼자서 어머니의 마지막 모습을 지켜보는 걸 두려워한다고 짐작했다. 그래도 자식이 없는 시간에 어머니가 떠나는 것보단 나았다. 그래서 형은 간병인 부르는 일을 꺼렸다. 어머니의 몸에 낯선 사람의 손이 닿는 것도 내키지 않았지만 무엇보다 간병인의 얼굴이 어머니가 보는 마지막 얼굴이 될 수도 있겠다는 생각 때문이었다. 게다가 동생 내외는 직접 간병한다고 나서는데 형이랍시고 따로 간병인을 부르는 것도 께름칙한 일이었다.

여자는 남자가 통화하는 소리에 잠이 깼다. 코 고는 소리를 들어보면 깊은 잠을 잔 것 같았지만 정작 여자는 찌뿌듯하다고 투덜댔다. 간병하는 동안에도 자신이 잠을 잤다고 순순히 인정하는 사람은 없었다. 따지고 들어봐야 단지 눈만 감고 있었던 거라고 우겼다. 거기에 숨소리가 조금 거칠었을 뿐이라고. 하나같이 자신과 어머니만 빼고 다들 잘만 잔다고 불평이었다.

눈을 비빈 여자는 남자의 옆얼굴을 집요하게 바라보고 있었다.

"서두르지 말고 천천히, 조심해서…… 와라."

형은 이 말을 끝으로 전화를 끊었다. 빨리 오라고 다그친 적은
있어도 천천히 오란 적은 처음이었다. 날카롭던 목소리는 어느새
나긋나긋하기까지 했다. 남자는 이게 무슨 뜻인가 싶었다. 그때까
지도 남자에게 시선을 두던 여자에게 형의 마지막 말을 전했다.
여자는 그제야 시선을 틀고 눈을 감았다. 남자는 여자의 표정을
들여다봤다. 표정 위에는 아무것도 드러나지 않았다. 기차에서 내
리자마자 서둘러야 할지도 몰랐다.

남자가 화장실에서 옷을 갈아입고 자리로 돌아왔을 때 여자는
보이지 않았다. 미리 옷을 갈아입자고 했을 때 여자는 아무 말 없
이 그러자고 했다. 남자가 이제 호텔에서 체크아웃해야 하는 거
아니냐고 해도 그러자고 할 것만 같았다. 남자는 형수가 전화로
여자에게 뭐라고 했는지 알 것도 같았다. 이번이야말로 진짜였다.
그러니 연두색이나 꽃무늬 셔츠를 입고 나타나는 건 이상해 보일
것이었다. 남자는 트윈 룸과 더블 룸 사이를 머뭇거리던 어머니처
럼 침을 몇 번 삼켰다.

자리에 막 앉으려는데 멀리 남자 쪽으로 걸어오는 여자가 보였
다. 아까는 몰랐는데 얼굴이 유난히 하얬다. 얼굴만 둥둥 떠서 오
고 있는 것처럼 보일 정도였다. 두리번거리면서 오는 모습은 어딘
지 모르게 선득했다. 실내는 여전히 어두웠다. 여자가 거의 근처

까지 왔을 때 남자는 어머니가 왜 검은 옷을 입은 사람을 무서워
하는지 이해할 것도 같았다. 여자가 남자를 지나쳐 갔을 때 가느
다란 바람 한 줄기가 예리하게 뺨을 그었다. 여자는 남자가 두 번
이나 부를 때까지도 앞으로 나아갔다. 한 번 더 부르자 몇몇 자리
에서 독서등이 켜졌다. 그제야 여자는 돌아봤다. 남자는 손을 번
쩍 들어 흔들었다. 여자는 겨우 알아보고 뒷걸음질 쳤다.

"어두워서 그런가. 거기가 거기 같네."

여자는 목소리를 한껏 낮췄다. 여자가 자리에 앉자 독서등도 하
나둘 꺼졌다. 다시 진득하게 어둠이 고였다. 이내 고른 숨소리가
여기저기 울렸다. 그때까지도 여자는 남자에게 시선을 두고 있었
다. 남자는 자신의 얼굴도 섬뜩해 보일지 모른다는 생각이 들었
다. 창으로 간간이 가로등이나 어느 집 마당에 밝힌 불빛이 스며
들었다. 여자의 표정이 잠깐씩 드러났다. 그것만으로는 어떤 표정
인지 가늠할 수 없었다. 남자는 눈을 감았다. 계속 감고 있으면 언
젠가는 잠들 것 같았다. 하지만 자리가 불편해서 그런지 다시 눈
이 떠졌다. 그때까지도 여자는 남자를 보고 있었다. 남자는 왜 그
러는 건가 싶어 몸을 틀었다. 그래도 여자의 시선은 고정해 있었
다. 여자는 집요하게 창밖을 보고 있었다. 아무래도 가는 길이 답
답한 모양이었다. 남자는 자리를 바꿔주려 일어났다. 그때 여자가
속삭였다.

"비 와."

*

어머니는 장례식장에서 우는 소리가 듣기 싫다고 했다. 그래서 자기가 갈 땐 웃으면서 즐겁게 가고 싶다고도 했다. 정말 그랬었나. 여자는 가물가물했다. 그때 형수가 맞장구를 쳤다. 형마저 기억이 날 듯하다고 하니 그것은 명백한 사실이 되었다. 그게 명절 때였는지 아니면 친척 중 누군가 돌아가셨을 때인지는 헷갈렸다. 하지만 그 말을 했다는 것만큼은 분명해 보였다. 그러자 기억 못 하는 여자는 평소 어머니에게 관심 없는 사람이 되었다. 여자는 어머니가 장례식장에 하얀 국화 말고 빨갛고 노란 꽃들이 가득했으면 좋겠다고 한 말이 떠올랐다. 하지만 그건 이미 남자가 말해버렸다. 여자는 어머니에 대한 기억을 더 꺼내보려 안간힘을 썼다.

의사가 수술도 소용없을 것 같다고 한 날이었다. 형은 그래도 해보는 게 낫지 않겠냐고 물었다. 의사는 환자가 버틸 수 있을지 의문이라고 했다. 이럴 바엔 차라리 일반 병실에 모셔서 얼굴이라도 자주 뵙잔 얘기가 튀어나왔다. 아무도 거기에 말을 덧붙이지 않았다. 일반 병실로 옮긴 날 저녁 옹기종기 모여 간호사에게 가래를 뽑는 법을 배웠다. 하지만 정작 가래를 뽑아야 할 땐 아무도 나서지 않았다. 으레 가장 가까이에서 배운 남자가 할 거라고 생각했다. 그때마다 남자는 병실 벽에 붙은 간병인 요청 전화번호만 힐끔거렸다. 그러면서 번번이 한 달 동안 간병인을 쓰려면 얼마나 필요한지 가늠해봤다. 호텔에서 지내는 대신 찜질방에서 지내면 되려

나. 계산이 다 끝나기 전에 여자의 발랄한 목소리가 튀어나왔다.

"어머니한테 옆집 할머니가 올해 몇 살이시냐고 물었는데 깜짝 놀라시더라고요."

"왜?"

"저는 그냥 궁금해서 물어본 건데 어머니는 옆집 할머니가 돌아가신 줄 알고 계시더라고요."

형수는 고개를 끄덕였다. 여자는 그제야 딱딱했던 표정을 풀었다. 이어지는 얘기라곤 죄다 시시콜콜한 것뿐이었다. 어떤 얘기는 한참 머물기도 했고 쏜살같이 흩어지는 얘기도 있었다. 얘기는 끊어지면 큰일 날 것처럼 계속 이어졌다. 그러다 어느 순간 께름칙하거나 맘에 걸리는 것까지 터놓기 시작했다.

"눈이 푸지게 내리니까 외국에 온 것 같다고 하시는 거야. 그래서 내가 외국 가본 적도 없으시면서, 했거든. 그러니까 금세 표정이 침울해지시더라고. 내년쯤 제주도라도 보내드린단 얘기를 하려고 했는데, 대뜸 그러시더라고. 못 가본 게 외국만 있는 거 같으냐고."

"그건 국내에도 못 가본 데가 많다는 얘기였겠지."

"근데 어머니가 여행을 좋아했던가?"

"여행 싫어하는 사람도 있냐? 보내주면 다 가지. 어머니라고 뭐 다를까."

해가 지니 표정도 몸도 조금씩 숨겨졌다. 어지간한 색은 다 검어 보였다. 심박수를 알려주는 모니터만 환했다. 모니터를 중심으로 다시 둘러앉았다. 그제야 서로 윤곽 정도는 알아볼 수 있었다. 경보음이 울릴 때마다 한꺼번에 어깨를 들썩였지만 그뿐이었다. 이제는 잠깐 울리는 경보음에는 무심해졌다. 겨우 어기적거리다가 주저앉기 일쑤였다. 모니터를 계속 보고 있자니 잠이 쏟아졌다. 여자는 뭐 더 켕기는 거 없는지 묻는 듯 형수를 쳐다봤다. 여자와 눈이 마주친 형수는 한숨과 함께 목소리를 내밀었다.

"그러고 보니 저번 추석 때 용돈을 드리니까……"

형과 남자도 형수를 바라봤다.

"여비에 보태겠다고 하셨어. 그땐 어디 놀러 가려나보다 싶었는데 돌이켜보니까……"

여자는 왠지 용돈 드린 걸 생색내려고 꺼낸 얘기처럼 들렸다. 그동안 자기보다 더 드린 건 아닌가 싶었지만 확실히 알 수 있는 건 없었다.

이젠 누가 남아야 하고 누가 들어가서 쉬어야 하는지 헛갈렸다. 병실에선 시간이 이전과 또 다른 규칙으로 만들어지고 부수어지는 것 같았다. 그때 어머니가 뭐라 하는 소리가 들렸다. 짐승의 울음소리 같은 목소리였다. 다들 입을 앙다물고 앉아 있었다. 그러다 목소리가 길어지고 조금씩 형태를 갖춰나가자 동시에 일어섰다. 여자가 말씀해보시라고 재촉하는 사이 형수는 자꾸 그러면 힘들어하신다고 면박을 줬다. 여자는 자꾸 말을 걸어야 정신을 안 놓는다는 얘기를 인터넷에서 봤다고 했다. 형수는 못 들은 척하고 대신 남자와 형에게 나가 있으라고 했다. 형이 눈짓으로 묻자 아무래도 아랫도리를 봐야 할 것 같다고 했다. 그러고 보니 소변만 가득할 뿐 병원에 오고 나서 대변은 한 번도 보지 못했다. 여자는 아주버님과 남자를 밖으로 내몰면서 함께 나가고 싶었다. 이어서 형님이 자기도 떠밀어줬으면 좋겠다고 생각했다. 아니면 남자라도 여자를 끌어내줄지도 몰랐다.

밖으로 다 나가기도 전에 어머니는 긴 말을 뽑아냈다. 목소리는 끊어질 듯하면서 계속 이어졌다.

"잘못…… 했으니까, 물…… 물, 좀…… 주세요…… 네?"

아무도 움직이지 않았다.

*

비는 점점 세차게 내리고 있었다. 간간이 보이던 풍경은 완전히 으깨졌다. 그러자 남자는 잠수함을 타고 가는 것 같은 기분이 들었다. 잠수함이라고 생각하고 보니 왠지 알 수 없는 곳으로 떠나는 것만 같았다. 알 수 없는 곳이 어디쯤일지 가늠하다가 여자의 목소리가 귀에 들어왔다. 빗소리 때문인지 여자는 목소리를 높였다. 남자는 다시 독서등이 켜지는 것은 아닐지 조마조마해하면서 여자 쪽으로 몸을 기울였다. 투덕거리는 빗소리가 일순 희미해졌다.

"그러니까 어머니가 부르던 이름이 누구냐니까."

"그거? 내가 얘기 안 했나? 우리 누나."

"누나가 있었어?"

"응. 오래전에 죽었어. 나도 처음엔 누군지 긴가민가했는데 형이랑 눈 마주치는 순간 딱 알겠더라고."

여자는 형수가 했던 얘기가 떠올랐다. 얼마 전 교대할 때였다. 아까는 우리 이름을 하나씩 부르시더라고. 여자는 어디까지가 우리인지 헷갈렸다. 형수는 손자 이름까지 알뜰하게 챙겨 불렀다고 덧붙였다. 오래전 죽은 딸까지 불렀다면 부를 만한 사람은 빼놓지 않고 다 부른 것 같았다. 그건 의사가 매번 경직된 표정으로 "아무래도 마음의 준비를 하셔야 할 것 같습니다"라고 하는 것보다 더 구체적이고 분명한 신호였다.

그때 간호사가 들어왔다. 빈 주사기가 보였다. 피를 뽑아 가려고 온 모양이었다. 이제 간호사는 별다른 설명도 해주지 않았다. 누구에게랄 것도 없이 일회용 주사기를 흔들어 보일 뿐이었다. 검사 때문에 일정한 간격으로 피를 뽑아야만 했다. 그래서 팔뚝은 꽃이 핀 것처럼 울긋불긋해졌다. 간호사는 그나마 조금 멀쩡한 곳을 찾는 눈치였다. "할머니, 따끔해요"라는 목소리와 함께 주삿바늘이 들어갔다. 하루 중 유일하게 어머니의 표정이 변하는 때였다. 남자는 표정을 살피려고 어머니 쪽으로 자리를 옮겼다. 하지만 표정은 단단하게 굳어 있었다. 미세하게 비틀어진 것도 같았지만 너무 희미했다. 간호사는 "오늘은 잘 참으시네요" 했다. 마치 상태가 나아졌단 소리처럼 들렸다. 더는 아파하지 않고 찡그리지도 않는 게 남자를 불안하게 했다.

웃으면서 즐겁게 가고 싶다던 어머니의 말이 떠오를 때마다 종종 우스갯소리를 나눴다. 대부분 이미 다 지나간 일이었다. 여자 혼자 어머니에게 용돈을 받은 줄 알았는데 사실 형수도 받았다는 얘기를 할 땐 정말 조금씩 웃기도 했다. 그때 남자는 어쩌면 어머니는 형과도 호텔에서 하룻밤쯤 잤던 게 아닐까, 하는 생각이 들었다. 남자에게는 비밀이라고 하면서. 남자도 막 따라 웃으려던 순간 산소호흡기에 가려진 어머니의 숨소리가 조금 일렁이는 것 같았다. 같이 웃고 있을 것일지도 몰랐다. 어떻게든 웃으려고 애쓰던 그때처럼. 팔뚝에 꽂이 늘어갈 때에도, 하루에 두 번은 비워야 했던 소변통이 종일 채워지지 않을 때에도 더 진한 우스갯소리를 풀어냈다. 그러다 보면 나중엔 누워 있는 어머니의 숨소리도 하나의 초라한 우스갯소리가 될 것만 같았다.

농담 거리가 떨어지자 이제는 기적을 얘기했다. 뉴스나 인터넷에 나온 것부터 누군가에게 들었던 것까지 죄다 끄집어냈다. 일주일 동안 산속에서 구조를 기다리며 버틴 남자나 죽을 날만 기다리고 있었는데 뚜렷한 이유 없이 암세포가 사라진 아줌마에 관한 이야기, 기네스북까지 얘기하다 보면 세상엔 기적이라고 불릴 만한 게 정말 많은 것 같았다. 그러다 결국 누구에게 연락을 해야 하는지 화장을 해야 하는 건지에 대한 얘기가 오갔다. 나중엔 어머니 짐은 태우는 게 좋겠다는 데까지 나아갔다.

얘기가 끊어지자 남자는 보호자용 침대에 누웠다. 그러자 시선이 침대 아래에 닿았다. 거기엔 병원에 실려올 때 어머니가 신고 있던 슬리퍼가 제멋대로 흩어져 있었다.

"저건 누구 신발이야?"

남자의 시선을 따라가던 여자는 형수를 쳐다봤다. 형수는 그새 졸고 있었다. 형은 두리번거리기만 했다. 그때 어머니가 조금 뒤척이는 것 같았다. 입영 전날 머물렀던 호텔의 트윈 룸에서처럼 그 떨림이 남자에게 가느다랗게 닿았다. 어느 때보다 침대와 침대 사이가 멀어 보였다. 발만 살짝 내딛어도 그대로 빨려들어갈 것만 같았다.

병원에 가려면 승강장 반대편에서 택시를 타야 했다. 빈 택시는 죄다 역전으로 몰렸다. 그중 남자 쪽으로 유턴해 오는 택시는 없었다. 그사이 잦아드는가 싶던 비는 다시 굵어졌다. 우산만으로는 계속 버티긴 힘들었다. 미리 입은 상복이 조금씩 젖어가고 있었다. 역에서 나설 때까지만 해도 빗물이 조금 튄 정도였지만 이제는 여러 개의 손바닥이 찍힌 듯 빗자국이 어지러웠다. 얼핏 보면 그저 검었지만 자세히 들여다보면 젖은 부분과 젖지 않은 부분의 경계가 무늬처럼 보였다. 택시가 둘을 알아볼 수나 있을지 걱정이었다. 우산마저 남색이었다.

여자는 가방에서 뭔가를 찾았다. 남자는 성가셔하며 우산을 받쳐주었다. 뭔데 지금 찾느냐고 한마디 쏘아붙이려고 할 때쯤 여자가 손을 내밀었다. 비옷이었다. 여자는 호텔 로비에서 지배인에게 부탁하니 챙겨줬다고 덧붙였다. 남자는 여자가 이런 게 필요할 줄 미리 알고 있었던 건가 싶었다. 슬리퍼나 담요가 그랬던 것처럼.

이번에는 여자가 우산을 받쳐주었다.

　무작정 기다릴 바엔 조금씩이라도 걸으면서 택시를 잡는 게 나을 것 같았다. 이왕 이만큼 온 거 그냥 병원까지 걸어가는 게 어떨까 싶을 때쯤 택시가 보였다. 손을 번쩍 들어 흔들어대기도 전에 택시가 먼저 클랙슨을 울렸다. 택시에 오르자마자 기사는 요란한 날씨에 대해 떠들었다. 남자는 기사의 목소리를 뚫고 빨리 병원으로 가자고 했다. 그다음부터 기사는 아무 말도 하지 않았다. 폭우가 몰아치는 밤 서둘러 병원에 가는 사람들에 대해 잘 안다는 듯이. 여자와 남자의 몸에서 흘러내린 빗물이 시트에 조금씩 스며들고 있었다. 택시가 정지신호에 멈췄을 때 형에게 전화가 왔다. 남자는 택시를 탔으니 곧 도착할 거라고 했다. 형은 되도록 빨리 오라고 했다. 아깐 천천히 오라더니. 남자는 혹시 그새 무슨 일이 생겼는지 물으려다 말았다. 기사는 룸미러로 남자를 힐끗거렸다.

　병원 로비에 들어서면서부터 둘은 뛰었다. 텔레비전을 보던 사람들과 졸고 있던 간호사가 사이를 두고 눈을 흘겼다. 병실 문 앞에서야 걸음을 멈추고 숨을 골랐다. 여자는 남자와 눈이 마주쳤다. 시야는 흐리멍덩했다. 시야를 가리는 게 땀인지 빗물인지 헷갈렸다. 여자는 머리를 매만지고 빗물을 털어냈다. 거울을 꺼내보려다가 먼저 비옷부터 벗는 게 나을 것 같단 생각이 들었다. 막 첫 번째 단추를 풀려고 할 때 남자는 문부터 열었다. 여전히 여자가 싫어하는 습관 중 하나였다. 여자는 비옷을 그대로 입고 안으로 들어설 수밖에 없었다.

형과 형수가 문 쪽으로 시선을 돌렸다. 옆에는 모르는 사람들이 몇몇 있었다. 남자는 누군지 알아볼 수 없었다. 겨우 조카만 알아볼 수 있었다. 늘 외할머니에게 가 있어서 일 년에 몇 번 보기 힘들었던 조카였다. 조카의 얼굴에 표정이 드러나자 이내 걸음이 뒤틀렸다. 좀 더 들어서자 다들 알록달록한 옷을 입었다는 걸 알 수 있었다. 빨갛고 파란 빛이 오렌지 빛과 버무려지더니 조금씩 번졌다. 그 사이 형광색 조끼가 끼어 있었다. 그 위에 줄무늬가 얹혔다. 가운데만 새하였다. 길가에 조성해놓은 화단 가운데에 어머니가 누워 있는 것 같았다. 검은 거라곤 찾아볼 수 없었다. 지금이라도 어머니가 눈을 뜬다면 이번엔 조금도 놀라지 않을 것이었다.

좀 더 깊숙이 들어서던 남자는 주춤했다. 그제야 벌써 상복을 챙겨 입고 온 게 걸렸다. 여자도 사정이 비슷할 것 같아 뒤돌아봤다. 눈앞에 샛노란 빛이 퍼졌다. 내려다보니 남자도 노랬다. 원래 안에 무슨 색을 입고 있었는지 잊을 정도로 밝았다. 여자는 첫 번째 단추를 다시 잠갔다. 그새 비옷에 묻은 물기는 조금 말라 있었다.

화단 안으로 걸음을 옮겼다. 둘러선 사람들이 조금씩 길을 내주었다. 아무도 남자와 여자에게 말을 걸지 않았다. 화단 속에 노란 꽃 두 송이가 보태졌다. 서서히 어머니의 얼굴이 보였다. 이제는 온전한 얼굴을 볼 수 있었다. 산소호흡기는 없었다. 이제 기계 장치 없이 스스로 호흡이 가능해진 것일 수도 있었다. 더 가까이 들여다봤다. 평소보다 훨씬 생기가 도는 얼굴인 것 같았다. 살짝 벌어진 입술 사이가 점점 더 벌어지는 것이 보였다. 안에서 혀가 이

파리처럼 조금 흔들렸다. 덩달아 표정이 넘실거렸다. 무슨 말이라
도 하려는 것 같았다. 더 부를 사람이 남았을지도 몰랐다. 이제 막
꽃이 필 모양이었다. 남자는 아무래도 내일 체크아웃해야 할 것
같다고 생각했다. 이제 막 성수기가 끝나가던 참이었다.